9. 3. 1957

Janina David
Ein Teil des Ganzen

Roman

Aus dem Englischen von
Helmut Kossodo

Carl Hanser Verlag

Titel der Originalausgabe:
»A Part of the Main«

ISBN 3-446-14372-6

Umschlag: Klaus Detjen unter Verwendung
eines Fotos vom Bilderdienst Süddeutscher Verlag
Satz: LibroSatz, Kriftel
Druck und Bindung: May + Co, Darmstadt
Printed in Germany

Ein Teil des Ganzen

Für Ewan

I

Anna erwachte spät und schnupperte, die Augen noch geschlossen, vorsichtig die Luft. Für einen Oktobertag schien es überraschend warm. Frische Düfte drangen vom Fenster herein, die Winterfeuchtigkeit war plötzlich verschwunden. Sie setzte sich auf, öffnete die vom Schlaf geschwollenen Augen, schloß sie rasch wieder und blinzelte in die blendende Helle. Der Himmel über den Dächern glänzte metallisch blau, ein heißer Wind blies von Norden. Über Nacht war der Frühling auf einer roten Staubwolke eingeflogen.

Anna zog sich schnell an und hüpfte barfuß über die warmen Sonnenflecken auf dem Linoleumfußboden. Wie dumm von ihr, sich über einen normalen Jahreszeitwechsel so aufzuregen. Der Frühling kam schließlich jedes Jahr, und hier in Australien brachte er nicht den Zauber der neugeborenen Düfte und Geräusche, das überwältigende Gefühl der Befreiung, das in den kälteren Ländern der nördlichen Hemisphäre die Lüfte erfüllt. Auf der Yarra schmolz kein Eis, in den Gärten blühten die Rosen und Azaleen das ganze Jahr. Bald wird der Himmel seinen leuchtenden Glanz im trüben Dunst verlieren, das Gras auf den Wiesen verdörren, und die Frühlingsblumen werden im heißen Wüstenwind welken.

Aber heute war die Luft rein, die Winterregen hatten aufgehört, und etwas neues begann. Warum sollte man da nicht glücklich sein und sich wenigstens dieses eine

Mal auf ein Wochenende freuen, das ein Fest zu werden versprach? Anna ging an ihren Schrank und riß die Kleider von den Hängern. Raus mit dem Winter, raus mit den muffigen Pullovern und den Wollkleidern. Wer hat mir erzählt, daß es in Melbourne nie kalt ist? Ach, meine alte Geographielehrerin, wie viele Erkältungen habe ich ihrer Unwissenheit zu verdanken!

»Melbourne liegt in der gemäßigten Zone, und die Temperaturen entsprechen etwa unserem Mittelmeerklima.«

So ein Quatsch. Gewiß, es schneit nie richtig, aber was ist mit den kalten Südpolwinden? Und die endlosen Regengüsse, die ständige Feuchtigkeit, die ungeheizten Häuser, in denen es immer zieht, und das tobende eisige Meer? Das wurde in den Geographiebüchern nie erwähnt, und so war sie mit Tausenden anderer, ebenso schlecht informierter Einwanderer angekommen, hatte nur leichte Sommerkleidung mitgebracht, und sonst nichts.

Anna stopfte die Winterkleider in einen Wäschesack, trällerte fröhlich und führte sich wie eine Närrin auf. Dumm von ihr, denn morgen oder vielleicht schon heute nachmittag wird die Temperatur wie ein Stein sinken, und dann muß sie alles wieder auspacken. Auch das war etwas, das man sie auf der Schule nicht gelehrt hatte. In diesem gesegneten Land kann die Temperatur nämlich innerhalb weniger Minuten um zwanzig Grad sinken. Zu jeder Jahreszeit. Wenigstens bot sich so immer Gelegenheit, über das Wetter zu reden, wenn einem nichts anderes einfiel, und niemand fand es langweilig oder unhöflich.

Unten klingelte das Telefon, und Mrs. Bulmers kreischende Stimme hallte bis zum Dach hinauf. »Aaann-naaa!«

Es war Leo. Auch er klang ungewöhnlich heiter. Aber es war ja schließlich sein erster Frühling im neuen Land. Mitten im Winter, als es in Strömen gegossen hatte, war er aus seinem heimatlichen Frankreich, vom wirklichen Mittelmeer, angekommen, und für eine alte Neuaustralierin wie Anna hatte seine Begeisterung etwas Rührendes gehabt. Die mußte ihm so lange wie möglich erhalten bleiben.

»Anna, ich fühle so etwas wie Frühling. Nur riecht es weder so, noch sieht es so aus, wie es sollte. Aber meine Zimmerwirtin versichert mir, daß er da ist. Der Winter ist vorüber. Es regnet nicht mehr, wenigstens heute nicht, und ich bin glücklich. Wie geht es dir?«

»Fabelhaft. Aber packe deine Wintersachen nicht weg. Ich habe es eben getan und werde sie morgen wieder auspacken. Das Klima hier ist verdammt heimtückisch. Immerhin habe ich das Gefühl, daß der Frühling endlich gekommen ist. Wie geht es mit der neuen Arbeit?«

»Ausgezeichnet. Ich glaube, ich habe jetzt die richtige Stellung gefunden. Es ist ein kleiner, ruhiger Betrieb, und man läßt mir Zeit, mich mit meinen eigenen Entwürfen zu beschäftigen. Ich habe ein paar neue Zeichnungen gemacht. Willst du sie dir anschauen?«

»Brennend gern. Komm doch heute abend zum Essen zu mir.«

»Das tue ich. Ich bringe eine Flasche mit, und dann feiern wir.«

Er hängte auf, und Anna rief Bella an.

»Hallo?«

»Bella? Hier ist Anna. Wie sieht es bei dir aus?«

»Ganz gut soweit. Danke.«

»Schuftest du schwer?«

»Ja. Weißt du Anna, heute finde ich zum ersten Mal, daß du recht hattest. Es ist gar nicht so schwer. Ich fange an zu glauben, daß ich durch alle Examen kommen werde. Als ich heute früh aufwachte, wußte ich, daß ich alles leicht schaffen kann.«

»Natürlich, du dummes Spätzchen! Du wirst mit Auszeichnung abschließen und im März auf der Universität anfangen. Und ich werde dich arg beneiden!«

Sie lachten. »So, jetzt kehre zu deinen Büchern zurück und büffle. Ich muß mich noch ein bißchen um den Haushalt kümmern, sonst setzt mich die alte Bulmer vor die Tür.«

Mit Besen und Staubwedeln bewaffnet, stieg Anna fröhlich singend die Treppe zu ihrem Zimmer hinauf. Leo hatte endlich eine Arbeit. Bella studierte. Der Frühling in Melbourne mochte nicht so aufregend wie in Europa sein, aber auch er konnte Wunder wirken.

Nach dem Abendessen schaute sich Anna die neuen Zeichnungen an, die Leo ihr gebracht hatte. Auf Edelmetalle und kostbare Steine übertragen, würden sie bei den wohlhabenden Kunden, die sich einen solchen Luxus leisten können, bestimmt Eindruck machen. Die reinen und einfachen Linien, die so gar nicht überladenen Fassungen, wirkten viel schöner als der gewöhnliche prunkhafte Ornamentalstil. Noch nie hatte Anna Gold und Silber in einer so einfachen, ungekünstelten Verarbeitung gesehen. Sie war voller Bewunderung.

»Ich wünsche dir einen großen Erfolg, Leo. Wann werde ich das alles ausgeführt sehen?«

»Bald. Der Chef fand die meisten gut, und er will, daß ich gleich anfange. Und wenn ich dann reich und berühmt bin, werde ich dir einen besonders schönen Ring machen. Was ist dein Lieblingsstein?«

Anna zögerte. »Wenn ich reich wäre«, sagte sie schließlich, »würde ich mir einen Opal kaufen. Einen riesigen, schwarzen Feueropal. Du weißt doch, mit grünen, blauen und roten Flammen.«

»Typisch Anna. Ich frage, was sie gern hätte, und sie erzählt mir, was sie sich kaufen würde. Du bist so unabhängig . . .« Er war etwas verletzt. »Aber wenigstens bist du nicht abergläubisch. Schwarze Opale sollen angeblich Unglück bringen.«

»Abergläubisch bin ich bestimmt nicht. *Das* bringt nämlich Unglück.«

Sie hatte ihn zum Lachen gebracht, und in der wiederhergestellten guten Laune beschlossen sie, ins Kino zu gehen. Es war ein Musical, und als sie später heimkehrten, tanzten sie auf der menschenleeren Straße und sangen die neuesten Schlager.

Warum konnte das Leben nicht immer so sein? Es kommt doch eigentlich nur darauf an, wie man die Dinge sieht, sagte sie sich leicht verwirrt, während sie sich keuchend bemühte, gleichzeitig Gene Kelly, Cyd Charisse und die ganze Revuetruppe zu sein. Auch Leo schien etwas überfordert. Schwer atmend lehnten sie sich an das Gartengitter.

»Wenn das Wetter so bleibt, können wir bald schwimmen gehen. Ich habe dich noch nie im Badeanzug gesehen.«

»Ich sehe wie ein Walfisch mit Sonnenbrand aus.«

»Walfische mit Sonnenbrand liebe ich.« Er küßte sie

auf die Wange. »Anna, endlich ist der Frühling wirklich gekommen. Schau, wie sich alles verändert hat. Willst du mich heiraten?«

»Nein, Leo.«

»Dann warte ich bis zum Sommer.«

»Gute Nacht.«

Das Obst im Korb in ihrem Zimmer verbreitete einen süßen, üppigen Duft. Vergnügt betrachtete sie die sorgsam aufgebaute Pyramide. Morgen müßte sie noch mehr kaufen. Heute begnügte sie sich mit der Freude, es anzuschauen.

2

»Wie hast du Dave kennengelernt?«

Anna zündete sich eine Zigarette an und blies nachdenklich einen Rauchring zum offenen Fenster. Es war drückend heiß in dem kleinen Zimmer. Kein Lufthauch regte sich draußen von den Schornsteinen her. Über den Dächern flimmerte die Hitze, und der trübe Himmel hing bedrohlich tief. In weiter Ferne lag die See, schwer atmend wie ein sprungbereites Tier.

Sylvia, der Länge nach auf dem Boden ausgestreckt, stützte das Kinn in die Hand und wiederholte ihre Frage. »Wie hast du Dave kennengelernt? Wo und wann? Nun komm schon. Erzähle mir alles!«

Anna lächelte über die Ungeduld ihrer Freundin. Sie mußte ihr so romantisch erscheinen, die unverhoffte Begegnung mit dem gutaussehenden Amerikaner in Paris, und dazu noch im Frühling. Wie in einer

Schnulze. In Wirklichkeit war es ganz prosaisch gewesen, und Dave . . .

»Also, zuerst einmal ist er ein entfernter Verwandter von mir. Eines Tages versuchten wir herauszufinden, wie entfernt wir miteinander verwandt waren, aber wir verloren uns im Gestrüpp des Familienstammbaums. Ich glaube, wir hatten irgendwo einen gemeinsamen Großonkel. Dave war nach dem Krieg als Korrespondent einer der mondänen amerikanischen Zeitschriften in Paris gelandet. Jetzt ist er freiberuflicher Journalist und scheint, nach seinen Briefen zu urteilen, recht erfolgreich zu sein.

Er kam meine Tante in Paris besuchen, und da war ich, frisch eingetroffen aus dem vom Krieg verheerten Osten, sommersprossig, mit meinen Ringelzöpfen und meinen Kulleraugen, die verwundert in die große, schöne, böse Welt starrten, in der es so viel zu entdecken gab. Stell dir vor, wie diese Begegnung auf uns wirken mußte. Auf mich jedenfalls. Dave fand es sehr spaßhaft. Ich glaube, er hoffte sogar, ich könnte ihm gutes Material für einen Artikel liefern. ›Sensationelle Enthüllungen über die Umtriebe hinter dem eisernen Vorhang‹ oder etwas in dieser Art. Als er herausfand, daß ich ihm nichts neues erzählen konnte, da ich von all den wichtigen Ereignissen, die sich in meiner Umgebung abgespielt hatten, zu seinem Erstaunen so gut wie gar nichts wußte, brachte er mir allmählich eine Art von Zuneigung entgegen, wenn man so sagen darf, und ich wäre natürlich für ihn durch Wasser und Feuer gegangen.«

Anna lächelte verträumt, seufzte und streckte die Arme zum Fenster aus. Dieser erste Frühling in Paris. »Wie kann ich es beschreiben? So viele neue Eindrücke, neue Begriffe, neue Ansichten, so viele ganz neue Gefühle. Sogar eine neue Sprache. Ich hatte daheim Französisch gelernt, es aber nie als tägliche Umgangssprache benützt. Daves Mutter war Französin, und er sprach Französisch wie ein Eingeborener. Er fühlte sich auch ganz wie zu Hause. Da ich damals noch kein Englisch gelernt hatte, sprachen wir immer Französisch, und da ich mir alle Mühe gab, ihm zu gefallen und alles, was er sagte, zu verstehen, arbeitete ich schwer, und bald träumte ich sogar auf Französisch.

Ich fing an, mir seine Betonungen, seinen Akzent anzueignen, ahmte seine Gesten nach, seine Lieblingssätze und seine Kraftausdrücke. Durch ihn entdeckte ich Paris, während er – aber das wurde mir erst viel später bewußt – es mit meinen Augen und meinem unverdorbenen Verstand zu sehen lernte. Es war eine Offenbarung. Für uns beide.

Was die praktische Seite des Lebens betraf, so ließ er die notwendigen Beziehungen spielen, brachte mich in einem in der Peripherie der Stadt gelegenen Kinderheim unter und bezahlte mein Schulgeld. Er kaufte auch meine Kleider, meine Bücher und alles, was ich seiner Meinung nach brauchte, aber für mich waren es fast immer völlig überraschende Geschenke. Ich hatte keine Ahnung, daß ich so viele Dinge nötig hatte. Und als es an der Zeit war, ließ er noch mehr Beziehungen spielen, und so geschah es, daß ich in dieses Land kam. Ende der Geschichte.«

Sylvia stand auf, streckte sich, beugte sich, bis ihre Finger die Zehen berührten, versuchte eine Pirouette, gab es aber auf. »Oh Gott! Bin ich steif! Ein Tag ohne Übung, und du spürst dein Alter!«

Anna lachte. »Nein, wirklich, wie taktlos von dir! Ich bin ein Jahr älter als du.«

»Ja, aber du bist keine Tänzerin. Du kannst bequem alt werden, essen, was dir schmeckt, am Sonntagmorgen im Bett bleiben, und du brauchst nicht zu üben und zu üben, deine verdammte Gymnastik zu machen, bis du so erschöpft bist, daß du das Leben nicht mehr genießen kannst.«

»Ach ja, jetzt fühle ich mich richtig alt, fett und faul. Ich bin zwar schon zwanzig, aber ich habe mir sagen lassen, daß es Leute gibt, die noch auf den Straßen herumlaufen und viel älter sind als ich, und wenn ich mich sehr in acht nehme, werde ich vielleicht auch einmal ihr Alter erreichen. Das gilt auch für dich.«

»Niemals! Ich werde jung sterben. Eine Zigeunerin hat mir einmal wahrgesagt, daß ich sterben werde, bevor ich fünfundzwanzig bin.«

»In Australien gibt es keine Zigeuner. Jedenfalls keine richtigen. Ich habe sie gesehen, sie kleiden sich wie jeder andere, fahren Autos und keine Planwagen mit Pferden mehr. Die können nicht wahrsagen. Du wirst also leben, bis du hundert bist. Und außerdem darfst du nicht abergläubisch sein.«

»Alle Künstler sind abergläubisch, Liebste. Aber jetzt muß ich losschwirren.«

Sylvia las ihr Nähzeug auf, gab Anna einen Kuß und eilte in die Nachmittagssonne hinaus. Anna, die Augen mit der Hand gegen das blendende Licht geschirmt, blickte der anmutigen schlanken Gestalt im enganliegenden Kleid nach – ihre Kleider wirkten immer etwas zu eng – bis sie hinter der Ecke verschwand, und dann stieg sie langsam die Treppe zu ihrer erstickenden Bodenkammer hinauf.

Melbourne an einem Sonntagnachmittag. Verschlafen und still. Die Straßen wie ausgestorben. Unten am Strand wogt jetzt die Menge wie die Wellen im Meer, schreiend, lachend, spielend, und man badet, trinkt scheußlich süßen Sprudel, verspritzt Speiseeis und Sonnenöl oder schlängelt sich durch endlose Verkehrsstauungen im Kriechtempo den entlegeneren Vororten zu. Der Frühling hatte gerade erst begonnen, und schon war alle Begeisterung verschwunden. Die Hitze wirkt abstumpfend auf Sinne und Farben. Die Wetterprognose im Radio sagte einen langen, heißen Sommer voraus. In den Büros wirbelten die elektrischen Ventilatoren die stickige Luft auf, fegten Papiere von den Schreibtischen, Haarsträhnen von verschwitzten Stirnen. Die Kleider klebten auf der Haut, Stühle hinterließen Druckspuren auf den feuchten Rücken. Und am anderen Ende der Welt lag Paris im ersten Schnee des Winters.

3

Mit einem Seufzer der Erleichterung drehte Anna den Schlüssel in der Eingangstür und trat in das kühle, dunkle Vestibül. Kein Licht auf der Treppe. Eines Tages wird sich jemand hier das Genick brechen, und dann gehen alle Ersparnisse von Mrs. Bulmer für Schadenersatz drauf, sagte sie sich verärgert, doch dann hüpfte ihr das Herz, als sie den weißen Umschlag auf dem Tisch erblickte. Rasch knipste sie das Licht an, die schwache Glühbirne glimmte auf, leuchtete trübe über den alten abgenutzten Möbeln und den lockeren kleinen Teppichen auf dem glatt gebohnerten Fußboden. Anna nannte sie Mrs. Bulmers Todesfallen und hatte oft genug vor den Gefahren dieser Matten, auf denen man so leicht ausrutschen konnte, gewarnt. Aber die Zimmerwirtin hatte ihre eigenen Ideen über das, was zu einem wohlbestellten Haus gehörte, und lockere Teppiche auf polierten Böden waren absolut unentbehrlich.

Ein Brief von Dave. Ihre Hand zitterte leicht, als sie den Umschlag nahm. Während sie die Treppe emporstieg, öffnete sich die Tür am Ende des Vestibüls, und Mrs. Bulmer erschien im purpurroten Morgenrock, einen Papierfächer in der Hand. Mit ihrem hoch aufgekämmten Haar, das sie wahrscheinlich absichtlich so trug, um ihrer kleinen fetten Figur ein paar Zentimeter hinzuzufügen, mit ihren Hängebacken und den dunklen ins Licht blinzelnden Augen, sah sie wie eine groteske, gealterte Madame Butterfly aus, und Anna hatte Mühe, ihr belustigtes Lächeln zu verbergen.

»Würden Sie bitte für einen Augenblick hereinkommen, Anna, ich möchte Ihnen etwas sagen.«

Mein Gott, was wird es dieses Mal sein? Annas Hände klammerten sich an den Brief. Habe ich vergessen, einen Wasserhahn zuzudrehen, oder hat sie ein Teeblatt im Waschtisch gefunden?

Sie folgte der Zimmerwirtin in das Wohnzimmer und setzte sich gehorsam auf den ihr angewiesenen Platz, einen Stuhl mit harter Rückenlehne, sicheres Zeichen der Ungnade. Wenn Mrs. Bulmer sie nämlich nur zu einem freundlichen Plausch einlud, bot sie ihr gewöhnlich einen der großen, mit Schondeckchen behängten Plüschsessel an.

In einen solchen ließ Mrs. Bulmer sich jetzt sinken, wedelte sich langsam mit ihrem Fächer Luft zu, blickte Anna mit einem zu Tode betrübten Gesicht vorwurfsvoll an.

»Anna, ich bin zutiefst von Ihnen enttäuscht«, begann sie mit leiser, belegter, tränenträchtiger Stimme. »Ich habe Sie in mein Haus aufgenommen und Ihnen alle Bequemlichkeiten eines Heims geboten, obgleich ich Sie nicht kannte. Aber ich vertraute Ihnen, weil wir beide aus Europa gekommen sind, wenn auch nicht aus dem selben Land.« Mrs. Bulmer hielt kurz inne, um sich zu schneuzen und sich dann mit dem Taschentuch die Augen zu wischen. Sie waren zwar noch trocken, würden aber, wie Anna aus Erfahrung wußte, jeden Augenblick voller Tränen sein, und Anna, die vor Ungeduld kochte, wappnete sich für den Ausbruch.

»In meinem Lande wäre ich nicht darauf angewiesen, im eigenen Heim Zimmer an Fremde zu vermieten, wie ich es jetzt tun muß. Mein armer Mann – Friede seiner Seele – war wohlhabend genug, um mir ein behagliches Leben zu sichern und sogar – wie ich ruhig sagen darf – einen gewissen Luxus zu bieten.«

Jetzt flossen die Tränen in Bächen die Hängebacken herunter, liefen über das Doppelkinn und tropften in die purpurroten Falten des Busenausschnitts. Anna rückte betreten auf ihrem Stuhl, schaute sich vage in dem mit schweren Möbeln vollgestopften Zimmer um. Dunkle Plüschvorhänge, dunkle, übertrieben dick gepolsterte Plüschsessel und Sofas, Tischchen mit spinnennetzartigen Spitzendeckchen voller Nippes, ein

Schwarm fliegender Keramikenten, vergeblich mit den Schwingen an die unnachgiebige Wand schlagend, ein über dem Kamin hängender Porzellanfisch mit glänzendem, anklagend funkelndem Auge, Fotografien in schweren Silberrahmen überall inmitten des Sammelsuriums verstreut. Die ganze Welt Mrs. Bulmers schmachtete eingerahmt, verglast, gefangen für ewig in dieser dunklen plüschüberzogenen Höhle.

»Es war ein wirklicher Schock für mich, als ich sah, wie sehr Sie mich enttäuscht haben.« Mrs. Bulmers Stimme brach in heftigen Schluchzern. »Warum haben Sie es mir nicht gesagt, warum haben Sie mich nicht gefragt? Wir hätten in Ruhe darüber reden können und wären bestimmt zu einer Einigung gekommen. Warum mußten Sie es hinter meinem Rücken tun?«

Anna rutschte ungeduldig hin und her. »Aber Mrs. Bulmer, ich weiß wirklich nicht, wovon Sie reden. Was habe ich denn getan?«

Mrs. Bulmer starrte sie vorwurfsvoll an. »Es ist kaum zu glauben . . .« Sie schniefte. »Ich bin heute auf Ihr Zimmer gegangen, Anna, nur um zu sehen, ob alles in Ordnung ist, wie ich es immer tue. Ich kümmere mich um Sie, Anna, obgleich Sie es scheinbar nicht wahrhaben wollen und meine Aufmerksamkeit nicht zu schätzen wissen. Ich ging also auf Ihr Zimmer und knipste den Schalter an, nur um zu sehen, ob das Licht funktioniert. Es hätte ja eine Sicherung durchgebrannt sein können. Ich will immer wissen, ob meine Mieter alles haben, was sie brauchen.

Und Sie haben die Glühbirnen ausgewechselt! Die an der Decke hat hundert Watt, und die in der Nachttischlampe auch. Glauben Sie, bei mir wächst das Geld an den Bäumen? Daß Sie so verschwenderisch sind und das hinter meinem Rücken getan haben, hat mich zutiefst verletzt. Zutiefst verletzt!« Wieder liefen die Tränen. Anna stand von ihrem Stuhl auf.

»Es tut mir leid, Mrs. Bulmer. Ich hätte es Ihnen sagen sollen, aber ich konnte mir nicht denken, daß eine solche Kleinigkeit Sie so aufregen würde. Mit der Lampe, die Sie mir letzthin ins Zimmer gestellt haben, konnte ich nichts sehen. Ich konnte weder lesen noch schreiben. Noch nähen. Und außerdem stellte ich fest, daß das Halbdunkel mich schrecklich deprimierte ...

Aber machen Sie sich keine Sorgen. Ich habe selten beide Lampen an, und im Sommer mache ich fast nie Licht. Wenn Sie wollen, werde ich herausfinden, welchen Unterschied es auf der Stromrechnung macht, und Ihnen die Differenz bezahlen. Es ist bestimmt nicht mehr als ein paar Pence die Woche.«

Mrs. Bulmer richtete sich mit einem Ausdruck von verletzter Würde in ihrer ganzen Größe auf, hüllte sich enger in ihr purpurrotes Faltengewand.

»Oh, meine liebe Anna, wie können Sie mich so mißverstehen? Sie glauben doch nicht wirklich, daß mir das Geld etwas ausmacht? Auf die paar Pence kommt es mir nicht an, obgleich ich sicher bin, daß es mehr kosten wird. Aber Sie hätten es mir sagen sollen. Das ist es. Nach allem, was ich für Sie getan habe, glaubte ich, mehr Rücksicht zu verdienen. Und warum sagen Sie mir erst jetzt, daß Sie unter Depressionen leiden? Wie konnte ich das wissen? Sie reden nie über den Krieg, und wie soll ich da wissen, was für schreckliche Dinge Sie durchgemacht haben? Glauben Sie vielleicht, ich würde das nicht verstehen? Ach, mein armes Kind, ich habe in meinem Leben so vieles erlitten, daß es nichts gibt, was ich nicht verstehen würde.

Aber Sie reden nie über diese Dinge. Sie haben kein Vertrauen zu mir, Sie verschließen mir Ihr Herz. Was soll ich tun? Wenn es Ihnen so viel bedeutet, können Sie meinetwegen Ihre Glühbirnen haben. Ich will nicht, daß Sie in meinem Hause deprimiert sind! Wir leben jetzt schließlich in Australien, und darüber müssen wir alle glücklich sein! Australien ist das glücklichste Land auf der Welt.«

Mit lautem Schluchzen sank Mrs. Bulmer in ihren Sessel zurück, und Anna fand sich auf den Knien vor ihr, wiegte die kleine Gestalt in ihren Armen, flüsterte zusammenhanglose Versprechungen und Tröstungen, während die Zimmerwirtin immer lauter heulte.

So endete es immer. Der geringste Verstoß gegen die Hausregeln wurde als schwere Kränkung aufgefaßt, Mrs. Bulmers Panik, allein in einem fremden Land zu sein, entlud sich in frei erfundenen Beschuldigungen, denen tränenreiche Versöhnungen folgten, Trost und Verzeihung. Morgen wird es Kaffee und Kuchen geben, wenn Anna heimkommt, der beste Sessel mit den dicksten Kissen wird für sie sein, und dann gibt es einen langen, langen Plausch über Wien in der Vorkriegszeit.

In ihr Zimmer zurückgekehrt, blickte sich Anna um, fragte sich, was die Zimmerwirtin sonst noch angerührt haben mochte. Den Kleiderschrank ganz bestimmt, und wahrscheinlich ist sie auch mit dem Finger über den Kaminsims gefahren, der ja staubig sein könnte, und vielleicht hat sie sogar in den Schubladen nach einem vergessenen Brief gekramt. Der geschnitzte Holzkasten, in dem Anna alle ihre persönlichen Papiere aufbewahrte, stand verschlossen auf dem Toilettentisch, den Schlüssel hatte sie in ihrer Handtasche. Sie drehte den Gashahn an, machte Feuer, stellte den Kessel auf.

Jetzt endlich den Brief. Ungeduldig riß sie den Umschlag auf, und ein einziger Bogen des dünnen Luftpostpapiers flatterte heraus. Während sie die wenigen Zeilen las, die üblichen, unverbindlichen, herkömmlich und beiläufig witzigen Sätze, verflog alle Freude. Genau das gleiche wie all seine anderen Briefe. Kurz, fast unpersönlich. Ob es ihr gut ginge, ob sie glücklich sei, bei guter Laune, wie es mit der Arbeit stünde? Ihm ging es gut, wie immer. Paris war schön und fröhlich im Winter. Er kauft sich einen neuen Wagen. In der Oper ist er gewesen, und die neue Inszenierung war schrecklich. Die Sopranistin hatte Schnupfen, und der Tenor war zu dick. Er schickte herzliche Grüße.

Was habe ich erwartet? Gott, bin ich denn verrückt? Ich sollte froh sein, daß er mir überhaupt noch schreibt. Der Kessel kochte über, sie drehte das Gas ab, griff zur Dose mit dem Pulverkaffee.

Ich sollte mich glücklich schätzen. Schließlich lebe ich, wie Mrs. Bulmer es nie müde wird, mir vorzuhalten, in einem wunderbaren Land. Warum in aller Welt habe ich ihr diese Geschichte von meinen plötzlichen Depressionen erzählt? Ganz unwahr ist es zwar nicht, aber es hat nichts mit dem Licht zu tun. Natürlich wird Mrs. Bulmer das wie alles andere den Nachwirkungen des Krieges zuschreiben. In Wirklichkeit war Anna noch verhältnismäßig gut über die Kriegsjahre gekommen, hatte keine Not gelitten, war einigermaßen sicher und behaglich versteckt im Ferienhaus ihrer Familie in den Bergen untergebracht gewesen und hatte in den ganzen sechs Jahren nie einen Feind gesehen. Aber sie hütete sich, das ihrer Zimmerwirtin zu gestehen, denn Mrs. Bulmer hielt es für selbstverständlich, daß jemand, der aus einem von Krieg heimgesuchten Land kam, schreckliches durchgemacht haben mußte und für den Rest seines Lebens geschädigt ist. Da Anna – wenigstens bis jetzt – zu ehrlich war, um sich eine eigene Horrorgeschichte zu erfinden, hatte sie es stets tunlichst vermieden, über ihre Vergangenheit zu sprechen, und Mrs. Bulmer, trotz ihrer Neugier und ihrer ständigen Versuche, Vertraulichkeiten aus ihr herauszupressen, lobte das Mädchen sogar für diese bemerkenswerte Bescheidenheit und Zurückhaltung, fügte jedoch gleich hinzu, wie ungesund eine solche Verschlossenheit für die Psyche sei. Für den Eigengebrauch und den Bedarf ihrer wenigen Freundinnen hatte sie sich eine passende traumatische Vergangenheit ausgedacht, auf die sie oft in Annas Gegenwart anspielte, und wenn Anna versuchte, dem Flug der Phantasie Mrs. Bulmers Einhalt zu gebieten, streckte diese ihr ihre kurzen Arme entgegen, küßte sie, drückte sie an sich und versprach, kein weiteres Wort darüber zu sagen.

»Wie taktlos von mir, liebste Anna. Natürlich wollen Sie nicht an diese Zeiten erinnert werden. Kein Wort mehr! Ihre Vergangenheit ist tot und begraben, wie die meine und die aller anderen hier. Reden wir nicht mehr davon. Aber jetzt nehmen Sie noch ein Stück Kuchen. Ich habe ihn selbst gebacken.«

Manchmal fragte sich Anna, ob ihr Benehmen nicht einfach Feigheit war. Es wäre doch ehrlicher gewesen, Mrs. Bulmer die Wahrheit zu sagen. Während des ersten Jahres bei ihr hatte sie sich oft vorgenommen, alles zu gestehen, aber irgendwie bot sich nie die passende Gelegenheit dazu. Sie konnte ihrer Zimmerwirtin nicht in Anwesenheit ihrer Freundinnen widersprechen, denn das wäre sehr unhöflich gewesen. Und wenn sie mit ihr allein war, wies Mrs. Bulmer ihre schüchternen Beichtversuche mit lautem Geschrei und Beteuerungen ihres tiefen Verständnisses zurück, in denen Annas Stimme unterging, und dann fühlte sie sich verwirrt und beschämt. Sie fragte sich sogar, ob Mrs. Bulmer nicht längst die Wahrheit erraten hatte, es jedoch bewußt vorzog, an ihre eigene Version zu glauben. Inzwischen wurde Annas Leidensgeschichte immer weiter ausgesponnen, und oft genug stellte sie fest, daß eine neue Einzelheit dazugekommen war, eine Anspielung auf etwas, das zu schmerzlich war, um offen ausgesprochen werden zu können – auf genaue Tatsachen legte sie sich nie fest. »Sie brauchen mir nichts zu sagen, liebste Anna, ich weiß! Ich verstehe alles, ohne daß man es mir zu sagen braucht!« So hatte sie sich allmählich in einem Spinnennetz unausgesprochener Lügen verfangen, gegen die sie völlig machtlos war und nicht ankämpfen konnte.

Und jetzt war es einfach zu spät. Wie hätte sie Mrs. Bulmer und all ihren Freundinnen ihr jahrelanges stillschweigendes Einverständnis mit diesen offensichtlich erlogenen Geschichten erklären können? Wie konnte sie ihnen gegenüber den Betrug zugeben, nachdem sie schon so weit gegangen war, sich von ihnen bemitleiden und zu zahllosen Tassen Kaffee mit hausgebackenem Kuchen einladen zu lassen? Nachdem sie sich ihre Geschichten angehört und sie in dem Glauben gelassen hatte, daß auch sie etwas erzählen würde, wenn sie es nur über sich bringen könnte, von der schmerzlichen

Vergangenheit zu sprechen? Nachdem sie als eine von »ihnen« akzeptiert worden war?

Ich bin feige, sagte sie sich, während sie versonnen die Obstpyramide im Plastikkorb von Woolworth betrachtete. Sie hängte ein Büschel Kirschen über die steifen, stachligen Blätter der Ananas und nahm eine zu braun gewordene Banane fort. Eines Tages werde ich alles gestehen und mir dann ein anderes Zimmer suchen. Ich bin feige, wiederholte sie, zerknüllte Daves Brief und verbrannte ihn im Aschenbecher. Im Licht der Flamme blickte sie in den Spiegel des Kleiderschranks. Eines Tages werden all deine Lügen auf einmal ans Licht kommen, warnte sie ihr Spiegelbild, und sie sah es große Augen machen und überrascht lächeln.

4

»Anna?«

»Leo?«

»Wie geht es dir?«

»Ich bin müde.«

»Wie gewöhnlich. Komm, ich möchte heute abend mit dir ausgehen.«

»Nein danke, ich bin wirklich zu müde.«

»Du bist immer zu müde, wenn ich mit dir ausgehen will. Laß mich dich entmüden.«

»Ein solches Wort gibt es nicht. Und jedenfalls kann ich heute abend wirklich nicht.«

»Doch. Du kannst. Und du wirst. Ich hole dich in einer halben Stunde ab.«

Er hängte auf, bevor sie antworten konnte, und so zuckte sie nur die Schultern und ging langsam in ihr Zimmer hinauf. Bei Leo half kein Diskutieren. Wenn sie zu Bett ginge, würde er einfach an der Tür stehen bleiben und klingeln, bis ihn jemand einließ. Für ein heißes Bad blieb ihr keine Zeit mehr, denn der vorsintflutliche Ofen im Badezimmer brauchte eine Ewigkeit zum Warmwerden. Er ließ sich nur mit Zeitungspapier heizen, und dann sprudelte er lauwarmes Wasser mit einer Fettschicht von Ascheresten aus.

Ich sollte mir wirklich etwas besseres suchen, sagte sie sich, während sie vor dem fleckigen Spiegel stand und sich müde mit dem Kamm durch das Haar fuhr. Sie trat einen Schritt zurück und musterte sich kritisch. Der gegen das Licht hängende Spiegel zeigte die hohen und kräftigen Umrisse ihres Körpers. Breite Schultern und lange starke Beine. Es wäre doch schön, klein und anmutig wie Sylvia zu sein, eine bestimmte Haarfarbe zu haben, pechschwarz oder hellblond wie Bella, oder sogar rot wie Sylvia, obgleich deren Haar gefärbt war. Sie hatte nie den Mut gehabt, ihr Haar zu färben, und es ärgerte sie, daß es so gewöhnlich aussah, weder wirklich blond, noch dunkel. Der Spiegel hatte einen Sprung, so daß das eine Auge größer als das andere schien.

»Mir gefällst du, wie du bist«, hatte Leo gesagt, als sie zum ersten Mal miteinander ausgegangen waren. »Du bist so natürlich und gesund wie die Erde. Bleib so.«

Das hatte sie so deprimiert, daß sie am liebsten geheult hätte.

Die Türklingel schrillte, und sie eilte hinunter um ihn einzulassen. Leo stand vor ihr, klein, dunkelhaarig, makellos gekleidet, eine Zigarette im Mundwinkel, und er stampfte ungeduldig mit dem Fuß.

»Ich war schon daran, die Tür aufzubrechen. Komm, ich habe Karten für diesen neuen Film. Er ist wahrscheinlich Mist, aber das Kino hat eine Klimaanlage.«

»Wir machen unser eigenes Wetter«, verkündete das Plakat am Eingang. Anna hatte Mühe, nicht ständig mit den Zähnen zu klappern, aber sie verweigerte Leos wärmenden Arm um ihre Schulter. Der Film war langweilig. Wieder so ein Märchen für erwachsene Kinder, stellte sie bitter fest, als sie nach der Vorstellung in die überfüllte Straßenbahn stiegen. Leo schwieg. Sie saßen im offenen Raucherabteil. Die Nacht war so heiß, wie es der Tag gewesen war, und Anna fühlte, wie ihr das Kleid am Rücken klebte. Die Straßenbahn ratterte in die Richtung des Meers, und der erste kühle Lufthauch kam mit dem schwachen Rauschen der Brandung am fernen, nicht sichtbaren Strand.

»Steigen wir hier aus und gehen noch ein Stück spazieren«, schug sie vor.

Trotz der späten Stunde sah man noch viele Menschen auf den Straßen, und die Cafés am Meerufer waren überfüllt. Wagen mit fest verschlossenen Fenstern parkten am Straßenrand, einige versteckt in den dichten Büschen zwischen der Straße und dem Strand. Im Licht der vorüberfahrenden Wagen erkannte man hie und da ein eng umschlungenes Paar auf dem Rücksitz. Vom anderen Ende der Bucht her flimmerte der rote Lichtschein über Altona rhythmisch wie ein lebendiges Herz.

»Ich gebe die Stelle auf«, sagte Leo. Anna wandte die Augen vom Wasser ab.

»Warum?«

Er zuckte die Schulter. »Ich weiß nicht. Es interessiert mich nicht. Ich habe einfach genug.«

»Aber . . . ich dachte, es war gerade das, was du dir gewünscht hattest . . . Du warst so begeistert, als du anfingst.«

»Das dachte ich auch. Das ist einfach tot. Ich bin tot. Stell dir vor . . .« Er wandte sich ihr zu, bewegte den Arm schlaff in der reglosen Luft. »Stell dir vor, du sitzt Tag für Tag in einem muffigen kleinen Laden, eine Lupe ins Auge geklemmt, und murkst in Uhrwerken herum. Winzige Schrauben, winzige Federn, winzige Räder, die andere winzige Räder drehen. Du siehst nie das Tageslicht, siehst nie die Farbe des Himmels. Ein elegantes kleines Juweliergeschäft in einer eleganten kleinen Arkade, wo es nie regnet, und wo man nie die Sonne sieht. Bin ich dazu nach Australien gekommen? *Merde alors!*«

»Und was wirst du tun?«

»Weiß ich nicht.« Er zündete sich eine weitere Zigarette an, und der scharfe Rauch brachte sie zum Husten.

»Jetzt hast du zum fünften Mal die Stelle gewechselt, Leo. Was ist denn mit dir los? Gefällt dir die Arbeit nicht? Du hattest so viele Pläne, all diese schönen Zeichnungen, die du mir noch vor ein paar Wochen gezeigt hast. All dieser schöne Schmuck. Willst du das alles aufgeben? Willst du nicht schöpferisch tätig sein?«

»Ich? Schöpferisch? Ich sage dir doch, daß ich tot bin.« Er schlug sich an die Stirn und die Funken seiner Zigarette sprühten in die Dunkelheit. »Hier oben ist alles tot. Erledigt. Keine Ideen, keine Begeisterung, nichts!«

»Außer der Melodramatik«, war Anna versucht zu sagen. Diese Art von Reden hörte sie nicht zum ersten Mal.

»Du bist müde, Leo. Nimm dir Ferien, suche dir einen anderen Laden, und dann kommt alles wieder zurück. Vielleicht, wenn das Wetter etwas kühler wird . . .«

»Nie und nimmer. Ich habe nur noch Lust, am Strand zu liegen und zu schlafen. Ich habe genug Geld, um für eine Weile durchzukommen. Wenn das verbraucht ist – werden wir weitersehen.«

»Es wird dir bald langweilig werden.«

»Ich langweile mich schon jetzt.«

Sie gingen schweigend weiter, stadteinwärts, durch die stillen Straßen mit den Bungalows und den kleinen Ziegelhäusern hinter den schattigen Veranden, und dann standen sie vor Annas Türe.

»Willst du mich heiraten, Anna?«

»Nein, Leo.«

»Kann ich hereinkommen?«

»Nein.«

Er zuckte die Schulter und grinste. »Immer die gleiche alte Anna. Zu allem sagst du nein. Du ahnst ja nicht, was du verpaßt, mein Kind . . .«

»Unwissenheit ist auch ein Segen, sagt man.«

»Schlaf gut, hoffentlich träumst du von mir.«

5

Fünf Uhr fünfzehn. Noch eine Viertelstunde, und dann war sie frei. Anna begann, ihren Schreibtisch aufzuräumen, als das Haustelefon summte, sie nahm seufzend den Hörer auf.

»Miss Marten? Hier ist Mike Sanders. Ich bitte um Verzeihung für den späten Anruf. Wollten Sie schon fortgehen?«

»Nein . . .«

»Würde es Ihnen etwas ausmachen, auf einen Sprung heraufzukommen und mit einer unserer Patientinnen zu reden? Sie scheint ein komischer alter Kauz zu sein. Versteht kein Wort Englisch, und mein Schulfranzösisch auch nicht, was ich ihr nicht verübeln kann . . . Sie benimmt sich höchst seltsam, und wir fragten uns, ob Sie ihr nicht einige Dinge erklären könnten. Die Schwester vom Dienst läßt ausrichten, daß sie Ihnen sehr dankbar wäre . . . Ich rufe Sie von der chirurgischen Abteilung für Frauen an. Wenn Sie jetzt kommen, fahre ich Sie nach Haus oder an jeden beliebigen Ort, wo Sie nachher hinwollen.«

Als Anna über den meilenlangen Korridor eilte – warum scheinen alle Krankenhäuser für Marathonläufer gebaut zu sein? – fühlte sie sich angenehm erregt.

Mike Sanders, das Genie unter den Assistenzärzten im letzten Studienjahr, bot sich an, sie nach Hause zu fahren! Wahrscheinlich tat er das nur, weil er sie schon vor einigen Tagen hätte anrufen sollen, es vergessen hatte, und es jetzt schnell nachholen wollte, um die Krankenschwester zu beruhigen. Anna war mit Sylvia in der Stadt verabredet und fragte sich, wie lange das Gespräch wohl dauern würde.

Mike saß im Schwesternzimmer, paffte nervös an einer Zigarette und sprang auf, als Anna eintrat.

»Ah, da ist unsere Rettung! Wie nett von Ihnen, daß Sie noch zu so später Stunde gekommen sind. Nehmen Sie Platz. Zigarette gefällig?«

Jemand muß wirklich sehr wütend gewesen sein, sagte sich Anna amüsiert über diesen herzlichen Empfang. Gewöhnlich nahmen die jungen Assistenzärzte keine Notiz von den geringeren Sterblichen, und das waren alle unter dem Rang eines Registrators oder einer Oberschwester.

»Es ist das Bett Nummer 3. Sie können es von hier aus sehen. Neunundsechzig Jahre alt, Witwe, keine Verwandten, keine Besucher, kein Wort Englisch. Sie wurde wegen einer Cholelithiasis eingeliefert – Gallensteine für Sie – hat die Einverständniserklärung für die Operation unterschrieben, ist aber im letzten Augenblick, praktisch vor der Tür des Operationssaals, von der Rollbahre gesprungen und eiligst in ihr Bett zurückgekehrt. Seitdem ist nichts mit ihr anzufangen. Sie schreit, wenn sie nur einen weißen Kittel sieht, weigert sich zu essen oder ihre Pillen einzunehmen. Wir tappen völlig im Dunklen. Könnten Sie herausfinden, was mit ihr los ist? Sie muß irgend etwas, das jemand gesagt hat, mißverstanden haben. Die Operation wäre ziemlich dringend.«

»Wie heißt sie?«

Er sah in der Akte nach. »Fryberg.«

»Nationalität?«

»Polnisch.«

Anna stand auf. »Ich werde sehen, was ich tun kann.«

»Ich warte hier auf Sie.« Er setzte sich wieder, zündete sich noch eine Zigarette an. Anna trat ins Krankenzimmer.

Mrs. Fryberg war ein kleines, vogelähnliches Geschöpf und sah in dem riesigen Krankenbett ganz verloren aus. Sie hatte weißes, schütteres, zu einem kleinen Knoten zusammengeflochtenes Haar, und ihre runden blauen Augen wirkten wie durchsichtige Tümpel im furchigen Brachfeld ihres runzligen Gesichts. Als Anna sich ihr näherte, wandte sie den Kopf ab und starrte zur Wand.

»Mrs. Fryberg?« begann Anna auf Polnisch. »Der Arzt sagte mir, Sie fühlten sich unglücklich, und nun bin ich gekommen, um zu sehen, ob ich helfen kann. Haben Sie irgendeinen Wunsch? Kann ich etwas für Sie tun?«

Immer noch mit dem Kopf zur Seite blinzelte Mrs. Fryberg Anna kurz an, schaute dann gleich wieder weg.

»Wie lange sind Sie schon hier, Mrs. Fryberg? Haben Sie Schmerzen? Kommt jemand Sie besuchen?«

Das Schweigen wurde peinlich. Die anderen Patientinnen beobachteten sie neugierig.

Anna beugte sich über das Bett. »Mrs. Fryberg, ich weiß, daß Sie verstehen, was ich sage. Ich möchte nur wissen, warum Sie sich nicht operieren lassen wollen. Ich bin keine Ärztin, mir können Sie es ruhig sagen.«

Mrs. Fryberg schnellte wie eine Sprungfeder hoch.

»Sie brauchen mich nicht anzulügen. Ich weiß alles«, erklärte sie und nickte dabei mit dem Kopf.

»Wie meinen Sie das?«

»Ich weiß es eben. Das ist alles, was ich Ihnen im Augenblick zu sagen habe.«

Sie legte sich zurück, faltete die Hände auf der Bettdecke, ihre blauen Augen blickten starr über Annas Kopf hinweg.

Obgleich es gegen die Krankenhausregeln verstieß, setzte sich Anna auf das Bett und beugte sich über die Frau.

»Sagen Sie mir doch bitte, was Sie wissen, Mrs. Fryberg. Schauen Sie, niemand hier versteht ein Wort von dem, was wir reden. Sie können mir alles erzählen. Sie können ganz sicher sein.«

»Das ist auch eine Lüge. Alle verstehen.«

»Was? Spricht hier jemand Polnisch? Eine Patientin?«

»Nein. Alle. Ich sage es Ihnen ...« Mrs. Fryberg setzte sich auf und begann Anna ins Ohr zu flüstern. Ihre scharfen Krallen bohrten sich in den Arm des jungen Mädchens.

»Sie verstellen sich alle, wissen Sie? Sie tun nur so, als ob sie nichts verstehen, um mir was vorzumachen. Aber das können sie nicht, weil ich weiß. Ich habe sie reden gehört, als sie glaubten, ich schliefe.«

»Wann war das?«

»Nachts. Sie kommen her, stehen um mein Bett herum und reden. Ich habe gehört, wie er sagte: ›Morgen machen wir sie fertig.‹ Das hat er gesagt. Ganz deutlich. Und die Schwester lachte.«

»Aber Mrs. Fryberg, das müssen Sie geträumt haben. In diesem Krankenhaus gibt es keinen polnischen Arzt, und niemand würde so etwas Schreckliches sagen.«

»Lassen Sie sich von denen nicht täuschen. Er ist

nicht der einzige. Sie sind alle Polen. Und sie warten nur auf den Tag, wo sie mich fertigmachen können. Aber da freuen sie sich umsonst. Ich lasse mich nicht operieren. Das brauche ich nicht. Ich bin ganz gesund. Und ich habe an den Generalgouverneur geschrieben und ihm berichtet, was in diesem Krankenhaus vorgeht. Die Panzer sind schon unterwegs.«

Anna ließ sich vom Bett gleiten, richtete sich auf und blickte die alte Frau an.

»Hören Sie sie auch am Tage polnisch sprechen, Mrs. Fryberg?«

»Natürlich. Die da drüben . . .« Sie zeigte auf eine junge Hilfsschwester hinten im Zimmer, »die habe ich schon oft gehört, wenn sie mit den anderen Patientinnen über mich redete. Das tun sie alle, sowie sie glauben, daß ich sie nicht hören kann. Sie sagen, ich müßte fertiggemacht werden. Deshalb haben sie mich hierher gebracht. Aber ich habe mein System.« Sie öffnete ihre Handtasche und nahm eine kleine Schachtel heraus.

»Kommen Sie näher . . .« Nervös zitternd lehnte sich Anna über das Bett. Mrs. Fryberg warf einen argwöhnischen Blick auf die Betten neben ihr, klappte dann hastig die Schachtel auf. Sie war voller bunter Pillen.

»Woher haben Sie die, Mrs. Fryberg?«

»Die gibt man mir ständig. Und wissen Sie, was es ist? Gift! Die behalte ich als Beweisstück. Wenn der Gouverneur kommt, zeige ich sie ihm.«

Sie machte die Schachtel zu, legte sich zurück, nickte zufrieden, die blauen Augen glänzten friedlich, und sie lächelte. Ganz die liebe Großmutter, wie sie im Buche steht.

»Also, Mrs. Fryberg, das ist wirklich sehr interessant. Aber ich muß jetzt gehen. Morgen komme ich wieder.«

Mrs. Fryberg schien sie nicht zu hören, und Anna verließ eiligst das Krankenzimmer.

»Nun?« Mike und ein Registrator blickten sie erwartungsvoll an.

»Mrs. Fryberg ist völlig verrückt.« Anna wiederholte die Worte der alten Frau, und der Registrator machte sich Notizen.

»Wir werden morgen einen Psychiater bitten, sie sich anzuschauen. Ich frage mich, wieviele ähnliche Fälle in Krankenhäusern falsch behandelt werden, weil niemand die Sprache der Patienten versteht. Vielen Dank, Miss Marten. Sie waren eine große Hilfe.«

Mikes prüfender Kennerblick war Anna nicht entgangen, als sie sich in den niedrigen Sportwagen setzte, und verärgert, ohne recht zu wissen warum, zog sie sich den Rock über die Knie.

»Wie lange sind Sie schon in Australien, Miss Marten? Oder darf ich Anna sagen? Ich weiß, daß es in Europa nicht üblich ist, aber hier sind wir viel freundlicher und offener, finden Sie nicht auch? Gefällt es Ihnen hier? Wirklich? Nicht viele Einwanderer sind dieser Ansicht, obgleich sie immer beteuern, es sei ein wunderbares Land. Natürlich. Meine Eltern sind in Ungarn geboren, verstehen Sie? Sie reden oft von Europa, sind aber nie dorthin zurückgekehrt. Kaum zu glauben, nicht wahr? Sie sagen, sie wollen nicht sehen, was der Krieg angerichtet hat, aber das ist nur ein Vorwand. Damit sie um so besser ihre Vergangenheit idealisieren und an allem hier herummeckern können. Ich frage mich, ob sie sich ihres Glücks bewußt sind, dem Krieg entronnen zu sein. Während die ganze übrige Welt kämpfte, haben sie hier im warmen Nest gesessen.

Sie müssen verstehen, daß ich meine Eltern nicht kritisieren oder gar verurteilen will. Meine eigenen Eltern! Ich sage das nur, weil sie nicht zu sehen scheinen, wie unfair ihre Einstellung ist. Ich werde so wütend, wenn ich sie klagen höre, aber wenn ich etwas sage, heißt es, ich solle den Mund halten, ich verstünde nichts davon, ich sei noch nie in Europa gewesen und könne darüber keine Meinung haben.

Nun ja, ich bin nie dort gewesen – noch nicht. Aber gleich nach meinem Abschlußexamen werde ich reisen. Zuerst nach England und dann in die übrige alte Welt, bevor sie im Meer versinkt oder sich hochgehen läßt oder sonstwas.«

Anna hörte ihm überrascht und mit Interesse zu. Dieser unerwartete Herzenserguß gab ihr das Gefühl, plötzlich in das Privatleben eines Fremden verwickelt zu sein, und sie wollte mehr wissen.

Aber er wandte jetzt ihr seine Aufmerksamkeit zu, sagte, er habe gehört, daß sie mehrere Sprachen beherrsche. Das sei sehr gescheit von ihr und biete große Vorteile. Dann fragte er, woher sie käme.

»Paris«, antwortete sie und bemerkte sofort ein schärferes Interesse und einen weiteren Kennerblick auf ihre Beine.

Oh Gott, wenn er jetzt bloß nicht noch »ah, *Gay Paree*« sagt!

»Ich bin keine Französin«, fügte sie rasch hinzu. »Ich bin dort nur nach dem Krieg gelandet, und kam aus Frankreich nach Australien.«

Sie näherten sich der Innenstadt und fuhren langsamer im dichten Verkehr.

»Hören Sie, ich nehme zwar an, daß Sie ziemlich beschäftigt sind, aber ich habe Karten für ein Konzert in der Town Hall an diesem Wochenende. Möchten Sie mitkommen?«

»Mit Vergnügen.«

»Wunderbar. Abgemacht. Geben Sie mir Ihre Adresse, und ich hole Sie ab.«

Sylvia stand am Eingang der »Gondola« und machte große Augen, als der Wagen am Rinnstein hielt. Sie kam auf sie zu, und Anna hatte plötzlich ein drückendes Gefühl in der Magengrube, als sie ihre Freundin sah; die anmutigen Bewegungen, das lässig um die Schultern wehende rote Haar, das enganliegende Kleid, das die Figur so gut zur Geltung brachte. Drei kurze Schritte hatten genügt, um Mikes Aufmerksamkeit zu fesseln. Ein paar Sekunden später stieg er aus seinem Wagen und bat, vorgestellt zu werden, und wenige Minuten darauf saßen sie alle drei im Café. Mike bestellte Eiskaffee, bot Zigaretten an, gab Feuer, hatte nur noch Augen für Sylvia, und Sylvia errötete, kicherte, zappelte, verschluckte sich, kniff Anna unter dem Tisch aus reiner Freude über ihren Erfolg.

Das Gespräch wandte sich der Musik zu, sobald Sylvia erwähnt hatte, daß sie Tänzerin war. Während Anna der angeregten Diskussion über eine Reihe von Konzerten lauschte, die ein berühmter Künstler auf Tournee kürzlich gegeben hatte, bereute sie ihre totale Unwissenheit auf diesem Gebiet. Musik war ihr immer nur ein angenehmer Hintergrund für Träumereien gewesen. Sie hätte nicht einmal alle Instrumente eines

Orchesters nennen können, wußte sie kaum voneinander zu unterscheiden, geschweige zu beurteilen, wie gut oder schlecht der eine oder der andere Dirigent ihre Klangfarben zur Geltung brachte. Und da Mike ihr Schweigen bemerkt haben mußte, fragte sie sich, ob er es nicht bedauerte, sie so voreilig zum Konzert eingeladen zu haben. Aber das hätte er sich vorher überlegen sollen. Er hatte sie zuerst eingeladen, und sie würde da sein, selbst wenn sie ihn langweilte und ihm den Abend verdarb.

Als Mike sich verabschiedet hatte, saßen die beiden Mädchen schweigend bei ihren Eiskaffees.

»Ein interessanter Mann, nicht wahr?« sagte Sylvia schließlich. »Wie lange kennst du ihn?«

Anna zögerte. Die Versuchung zu lügen war überwältigend. Sie hätte leicht sagen können: »Ja, wir kennen uns schon seit einer ganzen Weile.« So etwa könnte sie Sylvia andeutungsweise zu verstehen geben, daß Drittpersonen in diesem besonderen Bereich ihres Lebens unerwünscht waren . . . aber gleichzeitig wußte sie, daß Mike ihre Freundin wiedersehen würde, und daß die Wahrheit dann früher oder später ans Licht kommen mußte . . .

»Nein, ich kenne ihn kaum«, gestand sie. »Aber du weißt ja, wie es ist. Wenn man lange am gleichen Ort arbeitet, begegnet man schließlich jedem. Wir essen in der gleichen Kantine und sitzen während der Mittagspause im Garten. Im Krankenhaus kennt jeder jeden.« Rasch das Thema wechselnd, erzählte sie Sylvia von der alten Frau auf der chirurgischen Abteilung.

»Ach, was für ein Glück für dich, eine so interessante Arbeit zu haben!« Sylvia beneidete sie. »Ich wünschte, ich könnte auch so etwas tun. Etwas Nützliches, weißt du. So nahe am wirklichen Leben. Mein Gott, wenn ich nur bedenke, was du in deiner Arbeit täglich siehst und hörst!«

Anna lächelte. Glanz und Gloria der Krankenhäuser . . . Es war nicht ganz so, wie Sylvia es sich vorstellte. Wäre ich Ärztin oder Krankenschwester oder Sozialarbeiterin, dann vielleicht ja . . . Das wäre schon etwas. Aber Dolmetscherin? Es ist schrecklich unbefriedigend, ein Sprachrohr für andere zu sein, immer nur zu übersetzen, was andere zu sagen haben. »Ich trage nichts eigenes dazu bei«, war sie versucht, Sylvia zu erklären, die sie mit großen Augen anstarrte, wahrscheinlich von umherschwirrenden weißen Kitteln und Stethoskopen träumte, von Ärzten, die um ein Menschenleben kämpfen und zwischendurch leidenschaftliche Liebesspiele in Wäscheschränken oder sonstigen Verstecken treiben, von denen die Frauenzeitschriften so anschaulich zu erzählen wissen. Während Miss Marten geziert in ihrem Büro sitzt, unpersönlich, zuverlässig und neutral, und die Gedanken anderer Leute wie ein Telefon überträgt.

Im Übrigen war sie meist nur eine Sekretärin wie viele andere, nahm Diktate auf – wieder die Worte anderer – tippte Briefe und Berichte. In allem, was ich tue, ist nichts von mir selbst, sagte sie sich, nicht einmal die Unterschrift. Nur die Initialen links oben in der Briefbogenecke. Da hast du Glanz und Gloria! Diese Gedanken behielt sie allerdings für sich, um so mehr, als sie gerade eben gegenüber ihrer besten Freundin eine kleine, jedoch schmerzliche Niederlage erlitten hatte. Anna lächelte wieder dem hübschen, dunkeläugigen

Mädchen zu und bemühte sich, ohne viel Erfolg, bescheiden auszusehen.

»Vermutlich kann ich mich wirklich glücklich schätzen, denn so viele müssen sich mit Arbeiten abquälen, die ihnen nicht gefallen. Das muß die Hölle sein. Aber du, Liebste, wirst ein viel glanzvolleres und aufregenderes Leben haben, wenn du einmal auf der Bühne bist. Dann wirst du eine Künstlerin sein, während ich kleiner Klecks in den Reihen der anderen kleinen Kleckse im dunklen Saal sitze und voller Neid zu dir hinaufschaue.«

»Falls ich es je so weit bringe.« Sylvia drückte ihre Zigarette aus und blickte finster drein. »Ich würde nicht darauf wetten.«

»Aber warum? Du scheinst doch nur für den Tag zu leben, an dem du deine erste Chance kriegst. Das höre ich ständig von dir. Erzähle mir bloß nicht, daß auch du deine Zweifel hast, Liebste, sonst werde ich verrückt! Jeder, den ich kenne, scheint in einer Krise zu stecken!«

»Ich mache keine Witze, Anna, ich sehe nur die wahren Tatsachen. Ich weiß, daß ich nie eine wirklich gute Tänzerin sein werde. Dazu habe ich zu spät angefangen. Aber Mama lebt in einer Traumwelt und will nur sehen, was sie sich wünscht. Hätte ich als Kind nicht die Tuberkulose gehabt, wäre es anders gewesen. Ich habe im richtigen Alter mit dem Training begonnen, aber ich mußte es fünf Jahre lang aufgeben, bis zu meiner Heilung, und dann kam die Schule, wo ich mir allerdings nicht viel Mühe gab, ganz im Gegensatz zu dir, und Papa war auch nie scharf auf eine Bühnenkarriere für mich. Aber Mama bestand darauf, und so wurde ich vor drei Jahren, nach Abschluß der Schule, zu Karasoff geschickt, wo ich noch immer bin. Du hast keine Ahnung, zu was Mama fähig ist, wenn der Floh sie gebissen hat ... Der arme alte Karasoff hat eine Heidenangst vor ihr und wird ihr nie die Wahrheit sagen, aber ich weiß sie. Das Beste, das ich mir erhoffen kann, ist ein Engagement als Revuegirl in einem Nachtlokal. Natürlich nicht hier. In Europa. In London oder Paris. Wenn ich das geschafft habe, wird Mama glücklich sein.«

»Aber wird sie dich gehen lassen? So weit weg von Australien?«

»Mit Freuden sogar! Mama ist nämlich keine Australierin, verstehst du. Sie ist Russin, und sie hat ihr Land als kleines Kind verlassen, während der Revolution oder kurz danach. Wann, weiß ich nicht, denn mit Daten nimmt sie es nicht sehr genau. Dann lebte sie in Griechenland und Italien, und dort hat sie Papa kennengelernt, der in Europa herumreiste, und kurz darauf heirateten sie und kamen nach Melbourne. Sie redet noch immer ständig von der alten Welt, ist hier nie richtig heimisch geworden, hat keine Freunde, geht nirgendwo hin, außer jeden Morgen in die Kirche und in die griechischen und italienischen Geschäfte. Bei uns zu Hause würdest du nie eine australische Mahlzeit bekommen. Nichts so einfaches, wie ein Steak mit Salat, außer wenn sie krank ist und nicht belästigt werden darf, und dann muß ich kochen, aber das rührt sie nicht an. Wenn sie wohlauf ist, verbringt sie Stunden in der Küche, und dann will Papa nichts essen ... Darauf folgt dann meist der große dramatische Auftritt über die ›Sklaverei am Herd‹ und eine mit machtvoll lauter russischer Stimme gedonnerte Predigt über die feineren

Seiten des Lebens, die wir offenbar nicht zu schätzen wissen.«

Anna lachte, aber Sylvia blieb verstimmt. »Es ist nicht lustig, glaube mir. Nicht, wenn du damit leben mußt. Zum Schluß fragt man sich, ob einem vielleicht nicht wirklich etwas fehlt, und ob man nicht besser dran wäre, anderswo zu leben. Natürlich, ich weiß, daß Mama schrecklich unglücklich ist und mir nur deshalb das Leben so schwer macht. Und ich weiß auch, daß ich sie nicht enttäuschen darf. Nur sehe ich nicht, wie ich das vermeiden kann. Ich muß einfach weitermachen mit meiner Tanzerei, und sobald ich kann, gehe ich nach Europa. Dann weiß sie wenigstens nicht, was ich wirklich tue, und ihre Phantasie besorgt den Rest.«

»Wird sie dich nicht begleiten wollen?«

»Nein. Trotz all ihrer Reden ist sie nie zurückgekehrt. Nicht etwa weil wir es uns nicht leisten können, obgleich das der offizielle Vorwand ist. Und an Papa liegt es auch nicht. Sie hängt nicht sehr an ihm, und er würde sie nicht zurückhalten. Der arme Papa. Er ist wirklich ein Schatz, aber mit der Ehe ist nicht viel los. Er reist viel im ganzen Lande herum, bleibt oft wochenlang fort. Das Leben zu Hause bedeutet ihm nicht viel, und wenn ich einmal weg bin . . . Nein, Mama wird nie zurückkehren.«

Anna fand, daß Sylvia und Mike mehr miteinander gemein hatten, als sie ahnten, und fragte sich, ob sie sich je so freimütig über ihre Eltern aussprechen würden, wenn sie sich besser kannten.

»Was würdest du denn gerne tun, wenn du die Wahl hättest, Sylvia?«

»Das wüßte ich wirklich nicht. Was könnte ich schon

tun? Ich habe keine Fähigkeiten und keinen Ehrgeiz. Ich wußte mein ganzes Leben lang nur, daß ich Tänzerin werden würde, und so habe ich eigentlich nie daran gedacht, etwas anderes zu tun. Wenn du Mama kennenlernst, wirst du sehen, daß ihr niemand nein sagen kann. Wenn sie etwas beschlossen hat, ist die Diskussion beendet . . . Aber was soll's«, fügte sie trotzig das Haar schüttelnd hinzu. »Wer sagt, daß ich scheitern werde? Warte nur, bis ich in London bin . . .«

Sie blickte auf ihre Uhr. »Himmel! Sehe ich recht? Ich habe mich verspätet! Karasoff wird mich umbringen. Tschüs, Schätzchen, ich rufe dich später an. Du mußt bald einmal zum Abendessen kommen.«

Während sie ihre Sachen zusammenlas, hielt sie kurz inne und warf Anna einen Seitenblick zu.

»Wann wirst du Mike wiedersehen?«

»Wahrscheinlich morgen im Krankenhaus . . . und, ach ja, wir gehen Samstag in ein Konzert.«

»Du Glückliche!«

Anna lächelte. »Aber, aber . . . reg dich nur nicht auf. Ich kenne den Mann kaum. Er könnte sich als der größte Langweiler der südlichen Hemisphäre erweisen.«

»Mach mir nichts vor, Anna, ich sah, wie er dich anschaute, und da war ein . . .«

». . . ein besonderer Glanz in seinem Auge«, unterbrach Anna sie lachend. »Liebste Sylvia, du bist unverbesserlich.«

6

Anna blieb vor der kleinen Imbißstube stehen und spähte hinein. Zu dieser späten Stunde war der Laden leer, und die Haufen der in Wachspapier gewickelten welken Sandwichs aus pampigem, krustenlosen Brot sahen noch unappetitlicher als am Morgen aus. Mrs. Kemp war in die Lektüre ihrer Zeitung vertieft, blickte auf und lächelte.

»Kommen Sie herein, Anna. Wie geht's? Schon auf dem Heimweg? Was für ein Glück Sie haben, so früh mit der Arbeit fertig zu sein. Bella muß jede Minute kommen, und dann können Sie mit ihr nach Hause gehen und zum Abendessen bleiben.«

Bella stand in der Tür, noch bevor ihre Mutter den Satz beendet hatte. Ein großes, plumpes, blondes Mädchen mit runden Schultern und gebückter Haltung. Obgleich sie so groß wie Anna war, schien sie ihr kaum bis an die Schultern zu reichen, und sie blickte ihre Freundin mit einem schüchternen Lächeln an, wobei sie die Mundwinkel herunterzog.

»Bist du schon da? Kommst du mit mir nach Hause?«

»Deine Mutter hat mich gerade eingeladen. Wie war die Schule?«

Bella seufzte und ließ sich schwer auf den einzigen verfügbaren Stuhl sinken.

»Schrecklich! Ich schaffe es nie!«

»Unsinn! Du hast noch eine Menge Zeit, um dich auf deine Examen vorzubereiten. Du wirst mit fliegenden Fahnen durchkommen. Nimm's nicht so schwer, und laß dich nicht deprimieren.«

»Du verstehst mich nicht. Es ist nicht das Lernen und die Bücherarbeit ... ich habe nur Angst, weil es so wichtig ist, weißt du? Weil so viel davon abhängt. Mein ganzes Leben!«

Mrs. Kemp blickte wieder von ihrer Zeitung auf und zuckte die Schultern.

»Ihr ganzes Leben! Haben Sie das gehört, Anna? Als ob sie sterben würde wenn sie durchfällt. Ihr Vater und ich versuchen ihr zu erklären, daß das Ganze ein Quatsch ist. Wozu will sie studieren? Braucht sie Bücher um zu heiraten und Kinder zu kriegen? Nicht einmal ein Kochbuch braucht sie, wo sie so gut in der Küche ist. Aber plötzlich will sie in die Schule zurück. In ihrem Alter!«

»Mutter, ich bin neunzehn und nicht fünfzig!«

»Als ich neunzehn war, war ich mit deinem Vater verlobt, und da hatte ich nur ein Studium im Kopf: Ihn.«

Bella zog Anna beim Arm. »Komm, verschwinden wir.«

Sie eilten auf die enge Straße hinaus, kämpften sich durch die heimkehrende Menge und nahmen die Straßenbahn nach St. Kilda. Bella saß zusammengesunken auf der harten Bank, einen Stapel Bücher an den Busen gepreßt, und seufzte tief.

»Bist du wirklich so besorgt? Kann ich dir irgendwie helfen?«

Bella schüttelte den Kopf. »Es ist nicht die Bücherarbeit, verstehst du? Ich glaube, ich könnte es wirklich schaffen, wenn nicht die Prüfungen wären. Mathematik und Chemie sind kein Problem. Englisch ist die größte Hürde. Wenn ich die bewältige, werde ich mit dem Übrigen schon irgendwie fertig. Aber wie soll ich einen anständigen englischen Aufsatz zustande bringen? Wenn ich Angst habe, kann ich nicht denken, geschweige schreiben. Und ich bin nie fähig gewesen, so einfach und ohne weiteres fünf bis sechs Seiten über ein Thema zu schreiben, an das ich vorher noch nie gedacht habe . . . Nicht einmal in meiner eigenen Sprache. Und dazu noch in einer fremden?«

Anna suchte vergeblich nach ermutigenden Worten. Sie erinnerte sich noch zu lebhaft an ihre eigene Examenspanik. Sie hatte Glück gehabt, und daß sie in einer vielsprachigen Familie aufgewachsen war, hatte auch geholfen. Und natürlich war es wieder einmal Dave gewesen, der sie auf diese Sprachschule in Paris geschickt hatte, Dave, der alles bezahlte und ihr mit ihren französischen und englischen Übungen half. Und dann mußte sie ihm zeigen, daß sie sein Vertrauen verdiente, und daß sie fähig war, ihren Teil zur Sache beizutragen. Schließlich war es nur Bücherarbeit, nichts als Worte, und Worte waren ihre Stärke. Sie hatte gewußt, daß sie nicht scheitern würde, und sie war nicht gescheitert.

Bella seufzte immer noch, als sie aus der Straßenbahn stiegen und sich dem kleinen Schindelbretthaus näherten, das die Familie Kemp bei ihrer Ankunft in Melbourne gemietet hatte.

»Hast du von Dave gehört?«

»Ja, ein Brief kam letzte Woche.« Jetzt war es an Anna, zu seufzen.

»Ich werde nie verstehen, warum du Paris verlassen hast und hierher gekommen bist, wo du dort Dave hattest.«

»Ich habe es dir erklärt. Ich konnte einfach nicht herumsitzen und warten, bis er sich entschließt. Ich mußte ihm zeigen, daß ich erwachsen und unabhängig sein kann. Wäre ihm so viel daran gelegen gewesen, daß ich in Paris bleibe, dann hätte er es mir sagen sollen. Jetzt ist es ein bißchen spät. Und jedenfalls konnte ich, wie du weißt, nicht in diesem Waisenhaus bleiben, nachdem ich achtzehn war, und wo hätte ich sonst wohnen sollen? Eine Arbeitserlaubnis konnte ich auch nicht bekommen, und ich hätte nie genug Geld gehabt, um mich allein über Wasser zu halten. Stell dir vor, du lebst allein in einem Hotel und wartest, bis der hohe Herr und Meister sich entschieden hat, ob er dich heiraten will oder nicht. Natürlich hat er mir finanzielle Hilfe angeboten und sogar versucht, mir eine Stelle zu beschaffen, aber da fand ich dann doch, daß ich ihn genug Geld gekostet hatte, und daß es höchste Zeit war, auf eigenen Füßen zu stehen.«

»Und wenn er dich jetzt bitten würde, zu ihm zurückzukehren?«

Anna lächelte. »Dann wäre ich auf dem nächsten Dampfer.«

Während Anna die Teller auf dem bestickten Tischtuch verteilte, stellte sie fest, daß zum Glück niemand die Wahrheit wußte, und daß sie nach all ihren Geschichten über Dave nie den Mut aufbringen würde, sie zu gestehen. Irgendwie waren ihre endlosen Flüstereien und Andeutungen über Dave und ihre große Liebe außer Kontrolle geraten, und jetzt konnte sie nur noch den so jämmerlich schwach begründeten Mythos mit Hilfe ihrer Phantasie weiter ausspinnen. Dave hatte bestimmt keine Lust, sie je wieder in Paris zu sehen, und sie sah keinen Grund, Australien zu verlassen. Sie nahm sich vor, die Geschichte allmählich einschlafen zu lassen oder vielleicht sogar jemand anders zu finden, der Daves Platz einnehmen könnte.

Die Ankunft von Bellas Eltern setzte ihren Grübeleien ein Ende. Mr. Kemp, verschwitzt und schmutzig nach der Tagesarbeit in der Autowerkstatt, war nicht in Plauderstimmung, lächelte jedoch erfreut, als er Anna sah, und tätschelte ihr die Wange.

»Wie geht es Anna? Schon einen Arzt in diesem Krankenhaus ergattert?«

»Nein, vielen Dank.«

Rituelles Frage- und Antwortspiel.

Mrs. Kemp stocherte lustlos in ihrem Teller herum. »Nach einem ganzen Tag Sandwichs mag ich gar nicht mehr ans Essen denken. Gott verzeihe mir, aber der bloße Geruch von Brot macht mich krank. Und was für ein Brot! Keine Kruste, sieht aus und fühlt sich an wie Löschpapier. Und so schmeckt es auch. Nicht wie unser Roggenbrot in der Heimat . . . Heute kam ein Mädchen rein und wollte einen Spaghetti Sandwich. Kannst du dir das vorstellen? Und sagte mir auch noch, wie man ihn macht. Kalte Spaghetti aus der Büchse zwischen zwei Scheiben Löschpapier. Wie würde dir das als Mittagessen gefallen? Und dann dieses andere Mädchen, das immer gebackene Bohnen in ihrem Sandwich verlangt.«

»Nun ja, aber sie würde auch nicht verstehen, wie wir Knoblauchwurst in unseren Sandwichs essen können. Die Leute sind halt anders als wir und essen anders. Ich habe einmal einem Mädchen aus meiner Klasse, das hierher zum Essen kam, einen Rollmops angeboten, und ich glaubte, sie würde sich übergeben, als ich ihr erklärte, daß der Hering nicht gekocht, sondern nur mariniert war.«

»Irgendwann werden sie es schon mal lernen. Mit den vielen Einwanderern, die jetzt gekommen sind, und all den ausländischen Restaurants und Cafés und Delikatessenläden. Da müssen sie es lernen. Und viele reisen jetzt auch nach Übersee.«

Wie gewöhnlich war das Essen das einzige Gesprächsthema. Anna steuerte mit ihren kleinen Geschichten, ihren kleinen Ungeschicken und Ärgernissen dazu bei, bauschte sie auf, übertrieb, erfand, tat alles, um das bleierne Schweigen vom Tisch zu bannen.

»Habe ich euch schon einmal erzählt, wie ich versuchte, einen dieser Teekuchen, die man Crumpet nennt, roh zu essen? Woher sollte ich wissen, daß man sie toasten muß? Es schmeckte wie eine Gummibadematte. Mein Gott, sagte ich mir, was diese Aussies für Sachen essen!«

Nach dem Mahl zog sich Mrs. Kemp ins Hintergärtchen zurück. Mr. Kemp schaute den Mädchen beim Abräumen zu.

»Was ist mit all den jungen Ärzten in Ihrem Krankenhaus los, Anna? Haben sie keine Augen im Kopf?«

»Aber ich mag Ärzte nicht, Mr. Kemp.«

»Und was mit euch beiden los ist, verstehe ich einfach nicht. Meine Bella bricht ihre Verlobung, obgleich sie keinen Grund dazu hat, Anna läuft diesem Amerikaner in Paris davon, und jetzt seid ihr auf dem besten Weg, alte Jungfern zu werden. Schämt euch.«

»Aber Papa, so alt sind wir doch noch nicht.«

»Je länger du wartest, desto schwieriger wird es. Beeile dich lieber, sonst verpaßt du den Zug.«

Darauf zog er sich ins Schlafzimmer zurück. Die Mädchen blieben allein und tauschten spöttisch verzweifelte Blicke aus. Eine Jungfrau mit zwanzig ist ein hoffnungsloser Fall! Das war die Kemp'sche Definition für Familienschande.

»Du kannst lachen, aber es ist gar nicht lustig, wenn man es Tag für Tag in den Schädel gehämmert bekommt!« Bella bückte sich über ihren Kaffee und schlurfte laut.

»Mußt du dieses ekelhafte Geräusch machen?«

»Ist mir egal. Ich bin unglücklich.«

»Du solltest abends keinen Kaffee trinken. Du wirst nicht schlafen. Oder willst du noch büffeln?«

»Nein, dazu bin ich nicht in Stimmung. Wozu auch? Und Kaffee hat mich noch nie am Schlafen gehindert. Weder Kaffee noch sonstwas. Ich könnte rund um die Uhr schlafen, wenn man mich ließe. Manchmal wünschte ich, ich würde nie aufwachen. Bleibe doch über Nacht, dann können wir schwatzen.«

»Schön, wenn du sicher bist, daß du deine Zeit nicht verschwendest. Ich finde eigentlich, du solltest dir lieber deine korrigierten Aufgaben durchsehen, aber wie du willst . . .Laß mich noch schnell Mrs. Bulmer anrufen, bevor sie die Polizei alarmiert.«

Als sie vom Telefon zurück kam, saß Bella immer noch am Tisch und starrte verloren auf ihre Schulbücher.

»Brauchst du Hilfe?«

»Nein, es ist zu spät. Ach, ich wünschte, ich hätte die Stelle in der Fabrik nicht aufgegeben«, jammerte sie plötzlich und ließ den Kopf auf den Tisch sinken.

»Um Himmelswillen, Mädel, reiß dich zusammen!

Die Fabrik war dir so verhaßt, daß du von nichts anderem redetest, als wie du da raus könntest. Sogar verlobt hattest du dich deswegen, weißt du noch?«

»Vielleicht hätte ich verlobt bleiben sollen. Dann wäre ich jetzt verheiratet . . .«

»Jetzt sage bloß nicht, es sei meine Schuld. Du warst diejenige, die gebrochen hat. Du sagtest, er sei ein Schwachkopf und du liebtest ihn nicht, also worüber beklagst du dich? Er ist immer noch ein Schwachkopf, und du liebst ihn noch immer nicht. Nichts hat sich geändert.«

»Er ist jetzt verheiratet.«

»Ich wünsche ihm Glück. Und ihr auch, wer sie auch sein mag. Und du brauchst nie wieder in der Fabrik zu arbeiten, wirst deine Abschlußprüfung machen, auf der Universität studieren und endlich aus dem Schlamassel raus sein. Genügt dir das nicht zu deinem Glück?«

»Es bedeutet vier oder fünf Jahre harte Arbeit. Und wenn ich dann mein Diplom habe, bin ich alt. Falls ich es überhaupt so weit bringe.«

»Du wirst vierundzwanzig sein. Ein Greisenalter, ich weiß, aber schau, du blödes Kind, eines Tages wirst du so oder so vierundzwanzig und sogar dreißig Jahre alt sein, und ist es da nicht besser, etwas Interessantes zu tun, das bißchen Geist in deinem Kohlkopf zu entwickeln, und eine bessere Stelle zu finden, anstatt in einer stinkigen Fabrik Röcke zu nähen?«

Bella starrte sie an. Sie war nicht beleidigt, aber auch nicht überzeugt. »Ja, das mag schon sein. Ich habe nur Angst, wenn ich an all die Zeit denke, die ich über meinen Büchern hocken muß. Es ist fast so, als wenn ich einen Vertrag unterschreibe und für lange Zeit gebunden bin. Inzwischen sind all meine Freundinnen verheiratet, und ich sitze alleine da. Jedenfalls werden meine Eltern mich noch wahnsinnig machen.«

»Das Heiraten ist bei dir zu einer Besessenheit geworden, und im übrigen verstehst du es ganz falsch. Das Leben hört doch nicht auf, während du studierst. Ganz im Gegenteil, du wirst eine Menge interessanter Leute kennenlernen. Viel interessantere als die deiner jetzigen Umgebung. Und es ist auch nicht verboten zu heiraten, während du auf der Universität bist. Das kommt sogar sehr oft vor. Du redest gerade so, als ob ich dich zu etwas zwingen will, was du dir nicht wirklich wünschst. Mein Gott, und ich dachte, wir hätten das längst klargestellt!«

Anna erinnerte sich noch gut an die letzten zwei Jahre, als Bella zu unzähligen Malen stundenlang verzweifelt und hysterisch geheult, über ihr böses Schicksal geklagt und mit Selbstmord gedroht hatte, weil sie in ihrer Fabrik als Arbeiterin schuften mußte, anstatt, wie sie es zu verdienen glaubte, unmittelbar nach Betreten australischen Bodens von reichen Fabrikbesitzern umschwärmt und mit Heiratsanträgen überschüttet zu werden.

Gegen Ende ihres ersten Jahres in Melbourne hatte sie sich mit einem jungen Zuschneider einer benachbarten Werkstatt verlobt, und für eine Weile schien alles sonnig und schön.

Anna, die zu dieser Zeit jeden Mann mit Dave verglich, fand Jack nicht gerade das, was man einen guten Fang nennt, und ihre Besorgnis wuchs, als sie bemerkte, mit welcher Gleichgültigkeit Bella über ihren Bräutigam sprach. In all ihren Zukunftsplänen wurde der junge Mann kaum erwähnt, außer als eine Art Schatten im Hintergrund, der seinen Teil zum Haushalt beitrug.

»Aber was empfindest du wirklich für Jack?« fragte sie eines späten Abends, als sie auf Bellas schmalem Bett saß. »Was bedeutet er dir?«

Da war ihr zum ersten Mal der ausdruckslose Blick auf dem hübschen Puppengesicht aufgefallen.

»Ich liebe ihn natürlich.«

»Laß das Wort ›Liebe‹ aus dem Spiel. Damit ist nichts gesagt. Versuche mir in ein paar einfachen Sätzen zu erklären, was Jack dir bedeutet, ohne dieses Wort zu benutzen.«

»Ich . . . ich . . . ach, sei doch nicht dumm. Ich heirate ihn eben. Ist das nicht genug?«

»Nein, denn ich sehe nicht, warum du es tust. Es gibt andere Wege, aus der Fabrik zu kommen.«

»Zum Beispiel?«

»Du könntest dich weiterbilden, dein Abschlußexamen machen, auf die Universität oder ein Technikum gehen und dich zu etwas besserem ausbilden, als an einer Nähmaschine zu sitzen. Du hast den Kopf dazu, du bist in Europa ein paar Jahre auf der Sekundarschule gewesen, dein Englisch ist recht anständig, und du kannst es leicht vervollkommnen. Also warum nicht?«

»In meinem Alter?«

»Sei nicht dumm, du bist jünger als ich, und wenn ich die Mittel hätte, würde ich sofort wieder anfangen. Und falls Jack nicht wirklich die Antwort auf deine Mädchenträume ist, hast du genügend Zeit, einen anderen Mann zu finden.«

Bella schüttelte den Kopf. »Ich will keinen anderen Mann. Ich heirate Jack, und dabei bleibt es.«

»Und wenn du dann verheiratet bist? Hast du dir je überlegt, was es bedeutet, Tag für Tag, Jahr für Jahr mit einem Mann zu leben, der für dich ein Fremder ist und den du nicht einmal besonders magst? Wie wirst du das ertragen können? Vielleicht wirst du immer noch in der Fabrik arbeiten und dazu noch deinen Haushalt besorgen müssen. Glaubst du wirklich, daß Jack dir das alles wert ist?«

Wieder der ausdruckslose Blick. »Ich finde, du solltest solche Dinge nicht sagen. Es ist unfair. Ich dachte, du magst meinen Verlobten.«

»Ich mag ihn weder, noch mag ich ihn nicht, und stell dich nicht so geziert an; sein Name ist Jack. Aber du bist meine Freundin, und ich will nicht, daß du dir etwas einreden läßt, was du dein Leben lang bereuen wirst, und das dir nichts weiter einbringt als ein ›Mrs.‹ auf deinem Sarg.«

»Rede keinen Quatsch. Ich weiß genau, warum ich heiraten werde, und niemand kann mich daran hindern!«

Anna blickte besorgt auf das gerötete Gesicht. »Du bist doch nicht etwa schwanger?«

»Oh!« Bella war sprachlos vor Empörung.

»Hast du denn nicht mit ihm geschlafen?«

»Anna! Wie kannst du nur?«

»Ach, mein Gott, Kind, schließlich heiratest du den Kerl. Ein paar Wochen früher oder später machen da keinen Unterschied.«

Bella schien zu entrüstet, um zu antworten, wandte Anna den Rücken zu und schlief schweigend ein.

In den folgenden Wochen mied Anna den Sandwichladen, und Bella machte keinen Versuch, mit ihrer

Freundin Kontakt aufzunehmen. Gegen Monatsende hörte Anna von einer gemeinsamen Freundin, daß die Verlobung aufgelöst war. Eine Woche später rief Bella an und lud sie zum Abendessen ein. Die Atmosphäre war geladen von unterdrücktem Ärger. Bella sah sehr blaß aus und hatte dunkle Ringe unter ihren blauen Augen.

Nach dem Essen, das in fast völligem Schweigen verlaufen war, wandte Mr. Kemp sich Anna zu.

»Sie haben sicher die Nachricht gehört, nicht wahr? Von unserem Unglück? Von dieser Schande? Dieser Dummheit?«

Bevor Anna antworten konnte, mischte sich Mrs. Kemp ein.

»So ein guter Junge! So ein lieber, netter junger Mann! Und was für eine Mutter er hat! Anna, eine solche Mutter würde ich Ihnen wünschen! Und sie? Was macht sie? Sie schickt ihm den Ring zurück. Die Dame hat es sich anders überlegt. Er ist ihr nicht gut genug. Ich frage mich, wer sie jetzt noch wollen wird. Hast du gehört?« Sie drehte sich nach ihrer Tochter um, die tief über den Tisch gebückt dasaß und nervös mit den Fingern auf das weiße Tischtuch zeichnete.

»Hörst du mich? Ich rede zu dir, zu meiner Tochter, der großen Dame, die Verlobungen bricht, nach all den Umständen, die wir uns gemacht haben, dein armer Vater und ich, all die Einladungen, all die Kleider, all die Ausgaben. Sogar ein Klavier haben wir ihr gekauft, und einen Tennisschläger – gebraucht, aber so gut wie neu – damit er Tennisspielen lernen kann! Und jetzt bist du wieder da, wo du warst, bei uns zu Haus. Laß dir nur eins gesagt sein: Wir wünschen keine alte Jungfer in unserem Haus.«

Sie stampfte hinaus, gefolgt von ihrem Mann, und Bella löste sich in Tränen auf.

»Siehst du nun, warum ich mich verlobt habe? Weil ich dachte, dann hätte ich es endlich hinter mir. Es hört überhaupt nicht mehr auf. Ach, ich wäre lieber tot!«

»Warum hast du mit ihm gebrochen?«

Bella hob ihr tränennasses Gesicht. »Ich dachte an das, was du gesagt hast. An das, was geschieht, nachdem die Hochzeitsgäste gegangen sind. Ich ertrug einfach nicht den Gedanken, bei Jack zu bleiben, nur ihn zu haben für den Rest meines Lebens, alle Hoffnung aufzugeben, ... nun ja, das Richtige zu finden, nehme ich an. Plötzlich hatte ich das Gefühl, ich würde lieber jeden anderen heiraten, nur nicht ihn!«

»Wenn man jung ist, redet man von nichts anderem als vom Heiraten«, fügte sie später hinzu, als sie zu Bett gingen. »Du weißja, die Aussteuer, das Brautkleid, die Trauung, der Empfang. Wie in einem Buch, das mit den Worten schließt: ›Und so lebten sie glücklich und zufrieden bis an ihr Ende.‹ Aus ist das Märchen. Zum Schluß denkt man nicht einmal mehr daran, was danach geschieht, und manchmal glaube ich, daß ich es gar nicht wissen will.«

Um diese Zeit wurde das Thema der Schule zum ersten Mal in den Familiengesprächen erwähnt, und Anna unterstützte ihre Freundin mit all ihrer Beredsamkeit gegen den elterlichen Widerstand.

»Alle Leute, die wir kennen, arbeiten in Fabriken. Warum soll das schlecht sein? Natürlich, in Europa hätten wir uns für unsere Tochter etwas besseres erhofft. Da war das Leben anders. Da würde ich nicht tun, was ich jetzt tue, und Mrs. Kemp würde sich nicht mit

Sandwichs abplagen. Aber hier sind wir in Australien, und hier sind wir Einwanderer. Ausländer. Ohne Sprachkenntnisse, ohne Hintergrund. Nichtse. Es spielt keine Rolle, was man tut, solange man sich sein Geld auf ehrliche Weise verdient. Und es ist ja nicht fürs ganze Leben, denn früher oder später wird Bella heiraten und ihre Stelle aufgeben. Die Kinder werden zur Schule und auf die Universität gehen. Sie werden Australier sein, aber wir, wir sind die verlorene Generation, wir zählen nicht.«

Anna weigerte sich, die Logik dieser Argumente anzuerkennen. Es schien ihr ein unsinniges Opfer, diese Ableugnung des Grundrechts eines Menschen auf Bildung und Entwicklung seiner angeborenen Begabungen. Es bedeutete, sich geschlagen zu geben, bevor man wenigstens den Versuch gemacht hat, sich aus dem großen Einwanderersumpf herauszukämpfen, in den die meisten versinken.

Mit einer Entschlossenheit, die sie selbst erstaunte, machte sich Anna daran, Bellas Passivität, ihre Niedergeschlagenheit und ihre Tränenausbrüche als Beweis dessen zu interpretieren, was ihr als chronische Unentschlossenheit und Schüchternheit ihrer Freundin erschien.

»Sie wird aufleben, wenn ihr sie machen laßt, was sie sich offensichtlich wünscht. Was sie so sehr deprimiert, ist die Arbeit in der Fabrik. Die Australier nennen es einen *dead end job*, einen Sackgassenjob. Hoffnungslos. Keine geistige Anregung, keine Freude an der Arbeit, keine Zukunft.«

Schließlich gaben sie nach. Anna brachte ihre Freundin auf ein sogenanntes Einpaukungscollege und meldete sie für die Vorbereitungsklasse der Abschlußprüfungen an. Es gab einige Schwierigkeiten, weil Bella keine Zeugnisse vorweisen konnte, aber Anna erledigte das rasch.

»Miss Kemp stand kurz vor dem Schulabschluß, aber leider haben die Russen die Schule niedergebrannt, und alle Papiere wurden vernichtet. Nein, es hat keinen Sinn, an ihre Heimatstadt zu schreiben. Sie werden nie eine Antwort erhalten, und außerdem könnte es die restliche Familie, die im Lande geblieben ist, gefährden. Jeder Kontakt mit Australien würde sie in Verdacht bringen. Sie wissen ja, wie es dort zugeht . . .«

So wurde Bella angenommen, und Anna wunderte sich über ihre eigene Beharrlichkeit. Nie wäre sie einer solchen Leistung fähig gewesen, wenn es sich um sie selbst gehandelt hätte. Könnte ich doch nur um mein eigenes Glück kämpfen, wie ich es für andere tue, sagte sie sich, als sie mit Bella heimkehrte und das glückstrahlende Gesicht ihrer Freundin sah. Wüßte ich doch nur, wie ich es anstellen soll, meinen Mann zu stehen, Farbe zu bekennen, mich an meine Pläne zu halten, kurz all die Klischees, die man so leicht anderen vorhält, in die Praxis umzusetzen. Aber ich weiß es nicht, und es gibt niemanden auf der ganzen Welt, der es für mich tun würde. Ich bin auf mich selbst angewiesen, und ich bin so unabhängig, daß alle meine Freunde, die in ihren erstickend geschützten Nestern sitzen, mich verzweifelt beneiden und sich wünschen, sie könnten wie ich sein. Wenn sie wüßten!

Bella bestand die ersten Quartalsprüfungen mit Auszeichnung. Anna jubelte, sie hatte also doch recht gehabt. Jetzt konnte nichts mehr ihre Freundin aufhalten. Nichts, außer ihrem Mangel an Selbstvertrauen oder eine neue Verlobung.

»Vergiß nie«, flüsterte sie, als sie sich in Bellas engem Holzbett zusammenkuschelten, »vergiß nie, daß du so gut wie jedes andere Mädchen bist, und daß du mehr Verstand als die Hälfte deiner Klasse hast. Ich werde dir bis zu den Endexamen helfen, und dann kommt es nur noch auf dich selbst an. Und falls du scheitern solltest –« sie stützte sich auf den Ellbogen und starrte in der Dunkelheit auf das blasse Oval über dem Kopfkissen, »– falls du auch nur in einem einzigen Fach scheitern solltest, dann bist du für mich auf immer abgeschrieben! Das schwöre ich!«

7

Der Park lag still und exotisch im Licht des Vollmonds. Die warme Luft erbebte vom schrillen Zirpen der Zikaden, eine Brise vom Meer wehte milde abgeschwächt das ferne Lärmen des Verkehrs in die grüne Dunkelheit. Straßenbahnen fuhren quietschend um die Straßenkurve, Autoscheinwerfer blitzten kurz auf dem Weg zum *Government House* auf. Hoch oben ragte der gespenstisch weiße Cenotaph im künstlichen Licht, eine klotzige Pyramide mit abgeschlagenem Kopf, häßlich und unpassend inmitten der üppigen tropischen Pracht dieser herrlichen Nacht.

Mike streckte sich und seufzte. In der Dunkelheit glomm das Ende der Zigarette rubinrot auf, als er den letzten Zug machte und sie dann im hohen Gras austrat.

»Das genügt für heute abend. Wußtest du, daß du vom Rauchen krebskrank werden kannst? Das hat jemand entdeckt. Ist das nicht unglaublich? Sobald du etwas findest, das du magst, kommt irgendein Kerl daher und sagt, es sei schädlich für dich.«

Anna rauchte weiter. »Glaubst du wirklich, daß da etwas dran ist?«

»Was? Krebs? Es scheint so gut wie sicher zu sein.«

»Und wirst du das Rauchen aufgeben?«

»Nein.«

»Ich auch nicht.«

Sie kicherten, er zog sie an sich, legte ihr den Arm um die Schultern.

»Auf ein langes und gefährliches Leben!« Sie war auf den Kuß nicht vorbereitet, ihre Zähne schlugen zusammen, und sie kämpfte sich in plötzlicher Panik frei. Ihr Widerstand überraschte ihn, und er ließ sie los.

»Was soll denn das?«

Ach, um Himmelswillen, sagte sie sich wütend, ist es dir nicht eingefallen, daß ich dich vielleicht nicht küssen möchte? Mußt du so eingebildet sein?

Aber dann murmelte sie nur etwas zusammenhanglos, sie müsse nach Hause gehen und küsse sich nicht bei der ersten Verabredung.

»Aber das ist doch die beste Art, sich kennenzulernen.« Er ließ nicht locker, und dieses Mal konnte sie sich nicht wehren.

So lag sie regungslos in seinen Armen, zählte im Geist die Sekunden und fragte sich, wann er es endlich begreifen würde.

Er blickte sie mit schmalen Augen fragend an. »Bist du etwa frigide?«

»Ich bin einfach nicht in Stimmung. Tut mir leid.«

»Mußt du in Stimmung sein?«

Sie drehte sich um und lag mit dem Gesicht im Gras. Mike zündete sich eine Zigarette an. Das Streichholz schwirrte wie ein kleiner Komet in einem weiten Bogen aus seinen Fingern.

»He, du wirst die Wiese in Brand setzen!«

»Viel zu naß.«

Sie schwieg eine Weile. »Im ersten Jahr, als ich hier war, überraschte es mich immer, in den Parks keine Schilder zu sehen, die das Betreten der Rasenflächen verbieten. Bei uns zu Hause kann man nicht einfach das Gras zertreten, geschweige sich hinlegen. Aber hier wächst alles so schnell . . .«

»Ach ja, man sagt, wenn man seinen Regenschirm in den Boden steckt, hat man am nächsten Tag einen Baum.«

Sie kicherte pflichtgemäß. »Wie lange wirst du in St. Michaels bleiben?«

»Drei Wochen. Dann beginnt das Examen. Und dann bin ich für kurze Zeit frei.«

»Willst du weitermachen?«

»Ja. Psychiatrie.«

»Du meine Güte.« Sie war beeindruckt und neugierig. »Das sind weitere drei Jahre, nicht wahr?«

»So ungefähr.«

»Warum hast du dir das ausgesucht?«

»Ach, die üblichen Gründe.« Er setzte sich auf, gestikulierte, nahm den ganzen stillen Raum ein. »Ich möchte die Probleme all meiner Mitmenschen lösen, bis in die dunkelsten Ecken ihrer Seelen dringen und sehen, was den Dachschaden angerichtet hat. Und warum ein gewisses Mädchen sich weigert, meinem überwältigenden männlichen Charme zu unterliegen.« Er nahm ihr Gesicht in beide Hände. »Sei ganz still. Jetzt wird es ernst. Der große Dr. Spiegelpuff wird einen Blick in deine Komplexe werfen.«

Dieses Mal ließ sie es willig geschehen, erwiderte seinen Kuß, aber als er gleich darauf begann, an den Knöpfen ihres Kleids zu fingern, machte sie sich frei und setzte sich keuchend auf.

»Mike, wir müssen gehen. Die Moskitos fressen mich bei lebendigem Leibe auf!«

»Wie kannst du nur so prosaisch sein! Ein Moskito! Ich bitte dich!«

»Tut mir leid.«

Sie erhob sich und zog sich ihr Kleid zurecht. »Ich gebe zu, daß ich ein prosaisches und erdgebundenes Geschöpf bin, und morgen werde ich voller Mückenstiche sein.«

Auf dem Weg zum Wagen brummte er enttäuscht vor sich hin.

»Hast du schon immer Psychiater werden wollen?« fragte sie, als sie auf der Hauptstraße fuhren und seine gute Laune zurückgekehrt war.

»Eigentlich nicht. Ursprünglich wollte ich Pianist werden. Der größte seit Rubinstein, wie mein Lehrer – Gott strafe seine Seele – zu sagen pflegte.«

»Was ist denn schief gegangen?«

Er runzelte die Stirn, starrte auf die Straße, und dann hielt er ihr eine Hand vor die Augen.

»Das!«

»Was ist denn damit?«

»Siehst du es nicht?«

Im schwachen Licht wirkte seine Hand mit den gekrümmten und gespreizten Fingern wie eine Klaue. Zaghaft nahm sie die Hand in die ihre; die Finger lockerten sich nicht.

»Meine Hände sind zu klein. Ich kann keine Oktave spannen, und meine Finger sind, wie du siehst, auf besondere Art gekrümmt.«

»Aber Mike ...« Anna starrte ihn verwirrt an. »Ich finde sie ganz normal. Es wäre mir doch aufgefallen, wenn sie irgendwie seltsam ausgesehen hätten. Und ich bin sicher, deine Hände flach und locker ausgestreckt gesehen zu haben.« Sie verglich ihre Hand mit der seinen. Die Finger waren tatsächlich etwas kürzer als ihre, aber ...

»Sie strecken sich nicht, wenn ich will, und jedenfalls sind sie zu klein. Ich habe die Hände meiner Mutter. Die niedlichen Händchen meiner Mami«, sang er plötzlich mit schriller Falsettstimme. »Mamis kleines Goldspätzchen hat Mamis kleine Händchen!«

»Und hat dein Lehrer dir das nicht früher gesagt?«

»Nein, er ermutigte mich ständig zu spielen und erzählte Mutter, was für ein großartiges Genie ich wäre, bis ich es ihm eines Tages selbst gesagt habe. Das war vielleicht eine Szene! Ich dachte schon, der Schlag würde ihn treffen. Und bei meinen Eltern war die Hölle los. All die Jahre Unterricht, all das herausgeschmissene Geld – wirklich nett von ihnen, es mir vorzuhalten – all die Geschichten über meine glanzvolle Zukunft, all die schönen Worte, die sie zurücknehmen mußten. Mein Gott! Den Spektakel werde ich nie vergessen. Shakespeare ist nichts dagegen. Seitdem habe ich keine verdammte Taste mehr angerührt.«

Anna dachte an das kleine Zimmer im Krankenhaus zurück. Das war am gleichen Vormittag gewesen. Mike hatte es sich auf dem Stuhl der Oberschwester bequem gemacht, geraucht, geredet, gestikuliert, die Hände frei, gelockert und gewandt. Und ein wenig später an Mrs. Calders Bett, wie er ihr die Nadel der Tropfennahrung eingeführt und so behutsam mit dem Finger nach der in weiches Fleisch gebetteten Vene getastet hatte. Seine Stimme brachte sie in die Gegenwart zurück.

»Natürlich gibt es dafür einen Grund. Ich bin da auf eine interessante Theorie gestoßen, die meiner Meinung nach die Sache erklärt. Ich werde übrigens gleich nach meinem Examen einen Artikel darüber schreiben und in einer medizinischen Zeitschrift veröffentlichen lassen.«

»Eine Theorie? Über deine Hände meinst du? Aber die Länge der Finger ist doch ererbt?«

»Nein, das ist es nicht. Sie werden steif und gefühllos, und ich habe keine Kontrolle über sie. Es ist eine Art von Paralyse.«

Sie kamen vor ihrem Haus an, und er stoppte den Wagen.

»Siehst du . . .« Er zog sie näher, so daß ihr Kopf auf seiner Schulter ruhte. Und da fühlte sie, wie die Klauen sich in ihren Arm gruben. Sein Hemd roch nach frischem Gras.

»Hast du schon mal beobachtet, wie ein Kind an der Mutterbrust saugt? Da mußt du bemerkt haben, daß es ständig an den Brüsten fummelt, mit ihnen spielt, die kleinen Finger in ihr Fleisch gräbt und die ganze Zeit bewegt. Richtig? Also nach meiner Theorie ist das die Zeit, in der sich die entsprechenden Muskeln der Hand entwickeln, die ihr Kraft und Geschmeidigkeit geben . . .«

»Aber Mike, ist das nicht ein bißchen weit hergeholt?«

»Gar nicht, überhaupt nicht. So viele andere Muskeln entwickeln sich im ersten Lebensjahr, warum nicht diese? Und was geschah in meinem Fall? Meine Mama war gegen das Stillen, weil es die Figur verdirbt, und so wurde Klein-Mike mit der Flasche aufgezogen. Keine Brust zum Spielen, keine Übung für die kleinen Fingerchen, keine Entwicklung. Und keine Chance für Mamas Prachtkind, ein zweiter Rubinstein zu werden. Womit ihr ganz recht geschieht, aber mein Leben in beträchtlichem Maße verpatzt ist.«

Anna saß verwirrt da, fragte sich, ob er scherzte. Aber in seiner Stimme klang so viel Bitterkeit mit, daß er es, wie sie sich widerwillig eingestehen mußte, eigentlich nur ernst meinen konnte.

»Eine interessante Theorie«, sagte sie schließlich. »Hast du schon mit jemandem darüber diskutiert? Mit einem Professor zum Beispiel?«

»Um Gotteswillen, nein! Ich will nur noch ein paar weitere Nachforschungen anstellen und dann alles niederschreiben. Übrigens kenne ich einen Physiotherapeuten, der sich sehr dafür interessiert, und wir haben schon verschiedene Heilungsversuche angestellt. Wenn die Examen vorüber sind, werden wir das alles ausarbeiten, und dann schicke ich den Bericht an das *Lancet* oder das *Journal für biomedizinische Forschung*. Mal sehen, was mir das an Kommentaren einbringt. Wer weiß, vielleicht bekomme ich sogar ein Stipendium, um das Thema weiter auszuarbeiten.«

»Nun, dann wünsche ich dir viel Glück. Ich bin gespannt, wie es weitergeht, und eines Tages werde ich meinen Enkelkindern erzählen, daß ich mit dir ausgegangen bin. Und vielen Dank noch für das Konzert, Mike, es war im großen und ganzen ein schöner Abend.«

»Gern geschehen.« Als er lächelte, wirkte sein Gesicht sehr jung und ziemlich anziehend. Die Klaue streichelte ihre Wange. Sie fühlte seine Nägel auf ihrer Haut und erschauderte heftig.

»Was ist denn jetzt los?«

»Jemand ist über mein Grab geschritten.«

»Du hast also auch deine Probleme, nicht wahr, mein liebes Kind? Aber keine Bange, überlasse das mir, ich werde dir das alles ausbügeln.«

Anna fand zwar, daß das Ausbügeln, nach dem was sie eben gehört hatte, anderswo dringlicher war, aber sie ließ es sich nicht anmerken.

»Das könntest du bestimmt, Mike, wenn du die Zeit hättest. Aber du hast noch deine Examen zu machen und willst deine Forschungsarbeit und deine Experimente fortsetzen, und da wird es wohl noch eine Weile dauern.« Sie stieg rasch aus dem Wagen, bevor er ihr einen Abschiedskuß geben konnte.

Er startete den Motor und winkte ihr fröhlich zu.

»Mach dir keine Sorgen um meinen Zeitplan. Ich rufe dich bald an.«

»Tschüs.«

Anna eilte ins Haus, streifte sich die Schuhe ab und wollte gerade zu ihrer Bodenkammer hinaufsteigen, als die Küchentür aufging und Mrs. Bulmer mit einem Glas Wasser auf einem Tablett erschien. In ihrem Nachthemd, dem Kimono und den Lockenwicklern sah sie wie ein Mitternachtsfalter mit ausgespannten Flügeln aus, und Anna lächelte über den unerwarteten Anblick.

»Sie sind aber spät, Anna. War es schön?«

»Danke, sehr schön.«

»Ein netter junger Mann?«

»Ein sehr netter junger Mann.«

»Einer der Ärzte aus dem Krankenhaus?«

»Er ist noch Student, steht aber kurz vor dem Abschluß.«

»Sehr gut. Und was wird er dann später machen?«

»Er will Psychiater werden, Mrs. Bulmer.«

Mrs. Bulmer nickte sichtlich zufrieden und ging auf ihre Schlafzimmertür zu.

»Ein Vetter von mir hat in Wien studiert«, verkündete sie, bevor sie verschwand.

Anna trat in ihr Zimmer, ohne Licht zu machen, ließ sich erschöpft auf ihr Bett sinken und begann heftig am ganzen Körper zu zittern. Das muß die Hitze sein und all die Arbeit der Woche, versuchte sie sich einzureden, während sie sich die Kleider vom Leibe riß und auf den Boden warf. Wenn die Temperatur nur ein bißchen sinken würde, stammelte sie zwischen den Laken, und dann zog sie sich trotz der Hitze die Bettdecke über den Kopf, krümmte sich zusammen, die Knie ans Kinn gepreßt, wie sie es zu tun pflegte, als sie klein war und sich im Dunklen fürchtete.

8

Sie erwachte spät im stickigen heißen Zimmer. Die Sonne stand bereits hoch, der Himmel hatte alle Farbe ausgebrannt und sah matt und blaß aus. Wieder ein Sonntag . . . Der schwierigste Tag der Woche. Der Tag, an dem ihr, wenn sie nicht sehr entschlossen gewesen war und Pläne gemacht hatte, die trostlose Leere ihres Lebens ins Bewußtsein drang, sobald sie die Augen öffnete. Der Tag, an dem lang hinausgeschobene Fragen Antwort forderten und alte Wunden erneut zu schmerzen begannen.

Trotz der späten Stunde fühlte sie sich entsetzlich müde, und die Glieder taten ihr so weh, als hätte sie während der Nacht lange Fußmärsche gemacht. Sie verspürte die ersten Anzeichen einer Migräne und versuchte sich zu entsinnen, ob sie genug Veganintabletten hatte, um den Tag zu überstehen.

An solchen Morgen kamen die Erinnerungen in einer schweren Wolke auf sie zu, vernebelten die Gegenwart in ihren vom Schlaf benommenen Gedanken, sickerten durch die Verteidigungsmauern, die sie während der Woche so mühevoll um sich errichtet hatte.

Der knirschende Kies im Jardin du Luxembourg, der kühle Wind in ihrem Haar und die vorbeifliegenden Pappeln auf der Landstraße, das summende Motorgeräusch im roten Sportwagen und Daves endlose Reden und Kommentare, über die sie in Lachkrämpfe verfiel, und an die sie sich jetzt vergeblich zu erinnern versuchte.

Dubo – Dubon – Dubonnet an den Wänden der Untergrundbahntunnels. Weißes Neonlicht auf den Champs Elysees, endlose Wagenkolonnen, die sich hupend und ungeduldig durch den Verkehr der Boulevards schlängeln.

»Viele Kerle platzen vor Neid, wenn sie mich sehen.« Dave schaltete in den ersten Gang, nahm die Hände vom Steuer und küßte sie und zwang dabei ein Taxi hinter ihnen zu einem plötzlichen Halt. Der Chauffeur lehnte sich aus dem Fenster, schrie ihm irgend etwas zu, und Dave verneigte sich höflich in seine Richtung.

»Das gleiche wünsche ich dir, Kumpel, und mit Glocken dran. Wir halten wieder einmal den Verkehr auf und verursachen eine *confiture de circulation* – französisch für *traffic jam*«, erklärte er und grinste einen anderen Fahrer an, der vor unterdrückter Wut purpurrot anlief.

»Passen Sie auf, Monsieur. Wenn Sie so weiterfahren, bekommen Sie an der nächsten Querstraße die Apoplexie, einen individuell zugeschnittenen und handgeschneiderten Schlaganfall, ganz für Sie bestimmt!«

Das Licht wechselte, und der rote Wagen raste davon, schoß im Zickzack von einer Fahrspur in die andere, inmitten kreischender Kupplungen, quietschender Bremsen und wütendem Hupen. »Die französischen Autofahrer sind zu jähzornig und verlieren die Beherrschung beim geringsten Anlaß, aber ich verzeihe ihnen. Man muß immer denen verzeihen, denen man ein Unrecht angetan hat, mein Kind.«

Abendessen in einem kleinen überfüllten Restaurant. »Stell dir vor, Molière hat hier gegessen« – Anna nickte vorsichtigerweise, weil sie nicht wußte, ob es ein Witz sein sollte – »und nun erzähle mir, was du erlebt hast. Wie ist das neue Heim?«

Anna war gerade in ein neues Kinderheim umgesiedelt worden. Das, in dem sie bisher gewesen war, hatte aus wirtschaftlichen Gründen schließen müssen, und die Wohltätigkeitsorganisation, deren Leitung es unterstellt war, hatte alle Mädchen in einem größeren Haus außerhalb von Paris untergebracht.

Anna konnte sich eigentlich nicht beklagen, und doch fühlte sie sich bei dem Gedanken, in dieses Haus zurückzukehren, nicht gerade glücklich. Andere Mädchen blieben über das Wochenende in Paris bei Verwandten oder Freunden, warum nicht sie? Gewiß, bei der Tante war kein Platz, aber Dave hatte eine ganze Wohnung für sich allein, und er hatte ihr oft versprochen, sie wenigstens für eine Nacht bei sich zu behalten. War das auch nur ein Scherz von ihm? Was bedeutete sie ihm überhaupt? War sie – wie er ihr so oft beteuerte – seine kleine Lieblingskusine und nichts weiter, oder hatte er »Absichten«?

Die Mädchen im Heim, die den Fall mit der ganzen Selbstsicherheit sechzehnjähriger *femmes du monde* beurteilten, waren einstimmig.

»Er küßt dich?«

»Ja.«

»Er nimmt dich in seine Arme?«

»Ja.«

»Er geht gerne mit dir aus?«

»Ja.«

»Und macht dir Geschenke?«

»Ja.«

Über diesen Punkt wenigstens konnte es keinen Zweifel geben. Ihre Garderobe bewies zur Genüge seinen guten Geschmack und seine Großzügigkeit. »Und jetzt sorgt er auch noch für deine Erziehung. Das genügt. Spiele deine Karten gut aus, und du wirst ihn haben. Vielleicht findet er dich noch ein bißchen zu jung, aber da liegt es an dir, ihm zu beweisen, daß man mit sechzehn erwachsen sein kann.«

Doch niemand konnte ihr genau sagen, was sie zu tun hatte, und wie sie »ihre Karten ausspielen« sollte. War nicht die Tatsache, daß er ihr zu rauchen erlaubte, Beweis genug, daß er sie für erwachsen hielt? Während Anna unbeholfen an ihrer Zigarette paffte und sich Mühe gab, nicht zu husten, als der beizende Rauch sich vor ihrer Nase ringelte, flehte sie im Stillen den Mann ihr gegenüber an dem kleinen Tisch an: Bitte, schicke mich nicht in dieses Heim zurück. Ich würde alles tun, um nicht dort bleiben zu müssen. Bitte, behalte mich bei dir. Und vor allem, sage mir bitte, was ich dir bedeute. Ich kann alles ertragen, nur nicht die Ungewißheit. Denn ich weiß es einfach nicht, wenn es vielleicht auch nur daran liegt, daß ich nicht besonders schlau bin . . .

Als das Thema der Auswanderung zum ersten Mal zur Sprache kam, fiel sie vor Schreck fast in Ohnmacht. Aber Dave, der sonst so scharfsichtig und aufmerksam war, schien ihre Panik überhaupt nicht zu bemerken. Im Gegenteil, er zeigte sich begeistert über ihre Zukunft in der Welt auf der Kehrseite der Erdkugel, sagte ihr blendende Erfolge im Lande der Känguruhs und Schnabeltiere voraus und erwähnte nicht ein einziges Mal die Möglichkeit, sie in Paris zu behalten.

In einem Märchen, das Anna als Kind gelesen hatte,

schenkte ein guter Zauberer dem armen Schafhirten einen Ring, der ihm die Macht gab, die Gedanken der anderen Menschen zu lesen. Wenn sie doch damals nur einen solchen Ring gehabt hätte!

Sie erinnerte sich an die lange Fahrt zum Heim in der Pariser Vorstadt. Baumwipfel huschten vorbei, hoben sich vom dunklen Himmel ab, Dave pfiff vor sich hin, sang, plauderte, aber sie konnte nur an ihr stumpfes Elend denken, an die Aussicht, auch diese Samstagnacht in dem fast leeren Haus zu verbringen. Es war bestimmt zu spät, sich den anderen anzuschließen, die vielleicht noch in die Stadt oder ins Kino gehen würden.

Der Wagen hielt vor dem Tor, und sie fühlte Daves Arm auf ihrer Schulter, eine zwar heitere, jedoch endgültige Geste. »Da bist du, junge Frau. Sicher und heil an der Tür abgeliefert. Frei Haus.« Er küßte sie auf die Wange, und sie geriet plötzlich in Versuchung, das Gesicht zu wenden und seine Lippen zu finden, aber er war bereits ausgestiegen, rannte um die lange Kühlerhaube, öffnete die Tür, half ihr hinaus, verbeugte sich, breitete einen unsichtbaren Teppich unter ihren Füßen aus.

»Wünscht Madame, hinaufgetragen zu werden, oder wird sie ihre eigenen großen Füße benutzen?« Sie wandte sich ihm mit ausgestreckten Armen zu, er hob sie auf und warf sie mit einer raschen Bewegung über seine Schulter. Aller Widerstand war zwecklos. Mit dem Kopf nach unten, dem Hintern nach oben, die Beine in seinem stählernen Griff, wurde sie die Treppenstufen emporgetragen und mit einem Bums auf den Boden gestellt. Zum Glück hat wenigstens niemand diese würdelose Szene gesehen, sagte sie sich beschämt, als der rote Wagen mit aufheulendem Motor wendete und nach Paris zurückraste.

»Ach, weißt du, manche Männer sind schüchtern, und du mußt sie ermutigen, ihnen eine Chance geben«, erklärte ihr Rosette, die rothaarige Pariserin und Autorität auf dem Gebiet weiblicher Strategie, in der sie sich in der Theorie, wenn nicht sogar in der Praxis bestens auskannte, als sie bei einem späten Nachtimbiß in der verlassenen Küche saßen. »Vielleicht hast du ihn erschreckt. Man kann nie wissen . . . Aber gib es nicht auf. Eines Tages muß es ihm ja klar werden. Allerdings wird er sich bald entschließen müssen, bevor du abreist. Hast du ihm gesagt, wann du fährst?«

»Ja, ich habe ihm gesagt, ich warte nur noch auf meine Landungsbewilligung. Und die sollte jetzt jeden Tag kommen. In drei Monaten bin ich in Australien. Es sei denn . . .«

»Siehst du, dann wird er sich bald erklären müssen. Ehrlich gesagt glaube ich nicht, daß er dich gehen lassen wird. Du wirst sehen, im letzten Augenblick wird er dich bitten, zu bleiben. Mein Gott, Australien ist doch schließlich noch weiter weg als Amerika. Wenn du erst einmal dort bist, wird er dich nie wiedersehen. Nein, ich kann mir nicht vorstellen, daß er dich gehen läßt.«

»Oh, Rosette, wenn du nur recht hast!«

Anna stieß den Stuhl zurück, umarmte das mollige kleine Mädchen, das sie auf beide Wangen küßte. *»Idiote, va!* Du hast nichts zu befürchten. Ich kenne die Männer!«

Unten klingelte das Telefon, gefolgt von Mrs. Bulmers Rufen. Anna zog sich rasch einen Morgenrock über ihren Pyjama und eilte hinunter.

»Anna?«

Es war Sylvia.

»Höre, ich war gestern abend mit Mike. Wir gingen in ein Konzert, und danach fuhren wir die Küste hinunter bis nach Mornington. Ich bin erst heute früh nach Hause gekommen. Mama ist wütend, aber ach, Anna, ist er nicht wunderbar? Wir redeten und redeten . . .«

»Worüber?«

»Über alles! Ist es nicht herrlich, jemanden kennenzulernen, mit dem man richtig reden kann? Ich meine, wir haben so vieles gemeinsam. Du weißt ja, Musik und Ballett, und ich war überrascht über sein Wissen – er weiß alles über das Tanzen und auch über Bücher. Er hat sich sehr für meine Karriere interessiert. Sagte, ich müsse unbedingt auf seine nächste Party kommen. Wußtest du, daß er Pianist ist?«

»Ich dachte, er sei Medizinstudent.« Anna hatte Mühe, sich ihre Gereiztheit nicht anmerken zu lassen.

»Natürlich ist er Medizinstudent, sei doch nicht so dumm. Aber er wollte eigentlich Pianist werden. Sein Lehrer fand, daß er ein zweiter Paderewski sein könnte.«

»Nicht Rubinstein?«

»Also wirklich, Liebste, wenn du sarkastisch werden willst, kann ich gleich aufhören.«

»Mein Gott, Sylvia, sei doch nicht kindisch. Ich habe die gleiche Geschichte mit einigen Variationen gehört, als ich das erste Mal mit ihm ausging. Hat er dir auch von seiner verrückten Theorie über das Brustst illen erzählt?«

Kurzes Schweigen. Dann ertönte Sylvias Stimme, höflich und distanziert: »Ich weiß nicht, Anna, ich fand es gar nicht so abwegig.«

»Der Kerl ist ein Spinner!«

»Also, wenn du so darüber denkst . . .«

»Sylvia, das kann doch nicht dein Ernst sein! Wirst du ihn wiedersehen?«

»Ja, natürlich.«

»Wann?«

»Bald. Er sagte, er würde mich anrufen.«

»Na, dann viel Glück. Aber sei vorsichtig. Er hat den Ruf, schnell auf's Ganze zu gehen.«

»Ja . . . davon hatte ich gestern abend einen kleinen Vorgeschmack. Aber keine Sorge, ich weiß, wie ich damit fertig werde. Bist du heute abend zu Haus?«

»Nein . . . ich bin verabredet.«

»Könnte ich nicht auf ein paar Minuten vorbeikommen?«

»Lieber nicht. Ich bin erst sehr spät wieder zurück. Ich rufe dich nächste Woche an.«

»Schön, bis dann also.«

»Tschüs.«

Langsam stieg Anna wieder die Treppe hinauf. Es war doch zu dumm. Sie machte sich nicht das geringste aus Mike, und Sylvia war ihre beste Freundin. Mit Eifersucht hatte es natürlich nichts zu tun . . . Nein, sie machte sich nur Sorgen um Sylvia, die dabei zu Schaden kommen könnte. Medizin oder nicht, jedenfalls schien Mike ihr ein verantwortungsloser Mann zu sein, den man nicht mit anständigen jungen Mädchen ausgehen lassen sollte. Für Ballett interessierte er sich also auch? Welch ein Zufall!

Mrs. Bulmer kam aus ihrem Schlafzimmer und schleppte ein großes Holzbrett hinter sich her.

»Anna, Liebste, würden Sie mir helfen?« Die kleinen Augen blinzelten mißbilligend auf Anna schlampiges Negligee, musterten das zerzauste Haar und die zerknitterte Pyjamahose.

»Noch nicht angezogen? Fühlen Sie sich nicht wohl?«

»Nur müde.«

»In Ihrem Alter war ich nie müde.«

»Kann ich mir denken.« Anna ergriff das schwere Brett und hob es auf. Seit ihrer Nachkriegskur in Schweden schlief Mrs. Bulmer immer auf einem Brett, und sie bestand darauf, es in den Garten zu tragen, wenn sie ihr Sonnenbad nahm.

»Es ist das beste für das Rückgrat. Matratzen sind zu weich. Auf denen kann man sich leicht einen Bandscheibenschaden holen. Und ein Brett gibt auch bessere Haltung.« Mrs. Bulmer richtete sich stolz auf. »Für nichts in der Welt möchte ich ohne mein Brett sein. Es hat aus mir eine andere Frau gemacht.«

»Und was für eine«, murmelte Anna keuchend unter ihrer Last.

»Wie bitte? Haben Sie etwas gesagt?«

»Ich sagte, es sei bestimmt sehr gut für Sie. Ich liebe die Bequemlichkeit.«

»Jeder liebt Bequemlichkeit, aber wir können nicht immer haben, was wir wollen. Das hat mich der Krieg gelehrt. Wie glücklich wäre ich da gewesen, wenn ich ein Brett zum schlafen gehabt hätte. Anna, erinnern Sie sich denn gar nicht mehr an den Krieg? Ich nehme an, die jungen Leute vergessen schneller als wir.«

Sie legten das Brett in die Mitte der Wiese, und Mrs.

Bulmer streckte sich mit einem Seufzer darauf aus. Anna wollte ins Haus zurückgehen, aber die Zimmerwirtin rief sie schon wieder.

»Reiben Sie mir noch bitte den Rücken ein. Ich kann nicht hinlangen.«

Anna kniete sich hinter Mrs. Bulmer und massierte das Sonnenöl in das weiche Fleisch, das stellenweise tief von blassen Streifen alter Narben zerfurcht war. Plötzlich überkam sie ein Gefühl von Reue beim Anblick dieses zerschundenen Körpers. Wer weiß, wie sie einmal ausgesehen hatte, vor dem Konzentrationslager und all den Operationen? Vielleicht war sie wirklich so hübsch und anmutig gewesen, wie sie es Anna glauben machen wollte. So zierlich wie Sylvia? So kräftig und gesund wie Anna?

Die vagen Schuldgefühle, die sich immer einstellten, wenn sie den zernarbten Rücken sah, stiegen in ihrer Kehle auf, und ihre Augen füllten sich mit Tränen. Wie gerne hätte sie ein paar nette Worte gefunden, irgendetwas amüsantes gesagt, um das gelbe Gesicht lächeln zu sehen, aber sie blieb sprachlos und stumm.

Es war wirklich zu lächerlich. War es ihre Schuld, daß sie nichts vom Krieg gesehen hatte? Daß sie zu jung war, um sich an viel erinnern zu können? Daß man sie nicht verhaftet, gefoltert oder umgebracht hatte? Daß niemand aus ihrer nächsten Familie umgekommen ist, aus dem einfachen Grund, weil die meisten vor dem Krieg eines natürlichen Todes gestorben waren?

Ich werde noch neurotisch, stellte sie verärgert fest. Wenn ich nicht aufpasse, werde ich mich noch entschuldigen, daß ich überhaupt lebe.

In ihr Zimmer zurückgekehrt, zog sie den Rolladen

zu, um das blendende Licht auszuschließen, und stieg wieder in ihr ungemachtes Bett. Sie hatte für heute abend gar keine Verabredung. Und wohin sollte sie alleine ausgehen? Natürlich könnte sie Leo anrufen, und er würde sofort kommen und mit ihr an den Strand gehen. Bella war bestimmt auch zu Haus und büffelte für die kommenden Prüfungen, würde sich jedoch über die unverhoffte Entschuldigung freuen, ein paar Stunden frei zu machen. Anna fragte sich allerdings, ob Bella wirklich beabsichtigte, weiter zu studieren, falls sie ihr Abschlußexamen bestünde. Es schien absurd und gegen alle Logik, aber es sah immer mehr so aus, als ob ihre Freundin eigentlich scheitern wollte.

Schon manches Mal hatte sie ganz nebenbei erzählt, daß sie bisher noch nie ein Examen bestanden habe, daß sie ein geborener Versager sei, daß sie einfach scheitern mußte, weil kein Mensch etwas anderes von ihr erwartete ... Anna pflegte darüber zu lachen, ihre Freundin auszuschelten, sie zu ermutigen und zu ermahnen, nicht so blöde zu sein, sich zusammenzureißen, denn es sei ja gar nicht wahr, und sie – Anna – rechne fest damit, daß sie ihre Prüfungen glänzend bestehen würde.

Bella zuckte ihre Hängeschultern, lächelte seltsam und blickte zur Veranda, wo ihre Eltern in ihren Liegestühlen dösten.

»Sie wissen, wie ich bin«, sagte sie, »und ich kann sie doch nicht enttäuschen.«

Jetzt schien es Anna, als habe sie Bella vielleicht ganz falsch eingeschätzt. Gewiß, sie gab sich plötzlichen Begeisterungen hin, die nach angemessener Zeit wieder verebbten, aber hier handelte es sich bestimmt um etwas anderes. Anna erinnerte sich an Bellas unerwarteten Ehrgeiz, schwimmen zu lernen, nachdem sie einen Film mit Esther Williams gesehen hatte, und wie sie beide einen ganzen bitterkalten Winter lang Unterricht in der öffentlichen Badeanstalt genommen hatten. Sie entsann sich noch gut, wie sie am Abend mit tränenden, von Chlor geröteten Augen und pitschnassem Haar heimgekehrt war, zu müde, um vor dem Einschlafen auch nur eine Zeile zu lesen, und wie sie schließlich mit einer schweren Bronchitis zwei Wochen lang das Bett hüten mußte, während Bella schwamm, tauchte und begeistert erzählte, welchen Spaß sie im Sommer haben würde. Sie hatte es sogar bis zum Meisterdiplom gebracht, aber als dann endlich das warme Wetter kam, weigerte sie sich hartnäckig, im Meer zu schwimmen, erklärte, die Sonne sei zu stark für ihre zarte weiße Haut und sie bekäme leicht Sonnenbrand, kurz, sie schlug alle Einladungen Annas aus, einen Nachmittag mit ihr am Strand zu verbringen.

Und dann kam die Zeit, als sie am Abend als Kellnerin arbeiten wollte, um sich genug Geld für eine Reise nach Südamerika zu verdienen. Das war nach dem Film *Karneval in Rio* . . .

Ihr Vater behauptete allen Ernstes, Bella habe nur nach Australien kommen wollen, weil sie gehört hatte, daß Errol Flynn dort geboren sei . . .

Anna stöhnte, massierte sich die pochenden Schläfen. Hatte sie sich von einem der Strohfeuer Bellas irreführen lassen? Hatte sie ihre Freundin zu ernst genommen und sie in eine Richtung gestoßen, in die sie gar nicht gehen wollte?

»Ach Quatsch«, brummte sie verärgert. »So dumm

kann niemand sein. Wenn ich Kopfschmerzen habe, sehe ich immer schwarz. Jedenfalls ist Erfolg immer noch der beste Weg zum Selbstvertrauen, und Bella wird ihre Examen bestehen.«

«Und was ist mit Sylvia?« flüsterte ihr eine Stimme so deutlich ins Ohr, daß sie erschrocken die Augen aufriß und sich umschaute. Aber das Zimmer war leer. Sylvia und Mike. Mein beste Freundin. »Wir haben so viel gemeinsam. Er versteht mich.« Werde ich je lernen? Und Rosette, die Dave schöne Augen machte? Sie erinnerte sich lebhaft an den Sommer vor langer Zeit. Ja, es war während ihres einzigen gemeinsamen Ausgangs gewesen. Sie hatte Rosette so viel von ihrem amerikanischen Vetter erzählt, von seinem schnellen Sportwagen, seinen tollen Witzen, seinen teuren Anzügen und all den schicken Lokalen, in die er sie mitnahm. Es war notwendig, daß Rosette Dave einmal kennenlernte, um sich mit eigenen Augen von der Wahrheit all dieser Geschichten zu überzeugen.

Anna hatte Dave voller Mitgefühl von ihrer Freundin im Heim erzählt, die ein so nettes Mädchen war, so fröhlich und vernünftig, obgleich sie es im Leben schwer hatte und niemand sie je besuchen kam. Und kurz vor ihrem Geburtstag bat sie ihn schließlich geradeheraus, ihr eine besondere Geburtstagsfreude zu machen und sie beide auszuführen. Dave schien nicht sehr begeistert, sagte jedoch höflicherweise zu.

Rosette verbrachte einen ganzen fieberhaften Abend beim Waschen und Bügeln ihres einzigen guten Kleides, und am folgenden Tag saß sie, rosa vor Erregung und leicht schwitzend, auf Annas Schoß, als sie im Zweisitzer nach Paris rasten. Im Restaurant verschlang sie gierig ihr Essen unter lauten Ausrufen und fing mit dem Kellner einen Streit über die Zubereitung der Fischklößchen an. Sie starrte mit Glotzaugen auf die Nebentische, machte laute Bemerkungen über andere Gäste, besonders über die Frauen, deren Kleider sie nach Preis und Qualität abschätzte. Da sie als *petite main* in einem berühmten Haute Couture Salon arbeitete, hielt sie sich für eine Autorität auf diesem Gebiet, wie auch auf dem der Männer. Anna, die den Abend stolz und glücklich begonnen hatte, starrte überrascht ihre sonst so bescheidene Freundin an und fand keine andere Erklärung, als daß Rosette zu viel Wein getrunken haben mußte. Dave fand es vielleicht auch, denn er bezahlte eiligst die Rechnung und führte sie hinaus, anstatt wie gewöhnlich lange bei der Nachspeise zu sitzen und seine wunderbaren Geschichten zu erzählen, die die Höhepunkte ihrer gemeinsamen Abende waren. Im Kino lachte Rosette und weinte, als ob sie noch nie einen Film gesehen hätte, und Anna fragte sich, wo all die kühle Weltgewandtheit ihrer Freundin geblieben war. In ihrer Aufregung ergriff sie sogar Daves Hand, und er konnte sich nur mit einiger Mühe frei machen. Anna hatte noch nie im Kino jemandes Hand gehalten, und sie begann sich ernsthaft über das Benehmen ihrer Freundin zu wundern.

Später, als sie um den runden Marmortisch eines berühmten Cafés saßen, Eiskaffee aus Strohhalmen tranken, und Annas Augen sich vor Müdigkeit trübten, schien Rosettes Benehmen noch seltsamer. Nachdem sie laut die letzten Tropfen aus ihrem Glas geschlürft hatte, beugte sie sich Dave zu, betrachtete prüfend seinen Anzug in allen Einzelheiten, bat um Erlaubnis, seine

Weste anfassen zu dürfen, die im Gegensatz zu seiner übrigen Kleidung recht auffällig wirkte. Seine goldene Armbanduhr, auf der man auch die Tage der Woche ablesen konnte, versetzte sie in helle Entzückung. Sie packte sein Handgelenk, schob mit ihren von Eis klebenden Fingern die Manschette hoch, er zuckte sichtlich zusammen, aber Rosette ließ nicht locker. Schließlich streifte er sich die Uhr ab und legte sie auf den Tisch vor sie hin, worauf sie alles Interesse verlor und ihm die Uhr wieder anlegen wollte. Diese Bemühungen vereitelte er, indem er das Ding in seine Tasche steckte.

Anna erinnerte sich lebhaft ihres wachsenden Unbehagens, als sie beobachtete, wie Rosette sich auf ihrem Stuhl zurücklehnte, langsam den Blick an dem Mann neben ihr auf und abgleiten ließ, als sie das plumpe Kind der werdenden Frau eine kurze und verlorene Schlacht liefern sah, diese Möchtegern, doch durch ihren Babyspeck behinderte *femme fatale*, und als sich schließlich die neue Rosette vor ihren Augen wieder in ihr altes naschgieriges Selbst verwandelte, sobald eine zweite Portion Eis auf den Tisch kam.

Daves Blick war dieser Metamorphose mit einem zugleich belustigten und verächtlichen Lächeln gefolgt, und plötzlich schämte sich Anna für ihre Freundin und begann zu bereuen, daß sie Dave je von ihr erzählt hatte. Verzweifelt suchte sie nach irgendeiner komischen Bemerkung, die sie machen könnte, um seine Aufmerksamkeit abzulenken und hoffen zu dürfen, daß er ihr diesen schrecklichen Abend verzeihen würde. Als sie jetzt daran zurückdachte, konnte sie sich nicht mehr erinnern, was sie gesagt hatte, aber es mußte amüsant gewesen sein, denn er war plötzlich in schallendes Gelächter ausgebrochen, hatte den Kopf zurückgeworfen und seine vollkommenen, für einen Mann seines Alters erstaunlich blendend weißen Zähne gezeigt.

»Jacketkronen«, behauptete Rosette später.

Aber seine Augen blieben feindselig, selbst wenn er lachte, und er schien seltsam zurückhaltend in seinen Kommentaren, denen es auch an jenen geistreichen Witzeleien fehlte, die Anna ihrer Freundin immer mit großem Vergnügen wiedererzählt hatte. Während der ganzen langen Heimfahrt sagte er kein Wort.

»*Au revoir, petite.*« Er lehnte sich aus dem Wagen und küßte sie wie üblich auf die Wange, aber dieses Mal berührten seine Lippen ihren Mundwinkel, und Rosette, die es sah, errötete. Anna blickte überrascht auf, aber er hatte bereits gewendet und raste in Richtung Paris zurück.

»*Il est très chic, ton cousin américain*«, gab Rosette zu, als sie sich beide im dunklen Zimmer auszogen. »Natürlich ist er für meinen Geschmack zu . . . wie soll ich sagen . . . zu auffallend? Ich bin ein einfaches Mädchen mit bescheidenen Ansprüchen, weißt du. Er ist mehr dein Typ, obgleich ich mich frage, wie alt er wohl sein mag? Aber jedenfalls danke ich dir für den schönen Abend.«

»Naschgier, dein Name ist Frau«, war Daves Kommentar, als sie sich wiedersahen. »Deine kleine Freundin würde ihre Seele und alles andere für einen Berg Eiskrem verkaufen.«

»Sie hat niemanden, der es ihr anbieten würde, und riskiert also nichts«, erwiderte Anna gereizt. »Du hast keine Ahnung, wie einsam Rosette ist, und was ihr dieser Abend bedeutete. Sie hat immer noch nicht aufgehört, darüber zu reden.«

»Ich bin sehr geschmeichelt«, sagte Dave mit einer leichten Verbeugung.

Es muß die Gereiztheit und ein vages Schuldgefühl gewesen sein, das ihr zum ersten Mal, seit sie ihn kannte, Anlaß gab, sich Gedanken über Daves Privatleben zu machen, und sie stellte überrascht fest, daß sie eigentlich gar nichts über ihn wußte. Plötzlich fügten sich kleine unwichtige Einzelheiten zu einem ganz neuen und beunruhigenden Bild zusammen. Wenn sie nur für einen Augenblick vergessen könnte, daß er Dave, ihr Vetter Dave war, was würde sie dann sehen? Einen gut angezogenen, gut aussehenden Mann in nicht mehr jugendlichem Alter auf der Terrasse eines Pariser Cafés. Braungebrannt, schlank, hochgewachsen, mit grauen Schläfen, das Haar länger, als es der Mode entspricht, und im Nacken leicht gelockt. Er war stets sehr auf seine Frisur bedacht, und nach einer langen Fahrt im offenen Wagen unterließ er es nie, zu allererst Kamm und Spiegel aus der Tasche zu ziehen und mit großer Sorgfalt alle aus der Fassung geratenen Strähnen zu glätten, bis sein Kopf wie ein polierter Helm aussah. (Und dabei hat er mir befohlen, meins kurz zu schneiden, sagte sie sich mit leichtem Bedauern.) Und dann seine Kleidung: Der korrekte dunkle Anzug, die silbergraue Krawatte und dazu die überraschend auffällige brokatbestickte Weste. Die langen, schmalen, braungebrannten Hände mit den glänzend polierten Fingernägeln. Ließ er sie maniküren? Der goldene Ring mit dem komplizierten, in einen schwarzen Stein gravierten Siegelwappen, die Armbanduhr und die schwere goldene Kette am anderen Handgelenk. Ein Andenken von einem lieben Freund, wie er einmal erklärt hatte. Wer war er? Und was tat er, wenn sie ihn nicht sah? Wer waren seine Freunde? Gab es eine Frau? Aber dieser Gedanke war zu schmerzhaft, und sie dachte schnell an etwas anderes.

Im Heim diskutierte Rosette noch immer über den Abend. »Natürlich schmeichelt es einen Mann seines Alters, wenn man ihn mit jungen Mädchen wie uns sieht. Du bist seine Kusine, das ist nicht ganz das Gleiche. Mit mir würde er sich freier fühlen ... Ich sah es in seinen Augen ... Hast du bemerkt, daß er sich immer neben mich setzte, und dann all das Getue wegen seiner blöden alten Uhr, bloß damit ich seine Hand halten konnte? Das hat ihm gefallen. Übrigens hielt er mir die Hand im Kino, wußtest du das? Wenn du nicht da gewesen wärst ... Ach, aber ein solches Glück habe ich nie.«

Anna starrte ihre Freundin erstaunt und mit offenem Munde an.

Ein leises Klopfen an der Tür brachte sie in die Wirklichkeit des heißen Sonntags in Melbourne zurück. Sylvia steckte vorsichtig den Kopf durch die Türspalte, blinzelte in das Halbdunkel und schlich sich auf Zehenspitzen an das Bett.

»Anna, Liebling? Schläfst du? Was ist mit dir los? Bist du krank?« Anna rieb sich die Augen, setzte sich auf, schüttelte den Kopf. Das Zimmer drehte sich vor ihr, und sie sank stöhnend in die Kissen zurück.

»Ich hatte solche Kopfschmerzen, daß ich beschloß, mein Rendezvous abzusagen und im Bett zu bleiben«, murmelte sie und ärgerte sich, daß Sylvia, wie immer mit kühler Eleganz gekleidet und glückselig strahlend, sie ungewaschen und in diesem verwahrlosten Zustand sah.

»Anna!« Sylvia war mit einem Satz auf dem Bett und umarmte sie. »Ich mußte einfach kommen und dich sehen. Ich glaubte nicht, daß du ausgehen würdest. Du klangst so . . . enttäuscht, als ich dir von Mike erzählte . . . Nein, unterbrich mich nicht, protestiere nicht. Ich weiß, was du fühlst. Es ist absolut unverzeihlich von mir, aber ach, Liebste, ich konnte mir einfach nicht helfen, ich bin so glücklich, und du mußt es unbedingt übers Herz bringen, mir zu verzeihen. Ich gehe nicht fort, bis du mir gesagt hast, daß du mir wirklich nicht böse bist. Denn siehst du, wenn zwei Menschen entdecken, daß sie absolut füreinander geschaffen sind, wäre es ein Verstoß gegen die Natur, sie daran hindern zu wollen . . . Oh bitte, sage mir, daß du verstehst!«

Anna faßte sich an die Stirn. »Sylvia, ich bitte dich, der Kopf zerspringt mir. Und es hat nichts mit Mike zu tun. Es ist der Nordwind. Ich bin nicht in Mike verliebt. Ich will ihn nicht. Meinetwegen kannst du machen, was du willst, solange du dir nicht dabei weh tust. Ich habe nichts gegen Mike, aber ich traue ihm nicht.«

»Das sagst du nur, weil du ihn nicht verstehst, aber ich kenne ihn jetzt. Sei mir nicht böse, wenn ich dir das offen sage. Wir haben nämlich gestern abend viel über dich gesprochen.«

»So?« Anna fühlte sich vor Ärger steif werden. »Und zu welchem Schluß seid ihr gekommen?«

»Nun . . .« Sylvia spielte verlegen mit einem Zipfel des Lakens, rollte ihn um ihren Finger. »Nichts schlechtes, das kann ich dir versichern. Mike hat dich sehr gern. Er meint nur, du habest einige ernsthafte psychologische Probleme. Er weiß eine Menge darüber, und er hat mir versprochen, mich auch einmal zu analysieren . . . Jedenfalls war er ein bißchen enttäuscht, daß du nicht mit ihm darüber sprechen willst. Er wollte dir doch nur helfen, verstehst du?«

Anna setzte sich auf, versuchte die in ihr aufsteigende Wut zu beherrschen, kämpfte gleichzeitig gegen die durch die plötzliche Bewegung ausgelöste Übelkeit an, stöhnte laut und hielt sich die Hand vor den Mund. Wenn sie sich jetzt erbrach, würde sie die Sache nur noch schlimmer machen.

»Sylvia«, brachte sie mit zusammengepreßten Zähnen hervor, »wenn mir nicht so entsetzlich schlecht wäre, würde ich dir genau erzählen, was er von mir wollte. Und was die psychologischen Probleme anbetrifft, so sollte er lieber bei sich selbst anfangen. Er und seine idiotischen Theorien! Ich habe in meinem ganzen Leben noch nie etwas so Lächerliches gehört!«

Sylvia ließ das Laken los, richtete sich beleidigt auf. »Nur weil du ihn nicht verstehst, hast du noch lange nicht das Recht, dir ein Urteil über Dinge zu erlauben, von denen du nichts weißt.«

Anna rieb sich ihre schmerzenden Schläfen, schloß die Augen. »Ich fühle mich viel zu elend, um weiter darüber zu diskutieren, Sylvia. Wie gesagt, gönne ich dir gern deinen kleinen Flirt. Nur laß dich nicht auf seine Geschichten ein. Und jetzt gehe bitte. Ich rufe dich morgen an, und dann können wir in aller Ruhe plaudern.«

»Du siehst schrecklich aus. Arme Anna! Wie gedankenlos von mir, dich mit meinen dummen Angelegenheiten zu belästigen, während du leidest. Kann ich irgendetwas für dich tun? Soll ich dir Tee machen? Möchtest du ein Eis? Ich hole dir eins aus dem Laden an der Ecke.«

»Nein, Liebste. Wirklich süß von dir, aber ich kann nichts schlucken. Ich werde ein paar Pillen nehmen und zu schlafen versuchen.«

»Und du haßt mich bestimmt nicht?«

Anna öffnete mit Mühe die Augen und sah verschwommen das besorgte Gesicht über ihr.

»Natürlich nicht. Du bist meine beste Freundin. Wie könnte ich dich hassen? Das wäre doch unlogisch. Du bist ein Schatz.«

Sie küßten und umarmten und trösteten sich. Anna sank in ihr Kissen zurück, als Sylvia sich hinausschlich.

9

Das Telefon im Büro schrillte, und Anna nahm den Hörer auf.

»Miss Marten.«

»Ach, Gott sei Dank habe ich Sie gefunden.« Die junge Stimme am anderen Ende klang atemlos. »Wir haben hier einen Dringlichkeitsfall. Die Oberschwester möchte, daß Sie gleich vorbeikommen. Bitte.«

»Bin schon unterwegs.«

Anna hinterließ eine kurze Notiz auf ihrem Schreibtisch, falls jemand sie suchen sollte, und eilte hinaus.

Ein Krankenwagen stand vor dem Eingang der Unfallstation, und zwei Hilfsschwestern richteten ihre arg aus der Fassung geratenen Hauben und Schürzen in einer Ecke des Wartezimmers zurecht. Von den Türen des Operationssaals drangen Schreie, Geheul und wirres Gerede herein.

»Hier ist es. Hoffentlich werden Sie es überleben«, ermunterte sie hilfreich einer der Assistenzärzte. Die Schreie wurden lauter, gefolgt vom Geräusch umstürzender Möbel, dröhnenden Metalls und schließlich dem Krachen splitternden Glases. Die Schwestern flohen und hielten sich die Ohren zu. Anna fühlte ihre Knie zittern. Sie tat einen tiefen Atemzug, hob den Kopf, fuhr sich über das Haar und öffnete die weiße Tür.

Als sie die Szene sah, wünschte sie, sie wäre an diesem Tag zu Hause geblieben. Zwei Assistenten, der Unfallarzt und die Schwester hielten die Rollbahre fest, auf der ein großer, kräftig gewachsener etwa zehnjähriger Junge saß. Seine Kleidung war zerrissen und schmutzig, schwarzes Lockenhaar fiel über das tränenverschmierte Gesicht, schwarze Augen funkelten wütend. Beim Anblick einer weiteren Fremden schrie er gleich wieder los, schlug mit seinen schweren Stiefeln um sich, die Rollbahre entwich dem Griff der Schwester, schoß über den Boden davon und landete mit einem Knall an der gegenüberliegenden Wand. Der junge Arzt und die Assistenten eilten ihr nach, während die Schwester sich den braun und blau geschlagenen Bauch hielt und Anna anblickte.

»Gott sei Dank sind Sie da, Miss Marten. Der Krankenwagen hat ihn eben hergebracht. Ein Straßenunfall. Wie Sie aus seinem kleinen Auftritt sehen, kann es nicht sehr schlimm sein, aber wir fürchten, er könnte sich das Schlüsselbein gebrochen haben. Er läßt niemand an sich heran und scheint kein Wort Englisch zu verstehen. Dr. Brown hat sein Ferienitalienisch an ihm versucht und ich mein Schulfranzösisch, aber vergeblich. Falls er einen Knochenbruch hat, werden wir ihn unter Narkose setzen müssen, aber, wie Sie sehen, will er nicht einmal still liegen, um sich untersuchen zu lassen.«

»Wir müssen auch herausfinden, wer er ist und wo er wohnt, und seine Eltern kommen lassen. Könnten Sie es einmal versuchen?«

Anna näherte sich der Rollbahre, die jetzt von drei Händepaaren sicher gehalten wurde. Der Junge sah griechisch oder spanisch aus. Könnte auch Italiener sein, aber Dr. Browns Bemühungen in dieser Richtung hatten nichts ergeben. Sie versuchte ein paar Worte in jeder Sprache, aber er reagierte nur mit ohrenbetäubendem Geschrei.

»Halt den Mund!« sagte sie verärgert und trat einen Schritt zurück. Zu ihrer Überraschung hörte das Kind zu brüllen auf und glotzte sie mit tellergroßen Augen an.

»Du verstehst also Englisch?« Er blickte störrisch drein. »Ja oder nein?«

»Nein.«

»Woher kommst du?«

Er leierte eine Adresse in St. Kilda herunter, als wäre sie ein einziges langes Wort. Die Schwester schrieb es rasch auf und schickte einen der Assistenzärzte, der gerade von draußen kam, zum nächsten Telefon.

»Ich meinte, aus welchem Land du kommst. Welche Sprache sprichst du zu Haus?«

Er starrte verwirrt vor sich hin, schien wieder den Tränen nahe.

»Wie heißt du?«

»Ronnie.«

»Und wie nennst du deine Mutter?«

»Mama.«

Anna blickte in die Runde der lächelnden Gesichter. So kam sie nicht weiter. »Schau Ronnie, du bist ein großer Junge. Wie alt? Zehn? Elf?« Sie begann langsam auf Russisch und stellte überrascht fest, daß er sie offenbar verstand. »Der Arzt will sehen, ob du dir den Arm verletzt hast. Du mußt keine Angst haben«, fügte sie rasch hinzu, als sie sein Gesicht sah. »Es wird nicht weh tun. Leg dich nur hin und laß den Arzt sehen, was mit deinem Arm ist.«

Sie redete mit leiser Stimme, die Worte flossen wie ein Lied, und das Kind, sichtlich entspannt, lag ganz still, die pechschwarzen Augen auf die ihren geheftet, die von Schweiß klebende Hand um ihre Finger geklammert.

Während der Arzt ihn untersuchte, stand Anna über die Bahre gebeugt, redete immer weiter, hoffte, das Kind würde nicht sehen, daß die Schwester bereits die Narkose vorbereitete. Es hätte keinen Sinn gehabt, es ihm erklären zu wollen. Er verstand derartige Worte nicht, und als man ihm die Maske auf das Gesicht drückte, verkrampfte er sich vor Schreck, lag ganz steif da, die Fingernägel tief in Annas Arm gebohrt.

»Er hält den Atem an«, sagte der Arzt.

Anna neigte sich über den Jungen, bis ihr Gesicht ihn fast berührte.

»Nimm einen tiefen Atemzug, Ronnie, dann schläfst du gleich ein, und dein Arm wird dir nicht mehr weh tun. Und wenn du aufwachst, ist deine Mama bei dir.«

Doch er wollte nicht atmen, kniff die Augen zusammen vor Anstrengung und Konzentration, blieb allem Flehen Annas taub. Es schien unglaublich, daß ein Kind einer solchen Leistung fähig war. Anna, dicht über ihn gebeugt, atmete die der Maske entströmenden Gase ein, nahm verschwommen wahr, wie der Saal sich langsam auflöste, die Lichter ausgingen, die Stimmen immer undeutlicher wurden.

Ich dachte, man benutzt keine Masken mehr, sagte sie sich benommen. Aber natürlich kann man jemandem, der nicht stillhalten will, keine Spritze geben. Wer hätte geglaubt, daß er Russisch versteht? Aber er scheint es nicht sprechen zu können, und auch keine andere Sprache außer ein paar Worten Englisch. Ich frage mich, woher er wirklich kommt.

In der seltsam summenden Dunkelheit, die sich auf unerklärliche Weise im Operationssaal ausgebreitet hatte, fühlte sie einen Arm um ihre Taille. Jemand stützte sie, führte sie, trug sie fast irgendwo hin. Sie fühlte frisches Gras unter ihren Füßen und die warme Sonne auf ihrem Körper, der plötzlich zu Eiseskälte erstarrt war. Sie saß auf einer Bank, trunken zurückgelehnt. War sie auf einer Schaukel, auf einem Karussell, auf einem schlingernden Boot, auf der Großen Acht im Lunapark? Sie versuchte die Augen zu öffnen, aber das blendende Mittagslicht war so unerträglich, daß sie sie wieder schloß.

Langsam zerschmolz die Sonne das Eis in ihren Knochen, die Farben und das Licht kehrten zurück, und sie erkannte, daß jemand vor ihr stand. Blinzelnd tastete sich ihr Blick empor, von den auf Hochglanz polierten schwarzen Schuhen über die makellosen Bügelfalten der grauen Hose über die graue Jacke bis zum Gesicht hinauf.

Mr. James Wilson-Bryce, der jüngste fachärztliche Praktikant im Krankenhaus von St. Michael blickte streng und besorgt auf das, was ihm als eine sehr betrunkene Miss Marten erscheinen mußte.

Äußerst mißbilligend runzelte er die Stirn, hob ihr Kinn mit einem Finger an und schnupperte. Dann heiterte sich sein Gesicht auf.

»Sie stinken nach Äther, mein Kind. Was haben Sie angestellt?«

Anna lächelte, schloß die Augen, konnte nicht sprechen. Die Verbindung von Äther und heißer Sonne mußte überwältigend auf sie gewirkt haben. Außerdem war die Mittagessenszeit längst vorüber, und sie fühlte sich schwach vor Hunger.

Mr. Wilson-Bryce setzte sich neben sie, streckte einen Arm hinter ihrem Rücken aus. Mit seiner freien Hand klopfte er ihr auf die Wange, wie um zu versuchen, sie aufzuwecken.

Anna öffnete die Augen weit, begann jedoch sofort zu blinzeln. Mr. Wilson-Bryce schwamm in einem blauen Nebel, sein sonnengebräuntes, eckiges, von senkrechten Linien durchzogenes Gesicht bewegte sich auf und ab, seine Lippen bewegten sich auch, er redete offenbar, aber die Worte schmolzen in ihren Ohren zu einem bedeutungslosen Summen zusammen.

»Sie sind der schönste Mann, den ich je gesehen habe«, sagte sie und hoffte, daß ihr Mund sich nicht bewegt und daß sie die Worte nur gedacht hatte. Jedenfalls dachte sie ja auf Russisch, und er hätte es ohnehin nicht verstanden. Er redete immer weiter. Anna löste sich in Glück und Sonnenschein auf, lehnte den Kopf auf die graue Schulter und schloß die Augen. Er saß ganz still, wie starr vor Erstaunen, dann stand er plötzlich auf und zog sie auf die Füße.

»Ich bringe Sie nach Hause, mein Kind. Heim zu Mutter. Das ist der einzige Ort für eine Frau in Ihrem Zustand. Wo wohnen Sie?«

Mit Mühe flüsterte ihm Anna ihre Adresse zu und ging, auf seinen Arm gestützt, zum Parkplatz. Mr. Wilson-Bryce war der netteste Mann auf der ganzen Welt. Er brachte sie heim zu seiner Mutter ... Wie nett von ihm ...

Das niedrige blaue Kabriolett bog mit leisem Motorengeräusch aus dem Parkplatz, spurte sich in den leichten Frühnachmittagsverkehr ein und nahm mit einem Ruck Geschwindigkeit an. Anna wurde auf den Sitz zurückgeschleudert und starrte, jetzt mit weit offenen Augen, auf die vorbeischießenden Baumwipfel und die breite blaue Straße des Himmels, die sich darüber erstreckte.

Hier war sie schon einmal gewesen. Im gleichen Wagen wie diesem, offen, im Wind und Sonnenschein. Sie hatte geglaubt, der Wagen sei rot, aber offensichtlich war er blau. Sie mußte sich geirrt haben. Die Farbe spielte keine Rolle. Die gleiche starke Hand hielt das Steuer. Komisch, die Hand war sonst schwarz behaart und mit einem goldenen Ring geschmückt. Auf dieser hier war kein Ring, und das Haar glänzte wie reines Gold. Der Kopf übrigens auch, mit dem lockigen, leuchtenden, sehr kurz geschnittenen Haar. Auch das spielte keine Rolle. Es war der gleiche Mann. Zwei solche Männer konnte es auf der ganzen Welt nicht geben.

Einen Augenblick klärte sich ihr Kopf, und sie erinnerte sich mit plötzlichem Schmerz, daß der andere Mann – oder war es wirklich dieser hier? – etwas furchtbar Unrechtes getan hatte. Aber sie wollte nicht wissen, was es war. Wenn er es getan hat, wird er es wieder tun. Und ihr machte es nichts aus.

Der Wind und die frische Luft verwehten die Ätherdämpfe. Sie kämpfte gegen das zurückkehrende Bewußtsein an, hoffte irgendwie, daß diese Fahrt nicht enden würde, aber da bremste der Wagen bereits.

»Hier sind wir. Wie fühlen Sie sich?«

Anna setzte sich gerade auf, blickte in das eckige, zum Teil hinter der großen Sonnenbrille verborgene Gesicht. Ein geometrisches Rätsel, blind und unlösbar, ein Fremder, mit dem es ihr unter normalen Umständen nie eingefallen wäre, ein Wort zu wechseln. In der Rangordnung des Krankenhauses stand er hoch über ihr, und sie hätten ebensogut nie im gleichen Gebäude arbeiten, die gleichen Korridore durchqueren, die gleichen Fahrstühle benutzen können.

Und nur wegen dieses dummen und ein bißchen beschämenden Zwischenfalls waren sie sich ganz nahe, berührten sich fast, saßen in einer kleinen, ledergepolsterten, metallblauen Kiste.

»Noch nicht ganz beieinander, was?«

Anna schüttelte den Kopf und lächelte.

»Danke, ich habe mich wieder ganz erholt. Er war sehr liebenswürdig von Ihnen, sich all die Mühe zu machen . . .«

»Das ist doch selbstverständlich. Hoffentlich werden Sie wegen dieses plötzlichen Verschwindens während der Arbeitszeit im Büro keinen Ärger haben. Falls Sie

Hilfe brauchen sollten, wenn Sie den Vorfall erklären müssen, werde ich mit Vergnügen als Zeuge für Sie aussagen.«

Er ging um den Wagen, half ihr beim Aussteigen und wartete, bis sie an der Tür war. Dann wendete er in der engen Straße und brauste mit aufheulendem Motor um die Ecke.

In ihrem Zimmer hatte die kühle Nachmittagsbrise den Duft der reifenden Pfirsiche aufgenommen, die zwischen frischen grünen Blättern aus Mrs. Bulmers Garten zu einer prächtigen Pyramide aufgeschichtet lagen. Langsam, jede ihrer Bewegungen vor dem etwas trüben Spiegel auskostend, zog Anna sich aus, schlüpfte zwischen die Laken und war sofort eingeschlafen.

Im Krankenhaus war ein Tiger los. Er schlich sich auf samtenen Pfoten die langen Korridore entlang, tauchte plötzlich aus einer Ecke auf und verbreitete Panik in den Etagen. Das ganze Personal hatte sich voller Schrecken in verschlossene Zimmer geflüchtet, aber Anna war zu einer Besprechung gerufen worden und betrat vor Angst zitternd den Hauptflur.

Der Tiger erschien lautlos, als sie an den Fahrstühlen vorüberging. Ich darf mir meine Furcht nicht anmerken lassen, sagte sie sich. Das können sie riechen, und dann greifen sie an. Sie ging weiter. Das Tier kam auf sie zu. Zu ihrer Überraschung stellte sie fest, daß es blaßgraue Augen hatte und nicht grüne oder gelbe, wie sie sich vorgestellt hatte. Sein Fell war golden und dicht gelockt, mit ganz graden Streifen, wie die Leisten einer Jalousie. Der Tiger blieb vor ihr stehen, hob den Kopf, und seine Augen waren freundlich, lächelten fast. Er entblößte die Zähne, nahm behutsam ihre Hand in den

Mund, knabberte an ihren Fingern. So standen sie eine Weile, und dann ging sie weiter, der Tiger neben ihr, zart ihre Hand in seinen messerscharfen Fängen haltend. Von Zeit zu Zeit blickte er zu ihr auf, wie ein freundlicher Hund, zwinkerte ihr zu, und in seinen leuchtenden grauen Augen flammte ein kaltes Feuer.

Immer weiter gingen sie, durch endlose Korridore, durch alle Krankenabteilungen, und Anna war stolz und erfreut über die Wirkung, die ihr Erscheinen überall hervorrief, hörte das bewundernde Flüstern, das ihrem Triumphmarsch folgte.

»Es ist eigentlich ganz einfach«, erklärte sie den erstaunten Schwestern, die sich an die Wände drückten, um sie durchzulassen. »Man muß nur so tun, als ob es keine Gefahr gäbe, und dann hat man nichts zu befürchten.«

10

Am folgenden Morgen lag ein Zettel auf ihrem Schreibtisch.

»Mrs. Lander ist in der kinderärztlichen Abteilung und möchte Sie sprechen. Ihr kleiner Junge wurde gestern mit einem Bruch am Schlüsselbein und linken Arm eingeliefert. Mrs. Lander versteht kaum ein Wort Englisch und ist sehr um ihr Kind besorgt. Könnten Sie ihr bitte erklären, daß der Junge nicht in Gefahr ist?«

Anna eilte den langen Korridor zur Kinderabteilung hinunter. Im Schwesternzimmer saß eine dicke, ältere Frau und weinte still in ein Papiertaschentuch hinein.

Der Inhalt einer ganzen Kleenexschachtel lag zerknittert und naß auf ihrem Schoß.

»Oh, Miss Marten. Ich bin so froh, daß Sie kommen konnten.«

Die Schwester erhob sich sichtlich erleichtert aus ihrem Stuhl. »Ich lasse Sie jetzt allein, damit Sie in aller Ruhe plaudern können. Ich gehe jetzt, Mrs. Lander«, brüllte sie der Frau zu, die erschrocken auffuhr. »Miss Marten hier. Miss Marten sprechen Ihre Sprache. Sie sehr nett.«

Warum müssen sie alle brüllen und in gebrochenem Englisch sprechen, wenn sie einem Ausländer begegnen, fragte sich Anna verärgert, als sie sich auf den Stuhl der Schwester setzte.

»Und nun, Mrs. Lander«, sagte sie mit absichtlich leiser Stimme, »erzählen Sie mir bitte, warum Sie so aufgeregt sind.«

Mrs. Lander schluchzte laut, schüttelte den Kopf, brachte kein Wort hervor.

»Sind Sie wegen Ronnie besorgt? Ihm geht es gut. Sein Arm wird in ein paar Wochen völlig geheilt sein. Es ist nichts Ernsthaftes.«

»Es ist zuviel«, prustete Mrs. Lander und atmete schwer, um ihr Schluchzen zu beherrschen. »Zuerst mein Mann, dann Ronnies Schule, und jetzt noch das. Ich ertrage es einfach nicht mehr.«

»Wollen Sie es mir nicht erzählen?«

Mrs. Lander schniefte, zog noch ein Kleenex aus der Schachtel.

»Wie lange sind Sie in Australien?«

»Ein Jahr.«

»Und woher kommen Sie?«

»Von überall!« Mrs. Lander breitete ihre Arme aus, als wollte sie die ganze Welt umfassen. »In ganz Europa sind wir gewesen. Fast in jedem Land, seit Ende des Krieges. Nirgends konnten wir seßhaft werden. Immer in irgendeinem Lager, und das Kind hatte nie Zeit, etwas zu lernen. Deshalb kann er jetzt nicht zur Schule gehen. Er kann nicht sprechen!«

»Aber gestern hat er mit mir gesprochen.«

»Ach, ein paar Worte in seiner Art von Sprache. Er kann sagen, wer er ist, er weiß seinen Namen, aber nicht viel mehr.«

»Wo wurde er geboren?«

»In Asien.« Endlich hatte Mrs. Lander zu weinen aufgehört, und jetzt sprach sie mit einem heiseren Flüstern. »Mein Mann und ich waren bei Kriegsausbruch nach Polen geflohen und wurden von dort aus nach Asien deportiert. Ursprünglich kamen wir aus Österreich ... Man schickte uns in eine dieser asiatischen Republiken jenseits des Urals. Wir arbeiteten in den Feldern. Ich hatte nie erwartet, ein Kind zu bekommen. Ich war nämlich schon über vierzig, verstehen Sie? Aber er kam gleich nach dem Waffenstillstand auf die Welt. Wir lebten in einer Lehmhütte, wissen Sie, wie es dort üblich ist. Fußboden und Wände aus Lehm, oft nicht einmal ein Schornstein, nur ein Loch im Dach. Die ganze Familie schläft am Boden um das Feuer herum oder, wenn sie das Glück haben, einen Herd zu besitzen, wie wir, da drauf, denn das ist der wärmste Platz in der Hütte, und die Nächte können selbst im Sommer bitterkalt sein. Und an Kleidern hatten wir nur das, was wir am Leibe trugen.

Ronnie wurde auf diesem Herd geboren, und dort

mußte ich ihn tagsüber lassen, ohne Nahrung, bis ich abends nach Hause kam. Auf die Felder durfte ich ihn nicht mitnehmen. So wurde er nur zweimal am Tag ernährt. Später ließ ich ihm einen Teller Hirsebrei, und den schleckte er auf wie ein kleiner Hund.

Der Krieg war vorüber, aber man ließ uns nicht nach Europa zurück. Ronnie konnte weder gehen noch sprechen, bis er zwei Jahre alt war. Endlich erlaubte man uns, Rußland zu verlassen, und wir kehrten zuerst nach Polen zurück und dann nach Deutschland, wo wir wieder in einem Lager lebten, und ich mußte arbeiten gehen und ihn tagsüber bei Nachbarn lassen. Dann gingen wir nach Frankreich. Dann nach Israel. Er wurde von Spezialisten untersucht, und sie sagten, er sei zurückgeblieben und ich sollte mich glücklich schätzen, daß er überhaupt noch lebte.

Dann kamen wir hierher. Mein Mann fand eine Stelle in einer Autofabrik. Es war schwere Arbeit, aber gut bezahlt. Ich konnte zum ersten Mal zu Hause bleiben und mich um Ronnie kümmern. Sehen Sie, er ist nie lange genug in einem Land gewesen, um die Sprache zu lernen, und irgendwie kann er nicht einmal unser Deutsch verstehen. Jedenfalls war mein Mann – Gott hab ihn selig – sehr hart mit ihm. Ich glaube, er konnte sich einfach nicht damit abfinden, daß sein einziger Sohn nicht wie andere Kinder war. Er gab mir die Schuld, gab allen anderen die Schuld und sah nicht, wie er Ronnie mit seinen Wutausbrüchen verängstigte. Er schrie ihn an und schlug ihn sogar. Ständig schleppte er Bücher ins Haus und erwartete, daß Ronnie sie lesen würde. Der Kleine versteckte sich unter dem Tisch, wenn sein Vater heim kam, und das brachte ihn natürlich noch mehr in Wut. Er war ein kräftiger Mann, sehr jähzornig und gewalttätig, und er fühlte sich nicht glücklich in Australien.«

Mrs. Lander hielt inne und seufzte. »Bitte fahren Sie fort«, sagte Anna. »Was geschah dann mit ihrem Mann?«

»Ich weiß nicht, was er hier zu finden hoffte. Mit Gold gepflasterte Straßen? Reiche Geschäftsleute, die ihn mit offenen Armen aufnehmen und ihn zu ihrem Partner machen würden? Ich weiß nicht . . .

Wir hatten sehr wenig Geld, und ohne Sprachkenntnisse ist man so gut wie taubstumm. Man weiß nie was die Leute zu einem sagen, was sie wollen. Alles müssen sie einem in Zeichensprache erklären. Und dann schämt man sich so, daß man alles falsch macht. Es ging ihm auf die Nerven, und er wurde immer niedergeschlagener. Er sagte, seine Fabrik sei wie dieser alte Film mit Charlie Chaplin, ich weiß nicht mehr, wie er hieß, und Sie sind sicher zu jung, um ihn gesehen zu haben – dieser Film, in dem er den ganzen Tag Schrauben einsetzen muß . . .?«

»*Moderne Zeiten.*«

»Richtig. *Moderne Zeiten.* Wir leben in modernen Zeiten. Gott behüte, daß es noch moderner wird. Jedenfalls stand ich eines Morgens auf, und da war er im Badezimmer.«

Sie verbarg das Gesicht in ihren Händen, und die Tränen rannen durch ihre dicken Finger.

»Die Pulsadern hatte er sich aufgeschlitzt, und die Kehle. All das Blut . . . Der ganze Fußboden war rot. Er muß es mitten in der Nacht getan haben, und ich habe ihn nicht aufstehen gehört . . .«

Anna war sprachlos vor Entsetzen, suchte nach Worten, fand keine.

Mrs. Lander hörte gar nicht mehr zu weinen auf. Und sie weinte schrecklich laut, schneuzte sich, und ihre Stimme überschlug sich fast bei jedem Wort. Sie sagte, sie müsse tagsüber arbeiten und Ronnie wieder einmal allein lassen, ohne ihm weiterhelfen zu können, und gerade jetzt, wo sie gehofft hatte, er würde vielleicht endlich sprechen und lesen lernen. »Auf der Schule sagte man, er sei zurückgeblieben. Sie wollten ihn in die erste Klasse stecken. Einen Jungen in seinem Alter! Zuerst habe ich ihn gehen lassen, aber er war so unglücklich, und dann fing er an, sich mit den anderen Kindern zu prügeln. Ich bin sicher, daß man ihn gehänselt hat . . . er ist so empfindlich, und er kann fast so jähzornig wie sein Vater sein. Sie haben ja gesehen, daß er für sein Alter wirklich groß und kräftig ist. So nahm ich ihn heraus. Ich sagte, ich würde ihn zu Hause unterrichten und ihn dann später wieder einschulen. Sie waren einverstanden. Ich sagte, – das mußte ich – daß er zu Hause sehr gut Deutsch spricht. Ich schämte mich zu sehr, ihnen die Wahrheit zu gestehen. Dann hätten sie ihn in eine Anstalt geschickt. Und ohne ihn wäre ich ganz allein und hätte nichts mehr, wofür ich leben könnte . . .

Wissen Sie, trotz allem, was die Ärzte erzählen, glaube ich nicht, daß er zurückgeblieben ist. Nicht wirklich. Ich meine, er braucht nur Geduld und Unterricht, und dann wird er so gut wie alle anderen Kinder sein. Davon bin ich überzeugt. Wenn ich nur jemanden finden könnte . . .«

»Unterrichten Sie ihn jetzt zu Hause?«

Mrs. Lander schniefte und schüttelte den Kopf. »Ich bringe es nicht fertig. Nach der Arbeit bin ich immer so müde. Außerdem ist mein Englisch sehr schlecht. Ich brauche selbst Unterricht, aber ich habe keine Zeit dazu, und es ist mir egal.« Sie blickte Anna hoffnungsvoll an.

»Kennen Sie vielleicht jemanden? Jemand, der geduldig ist und Kinder mag? Ich werde gut dafür bezahlen. Jede Summe ... Alles würde ich tun, wenn nur ...« Ihre Stimme versagte, Anna nahm ihre Hände.

»Mrs. Lander, ich würde es gern versuchen, wenn ich auch ehrlich gesagt keine Ahnung habe, ob ich etwas ausrichten kann. Ich bin keine Lehrerin. Ich habe noch nie so etwas getan, aber ich glaube ...«

Mrs. Lander griff Annas Finger und führte sie an ihr Gesicht, als ob sie sie küssen wollte.

»Gott segne Sie! Sie sind ein gütiges, liebes Mädchen, und ich hoffe, Gott wird es Ihnen für mich lohnen!«

»Bitte, Mrs. Lander, lassen Sie das. Wie gesagt, weiß ich ja nicht einmal, ob es gehen wird. Es ist nur ein Versuch, verstehen Sie?«

»Ich verstehe, ich verstehe. Sie werden es schaffen. Sie werden ihm das Sprechen, das Lesen und das Schreiben beibringen und dann schicken wir ihn zur Schule, und dann wird er wie alle anderen Kinder sein!«

Anna ließ Mrs. Lander an Ronnies Bett und kehrte langsam in ihr Büro zurück. Wie war sie bloß auf die Idee gekommen, eine solche Aufgabe zu übernehmen? Sie hatte noch nie jemanden unterrichtet, und ein zurückgebliebenes Kind war bestimmt keine leichte Sache. Und die arme Mrs. Lander, so rührend in ihrem Eifer, so bereit, an ein Wunder zu glauben. Es war nicht fair, ihr Hoffnungen zu machen. Wenn sie scheiterte, wäre die Enttäuschung so grausam. Aber jetzt gab es kein Zurück mehr.

Was soll ich schließlich sonst mit meiner freien Zeit anfangen, sagte sie sich mit einiger Bitterkeit. Alle meine Freunde haben ihr eigenes Leben, ihre Familie und ihre Probleme. Bella mit ihren Examen und ihren Eltern und den Haushaltsarbeiten, Sylvia mit ihren Tanzstunden und dieser seltsamen Mutter, die so oft krank zu sein scheint, und jetzt noch mit Mike . . . Leo widme ich so viel Zeit, wie ich kann, aber vielleicht sollte ich wirklich versuchen, ihn nicht mehr so oft zu sehen. Ich würde ihm gern helfen, weiß aber nicht wie. Er scheint mich zu wollen, oder irgendetwas von mir, das ich ihm nicht zu geben bereit bin . . .

Tief in Gedanken versunken bog sie um die Ecke und stieß mit einer in die entgegengesetzte Richtung eilenden Person zusammen.

»Verzeihung«, riefen sie beide, traten beiseite und verstellten sich abermals den Weg. »Oh!« Anna blickte überrascht dem lachenden Mr. Wilson-Bryce ins Gesicht.

»Träumen Sie, oder haben Sie schon wieder Äther genascht?«

»Oh nein, ich . . « stammelte sie, zu verwirrt, um passende Worte zu finden. Er winkte und eilte davon.

Anna schwebte in ihr Büro zurück, kaum den Boden mit den Füßen berührend. Plötzlich war sie von überwältigender Begeisterung erfüllt. Natürlich würde sie Ronnie das Sprechen und Lesen beibringen, und alles andere, was er brauchte. Schließlich genügte es doch, Geduld und Verständnis aufzubringen, und diese Eigenschaften besaß sie im Überfluß, sehnte sich, sie mit jemandem zu teilen, fühlte sich von unerschöpflicher Teilnahme erfüllt und von grenzenloser Liebe für die ganze weite Welt!

In ihr Büro zurückgekehrt, blickte sie ihre Kolleginnen mit strahlenden Augen an. Am kleinen Tisch neben der Tür saß die Jüngste, seufzend über ihre Schreibmaschine gebeugt, ihr schweißnasses Haar klebte an Stirn und Wangen. Der Fluch mußte wieder einmal über sie gekommen sein, denn die arme Margaret sah sehr niedergeschlagen aus. Siebzehn Jahre alt, seit sechs Monaten verheiratet, hatte sie vom Tage ihrer Hochzeit an verzweifelt versucht, »ein Baby zu machen«. Jeden Monat stieg die Spannung im Büro, und alle achtundzwanzig Tage kam dann »pünktlich wie die Uhr« die Enttäuschung. Ihr Kündigungsbrief lag fix und fertig in der Schreibtischschublade – sie wollte diesen »Saftladen« aufgeben, sobald sich ihre Schwangerschaft bestätigt hätte – aber sie fuhr mürrisch fort, Tee zu machen, Berichte zu klassieren und mit sichtlichem Unbehagen Briefe zu tippen.

Am anderen Ende des Zimmers, in einem fast völlig von dem Direktionsschreibtisch ausgefüllten Alkoven, hockte Miss Stitchberry wie ein weißgefiederter Papagei auf ihrem Gummiring. Klein, mit strähnigem Silberhaar, runden Knopfaugen, die Wangen glänzend und rot wie polierte Äpfel, war sie die älteste Angestellte des Krankenhauses – vierzig Jahre in diesem gleichen Büro – und sie trug die lebenswichtigen Statistiken der Fortschritte von St. Michael in riesige Hauptbücher ein.

Vierzig Jahre. Es schwindelte Anna bei dem Gedanken an eine solche Hingabe. Seit zwanzig Jahren vor ihrer Geburt. Doppelt so lange wie ihr ganzes Leben. Wie konnte sie sich beklagen, daß ihr Leben langweilig sei, daß ihr nie etwas aufregendes geschah, wenn sie Miss Stitchberry vor Augen hatte? Sie mußte hier mit ihrer Arbeit begonnen haben, als gerade der erste Weltkrieg ausgebrochen war. Vier Jahre beispielloser Metzeleien – ein Bruder war irgendwo in Europa gefallen – dann Jahre des Friedens, ein zweiter Krieg, ein zweiter Frieden, und Miss Stitchberry, unbeweglich in ihrem gepolsterten Stuhl, hörte nimmer auf, das Kommen und Gehen der Krankenhauspatienten einzutragen. Fast schon so lange, wie die Krankenhausakten aufbewahrt wurden, füllte ihre flüssige klare Handschrift die Seiten der Register. Welch eine Leistung das im Rückblick darstellte! Ihr ganzes Leben dokumentiert in langsam verblassender lila Tinte auf den großen, säuberlich eingeteilten Seiten. Warf sie je einen Blick in die ersten Bücher, um sich an die alten Zeiten, an ihre Jugend und Reife zu erinnern? Was mochte sie sonst noch erlebt haben, außer dieser Arbeit? War sie sich überhaupt all der Veränderungen bewußt, die in ihrer Umgebung stattgefunden hatten? War es ihr aufgefallen, daß sich der kleine Ziegelbau inzwischen zu einem riesigen, prunkvollen Wolkenkratzer entwickelt hatte?

Anna schob ein Blatt Kohlepapier zwischen zwei Bogen (ein Schreibmaschinensandwich, das mußte sie Mrs. Kemp erzählen) und nahm sich vor, eines Tages mit Mrs. Stitchberry über die alten Zeiten in St. Michael zu sprechen. Niemand sprach viel mit ihr, außer über die Arbeit. Sie war auch so viel älter als die meisten anderen Angestellten. Ihr Altersrang wirkte einschüchternd, und die Besessenheit, mit der sie sich ihren Hauptbüchern widmete, schien allen unbegreiflich.

Vielleicht sitzt sie da und sehnt sich nach einem Gespräch, wer weiß, vielleicht ist sie schüchtern? In der Mittagspause beobachtete Anna Miss Stitchberry, wie sie ihre Plastikschachtel hervorholte, ihr eine Papierserviette, ein paar Uneeda Kekse, eine Scheibe pasteurisierten Käse, eine Tomate und ein Salatblatt entnahm. Margaret brachte ihr ein Glas Milch aus der Kantine. Miss Stitchberry starrte aus dem Fenster auf die belebte Straße hinaus und verzehrte ihre Mahlzeit, nahm kleine damenhafte Happen, blickte sich entschuldigend um, wenn ein Keks in ihrem Finger zerbröckelte. Nachdem ihr bescheidener vegetarischer Appetit befriedigt war, wandte sie sich wieder dem Zimmer zu und schlug mit sichtlichem Behagen eines ihrer Hauptbücher auf. Soweit es sie betraf, gab es keine Mittagspause. Eingeschüchtert schlich sich Anna aus dem Büro. Die freundliche Unterhaltung würde warten müssen.

An diesem Nachmittag besuchte sie Ronnie, der, den Arm im Gipsverband, in seinem Bett lag und gelangweilt und argwöhnisch dreinschaute. Ein Stapel Comics lag unberührt auf seinen Knien.

»Ronnie, wenn du wieder zu Hause bist, komme ich und lese dir Geschichten vor.« Anna zog eine Tafel Schokolade aus der Tasche und riß das Papier am einen Ende ab. »Da . . . das ist für dich.« Er schaute sie verdrießlich an, nahm aber die Schokolade und schob sich den ganzen Riegel in den Mund.

»Magst du Comics?«

Er zuckte die Schulter.

»Kannst du sie lesen?«

Eine leichte Röte überflog sein Gesicht, und er starrte auf die Bettdecke.

»Möchtest du wissen, was hier steht?« Anna schlug eins der Hefte auf.

Ronnie nickte. »Dann werde ich es dir beibringen. Es ist ganz leicht. Du wirst sehen. Es dauert nicht lange, und du wirst sie lesen, wie jeder andere. Und jetzt« – sie zog einen Kugelschreiber hervor – »kannst du deinen Namen schreiben?«

Er nickte wieder. »Dann schreiben wir unsere Namen auf deinen Gipsverband. Und wir bitten jeden hier, auch den seinen zu schreiben.«

Er sah ihr sehr ernsthaft zu, als sie ANNA in Blockbuchstaben schrieb, und dann malte er mit großem Fleiß ein RON dazu. Eine Schwester schloß sich mit einem BETTY an, das kleine Mädchen im Nebenbett kritzelte PHYLLIS und brach beinahe den Kugelschreiber dabei entzwei. Als Anna das Krankenzimmer verließ, scharten sich die Kinder um Ronnie, und er lächelte. Ein guter Anfang für unsere Freundschaft, sagte sich Anna und blickte sich aufmerksam im Flur um. Aber Mr. Wilson-Bryce war nirgends zu sehen.

11

Sie fanden einen abgelegenen Platz am Strand unter überhängenden Klippen, und Leo begann sich im Sand einzubuddeln, ließ zuerst einen dünnen Strahl aus der Hand über seinen Körper rinnen, häufte dann mit den

Armen große Mengen dazu, schaufelte sie über seine Brust. Als nur noch der Kopf sichtbar war, entspannte er sich endlich.

»Du ruinierst dir deine Haut, weißt du das?« rief er Anna zu, die sich unter der heißen Sonne ausstreckte. »Du kannst davon krebskrank werden, und in jedem Fall wirst du runzlig und vertrocknet wie eine Backpflaume aussehen, wenn du so weitermachst.«

»Das Risiko nehme ich auf mich. Ich liebe die Sonne so sehr, daß ich nie glaube, ich könnte Sonnenbrand kriegen, bis es zu spät ist. Bei Sommerbeginn habe ich immer einen furchtbaren Sonnenbrand. Ich pelle mich und bin voller Blasen und leide, aber sobald ich wieder eine neue Haut habe, fange ich von Neuem an.«

»Manche lernen's nie.«

»Und zu denen gehöre ich. Ich mache immer die gleichen Dummheiten. Leo, ich bin ein hoffnungsloser Fall. Wie die weisen alten Bauern in meiner Heimat zu sagen pflegten, kann man alles ersetzen, nur nicht das Gehirn.«

Eine Weile lagen sie schweigend da und lauschten dem Wind in den Büschen über ihnen. Der Sommer hatte erst begonnen, aber die Erde war bereits verdörrt, und auf den gebrochenen Linien der Klippen am Meer knisterte schwelendes Laub und brennendes Gras. Überall warnten Schilder vor Feuergefahr, und in allen Radiosendungen wurden Campinggäste und Spaziergänger ermahnt, keine offenen Feuer zu machen und Zigarettenstummel auszutreten. Daheim hatte der Sommer üppiges Grün in den Wäldern und Wiesen bedeutet, und kühle Brisen von den schneebedeckten Bergen. Hier war es die Hitze, der rote Staub und der

Nordwind, der aller europäischen Logik zu trotz heiße, trockene Wüstenluft einwehte.

Der Sommer kam im November. Im Mai fielen die Blätter, Herbstnebel stiegen auf, es begann zu regnen, und die feuchte und windige Jahreszeit brach an, die man hier Winter nannte, wenn es auch nie schneite . . .

Mit einiger Mühe hob Anna den Kopf. Der Strand drehte sich schwankend, und tausend winzige Sterne tanzten vor ihren Augen. Eine verrückt durcheinanderwirbelnde Welt. Mein Gehirn muß geschmolzen sein.

Sie kroch in den Schatten zu Leo, der immer noch Sandberge um sich aufbaute.

»Wie steht es bei dir? Hast du eine neue Arbeit gefunden?«

Er glättete die Berge, fügte ihnen noch mehr Sand hinzu. »Ich habe eine neue Stelle. Nächste Woche fange ich an.«

»Großartig! Das ist gut. Wo?«

»Flinders Lane.«

Anna blickte ihn überrascht an. »Flinders Lane? Ich erinnere mich nicht, dort Juweliergeschäfte gesehen zu haben. Da sind doch nur Kleiderfabriken.«

»Genau. Kleiderfabriken.«

»Leo!«

Er steckte einen Finger in den Gipfel seines Bergs, und eine kleine Lawine rollte ihm über das Gesicht. Dann setzte er sich auf, hustete, spuckte Sand, drehte sich um, wandte sein Gesicht Anna zu.

»Und warum nicht Kleider? Alle meine Bekannten arbeiten entweder mit ›Schmates‹ oder bei Holden in der Autofabrik. ›Schmates‹ sind wenigstens sauberer und weniger anstrengend als das andere.«

»Aber du bist ein Künstler. All deine Ausbildung, deine Pläne, deine Zeichnungen ... das kannst du doch nicht einfach aufgeben. Und warum?«

»Das werde ich dir sagen. Es ist wirklich ganz einfach. Weil es mir egal ist. Es ist eine Arbeit, und ich werde dafür bezahlt. Das ist alles. Ich will nicht ›schöpferisch tätig‹ sein. Ich kann es nicht. Ich habe nichts mehr in mir. Ich bin vertrocknet und ausgebrannt, wie ... die Erde hier, wie die gute alte australische Wüste. Ich habe mich angepaßt, könntest du sagen.«

»Quatsch!« Anna setzte sich wütend auf. »Du weißt, daß es nicht wahr ist. Ach, es klingt gut, das gebe ich dir zu. Fast poetisch könnte man es nennen. Aber völlig unzutreffend und ohne Zusammenhang mit der Wirklichkeit. Die australische Landschaft ist an sich ganz in Ordnung. Sie braucht nur Wasser. Und mit dir ist es ebenso. Du brauchst nur ein bißchen mehr Willenskraft und ein bißchen weniger Selbstmitleid. Schau ...« Sie beugte sich vor, bis ihre Gesichter sich fast berührten, blickte tief in seine braunen Augen, als wollte sie sich darin versenken und bis in seine Gedanken dringen. »Schau, Leo, du bist jung und gesund, du besitzt Intelligenz und schöpferisches Talent. Du hast nicht das Recht, das zu vernachlässigen oder zu zerstören. Leute wie du machen die Welt lebenswert für uns, die wir nicht so begabt sind. Du machst sie schöner und interessanter. Ohne Leute wie dich würden wir in der Wüste leben. Es ist eine Verantwortung, eine Herausforderung, wenn du willst. Kannst du dich dazu nicht aufschwingen? Was ist denn nur mit dir los?«

Er klatschte lautlos. »Eine vortreffliche und rührende

Rede, Miss Marten. Verzeihen sie meine männlichen Tränen.«

»Ach, Leo, laß die blöden Witze. Es ist ernst!«

»Darauf kannst du wetten. Es ist mein Leben, über das du da wie ein wild gewordener Geyser zischst. Und es ist auch viel heiße Luft dabei, wie die Australier so zutreffend sagen.

Siehst du, ich habe kürzlich festgestellt, daß ich vielleicht nur ein Versager bin, und kein Künstler. Was ich für schöpferische oder künstlerische Neigungen hielt – falls ich diesen nicht ganz passenden Ausdruck gebrauchen darf – war nichts weiter als der feige Wunsch, die ganze stinkende Welt von mir auszuschließen. Eine Gelegenheit, mich in meinen goldenen und silbernen Turm zurückzuziehen – ein Elfenbeinturm wäre zu langweilig. Und den habe ich mit Edelsteinen besetzt und ausgemeißelt und ziseliert, ganz gemütlich in meiner stillen kleinen Ecke, und daran mit Präzision und Geschick gearbeitet, wenn auch nicht mit ganz sauberen Händen.

Ich umgab mich mit Schönheit und verkaufte kleine Stücke davon für übertrieben hohe Preise. Aber die ganze Zeit hindurch schloß ich die Welt aus und sagte: ›Nur nicht anfassen, es ist kostbar, es gehört in einen Glasschrank, auf ein schwarzes Samtkissen, auf die Haut einer schönen Frau. Und faßt mich nicht an, denn auch ich bin kostbar. Ich erschaffe diese *merveilles*. Ich bin so zart, ich muß beschützt werden.‹

Das dauerte eine gute Weile, solange ich in Frankreich war. Der Krieg hing noch in der Luft. Du weißt ja, wir alle, die wir ihn durchgemacht haben, schleppen unser Leben lang einen Teil davon mit uns herum. Für mich ist der Krieg nie zu Ende gewesen, aber das ist eine andere Geschichte. Jedenfalls brauchte ich in Europa meinen goldenen Turm, um mich vor der übrigen Welt zu schützen. Ich wollte sie nicht sehen, nicht von ihr berührt werden. Aber vor allem verschloß ich mich vor mir selbst, vor meinem eigenen Krieg. Und im Bemühen, mich zu verschließen, schuf ich – falls man ein solches Wort benutzen kann. Je härter ich mich anstrengte, an gewisse Dinge nicht zu denken, desto mehr mußte ich mich mit anderen Dingen beschäftigen. So konzentrierte ich mich auf meine Arbeit, schuftete Tag und Nacht, zeichnete, schnitzte, schmolz, bog, drehte, polierte, und die Welt nannte mich einen Künstler! Voilà!« Er warf eine Handvoll Sand in die Luft. »Was? Kein Beifall?«

Anna bemühte sich zu lächeln. »Und was hat sich inzwischen geändert, Leo? Willst du die Welt nicht mehr ausschließen?«

»Die Welt, *ma petite*, hat mich eingeholt. Hier in Australien, wo sie eigentlich zu Ende sein sollte – aber leider wissen wir ja inzwischen, daß sie nicht flach ist – und wenn du weiter gehen willst, kommst du nur wieder nach Europa zurück. Und so fand ich am Ende meiner Flucht all die alten Gespenster wieder, die immer noch da sind und auf mich warten.«

»Was für Gespenster, Leo?«

Er zuckte die Schulter. »Das tut nichts zur Sache. Hauptsache ist, daß es nichts mehr gibt, vor dem ich davonlaufen kann. Hier hat es nie einen Krieg gegeben. Nicht in dem Sinn, wie wir ihn kennen. Meine goldenen Mauern sind unnötig. Sie sind ohnehin beengend, und man kann nicht ewig im Gefängnis leben. Aber was geschieht, wenn die Mauern einstürzen? Dann entspanne ich mich. Ich schaue mich um, sehe gewöhnliche Leute, die ein gewöhnliches Leben führen. Sie haben ihre Schwierigkeiten, ihre Sorgen, ihre Katastrophen, aber alles das ist normal. Verstehst du, was ich meine? Ich brauche vor ihnen nicht davonzulaufen. Ich mag sie. Sie amüsieren mich. Ich gehe ins Pub und trinke mit den Leuten. Ich gehe zum Pferderennen und zu den Fußballspielen. Sogar zu einem Kricket Match bin ich gegangen, aber da habe ich leider die ganze Zeit geschlafen. Ich spiele Tennis, ich schwimme, ich esse und ruhe mich aus. Und während ich das alles tue, ist nichts in mir, nur die Gespenster.«

Er schlug sich auf die Brust. »Leer!« Er zeigte auf seinen Kopf. »*Vide!* Ein Vakuum, vor dem die Natur angeblich einen solchen Horror hat. *Horror Vacui!* Die Natur erschrickt vor mir. Denke nur, wie trostlos. Aber tatsächlich ist hier oben nichts mehr. Keine Idee, nicht einmal der Wunsch nach einer. Ich bin – was soll ich sagen – wie eine locker gewordene Uhrfeder. Weil es nichts mehr gibt, das sie von außen wieder zusammenrollen kann.«

»Wirklich nichts?«

»Ich könnte mir nichts denken, außer . . . außer vielleicht einen neuen Krieg. Aber den würde ich nicht noch einmal mitmachen.«

»Was würdest du tun?«

»Mich erschießen.«

Er stand auf, schüttelte sich den Sand vom Körper, streckte die Arme zum dunstigen Himmel empor. »Schau, Anna, schau! Die unendlichen Weiten, das Meer, die reine Luft und die Sonne! Nirgends eine dunkle Ecke. Nirgends ein Winkel, in den sich ein Gejagter verkriechen und verstecken kann. Es gibt nur noch einen Weg, der mir bleibt: Hier hinein! Ich meine, in mich selbst. Und da will ich gerade nicht sein. Ich gehöre nicht hierher, Anna, ich bin verloren, habe Angst vor dieser Luft, vor all dieser Weite, es ist zuviel, zu leer, zu groß für einen einsamen Menschen, der seine kleine überfüllte ungesunde Welt ebenso sehr braucht wie die Möglichkeit, ihr zu entfliehen. Ich hatte mich an meinen Kerker gewöhnt, er hat mich zu dem gemacht, was ich bin, nur muß ich mich vor ihm verstecken, und das kann ich hier nicht . . .«

Er hielt inne, fuhr sich mit beiden Händen durch das Haar, zog es sich in wirren Strähnen über die Augen. »*Trêve de confidences*, gehen wir schwimmen.«

Leichtfüßig rannte er über den brennend heißen Sand, und Anna, noch erschüttert über diesen unerwarteten langen Wortschwall, folgte ihm langsam und rückte sich ihre Schwimmkappe zurecht. Es war offenbar nicht die ganze Geschichte. Wie wenig ich ihn kenne, sagte sie sich, und wie hoffnungslos ist doch all meine Mühe, andere verstehen zu wollen. Sie konnte nur abwarten, bis er wieder einmal Lust hatte, ihr etwas von sich zu erzählen, und inzwischen blieb ihr nichts anderes übrig, als weiterzumachen und zu hoffen, daß er nichts Verzweifeltes tun würde, um seinen »Gespenstern« zu entfliehen. Es war enttäuschend genug, daß er seine Pläne aufgegeben zu haben schien und in einer Kleiderfabrik arbeiten wollte. Vielleicht würde er es bald satt haben und zur Vernunft zurückkehren. Vielleicht wird er sich nach diesem ersten Sommer im neuen Land eingewöhnen und wieder Freude an seiner wirklichen Arbeit haben. Sie hegte große Hoffnungen für seine Zukunft und war nicht bereit, ihn aufzugeben, selbst wenn er im Augenblick den Verstand verloren zu haben schien.

Vor allem keine Panik. Empfindsame Neuankömmlinge haben es oft schwer, sich in die Emigration einzuleben. Sie dachte kurz an Mr. Lander, und das brachte sie mit einem Ruck in die Wirklichkeit zurück. Dieser arme Mann war wahrscheinlich durch seine Erlebnisse während der Kriegszeit aus dem Gleichgewicht geraten, aber Leo ist jung und widerstandsfähig. Nur kein Trübsal blasen, sagte sie sich und sprang in die kühlen und sprudelnden Fluten. Sonne, Meer und blauer Himmel, genau wie es der Arzt gegen Depressionen verschrieben hat, also los und verjage die Spinnweben . . .

12

Wieder ein Sonntag. Ein runder und leerer Schlußpunkt nach dem Treiben und Lärm der Arbeitswoche. Manchmal ertappte sich Anna bei dem Wunsch, es würde überhaupt keine Sonntage geben, keine Unterbrechung des alltäglichen Lebens, keine Zeit der Ruhe und des Nachdenkens. Dann schien es ihr seltsam, daß alle ihre Bekannten sich gerade auf das Wochenende freuten.

»Gott sei Dank ist heute Freitag«, sagten die Sekretärinnen im Büro und zogen die Schutzhüllen über die Schreibmaschinen. »Ein schönes Wochenende, Anna, sei brav, Anna. Amüsiere dich, ha ha, und mach' keine

Dummheiten.« Margaret war voller Pläne für eine lange Autofahrt mit ihrem Mann, sogar Miss Stitchberry redete ganz aufgeregt über ihr Vorhaben, eine ihrer verheirateten Schwestern in ihrem Häuschen in Ferntree Gully zu besuchen, als ob es ein großes Ereignis wäre, wo doch jeder wußte, daß sie jeden Sonntag dort hinfuhr. Und am Montag steckte man dann überall im Krankenhaus die Köpfe zusammen, erzählte von Parties, Stranderlebnissen, Filmen, Besuchen, Pferderennen, Fußballspielen, die alle irgendwie in diesen beiden magischen Tagen Platz fanden.

Der Samstag war noch erträglich. Einkaufen, Mittagessen bei Bella, Kinobesuch mit Sylvia oder Leo in »Ihrem freundlichen Vorstadttheater«, wo sich jede Woche die gleichen Gesichter anstarrten, wo man sah, wer mit wem ging, wie diese oder jene angezogen war. Manchmal noch ein Abendessen mit Tanz in einem der europäischen Strandlokale, wo die Speisekarte in einem seltsamen Küchenfranzösisch abgefaßt war, und wo Anna einmal zu ihrer Überraschung unter den *hors-d'oeuvres* einen eingelegten »Tit« [Titte] gefunden hatte, dessen ergänzendes »bit« sich auf der nächsten Zeile befand. Wenn das Essen auch mittelmäßig war, so gab es wenigstens immer Musik, die die Konversation übertönte, und beim Tanzen blieb einem das Sprechen erspart. Leo war ein guter und begeisterter Tänzer, schon oft hatten sie Aufsehen erregt und von den bewundernden Paaren auf der Tanzfläche Applaus geerntet. Nur mit ihm war sie fähig, ihre Scheu und Unbeholfenheit zu vergessen und sich ganz dem Rhythmus der Musik hinzugeben. Wenn er sie bei der Hand nahm, verlor ihr Rücken seine Steifheit, ihre Schultern entspannten sich, und ihre Füße bewegten sich wie von selbst im genauen Gleichschritt zu seinen phantasievollsten Improvisationen. Es war ein Wunder, das sich jedesmal einstellte, wenn sie auf der Tanzfläche waren, und das sie fast als peinlich empfand, wenn sie später darüber nachdachte.

Sie blieben immer bis zum Schluß, schlenderten dann noch am Strand entlang und lauschten der Brandung, müde, ein bißchen schwach in den Beinen, jedoch froh, daß wieder einmal ein Tag vorüber war, und daß sie sich morgen nach Belieben ausschlafen konnten. Das war noch etwas, daß sie gemein hatten, ein weiterer Grund – wie Leo meinte – ihre Kräfte zu vereinen.

Wenn sie Glück hatte, würde sie nächste Woche wieder auf eine Party gehen. Wenn nicht ...

Leicht erschrocken stellte Anna fest, daß sie in ihrer Muttersprache nachgedacht hatte. Das war ihr seit langem nicht passiert. Englisch war ihr zur Gewohnheit geworden, sie benutzte selten eine andere Sprache, außer bei der Arbeit, und sogar Leo sprach ein erträgliches Englisch, wenn er wollte, und doch erforderte es immer noch eine gewisse Anstrengung, und wenn sie besonders müde war, hatte sie Schwierigkeiten, die richtigen Worte zu finden. Komisch, daß es nach all den Jahren immer noch ein fremder Klang war, ein unnatürliches und unbefriedigendes Mittel, Gedanken in all ihren Schattierungen und tieferen Bedeutungen auszudrücken.

Als Kind hatte sie vier Sprachen gelernt, auch Deutsch, aber das hatte sie am Tage, da der Krieg beendet war, für immer begraben. An diesem fernen, berauschenden Tage war sie erschöpft und glücklich zu Bett gegangen, überzeugt, daß Deutschland und alles

Deutsche von nun an vom Erdboden verschwinden würde. Die ganze Nacht lang hatte sie geträumt, daß sie irgendetwas Riesenhaftes, Feindseliges in die Erde verscharrte, etwas mit Fangarmen wie ein Polyp. Sie vergrub es in einer Ecke ihres Gartens, stampfte den Boden glatt, ebnete ihn noch mit den Händen ein, bis keine Spur von dem Loch übrig blieb – oder war es ein Grab? – und die Erde war hart und glatt wie poliertes Glas.

Und als sie am nächsten Morgen erwacht war, stellte sie fest, daß sie kein Wort Deutsch mehr verstand. Später in Paris lernte sie im Heim zwei deutsche Mädchen kennen und lauschte ihren Gesprächen wie einer halbvergessenen Musik, deren Klänge ihr so vertraut schienen, daß sie jeden Augenblick erwartete, in die Melodie einzustimmen, aber kein Wort ergab einen Sinn.

Sogar Latein, immerhin eine tote Sprache, klang manchmal wärmer und bedeutungsvoller als Englisch. Vielleicht bin ich zu spät gekommen. Man sagt, von einem gewissen Alter an sei es nicht mehr möglich, wirkliche Freundschaften zu schließen, und vielleicht trifft das auch auf Sprachen zu. Vielleicht empfindet man im späteren Leben nicht mehr so tief wie in der Kindheit und ersten Jugend, und die Sprache leitet ihre Bedeutung von Empfindungen her, die man zum ersten Mal auszudrücken versuchte, und von da an nehmen die Worte für immer ihre Farbe an, bekommen einen Klang, einen Geschmack, eine Kolorierung, die andere, gebildetere und kompliziertere Worte nie haben werden, wie gewählt und präzise man auch damit umgehen mag.

So ist das Englisch, sagte sie sich resigniert. Eine intellektuelle Übung, ein genaues und kaltes Werkzeug, oberflächlich wie meine Sonnenbräune, die dauerhaft scheint, jedoch nicht tiefer als in die äußerste Schicht meiner Haut dringt. Wie meine Freundschaft mit Bella und Sylvia, die nur dem Anschein nach so tief, und in Wirklichkeit so seicht ist. Wie Bäume in einem Wald, deren Wipfel und Äste sich im Wind berühren, und deren Stämme auf immer getrennt sind.

Wie könnte es auch anders sein? All unsere frühsten Erinnerungen sind so verschieden. Die ersten Lieder, die ersten Kinderreime, die ersten Spiele, die Schulen, auf die wir gegangen sind, die Art, auf die man uns die gleichen Dinge gelehrt und doch so verschieden dargestellt hat, daß wir sie für den Rest unseres Lebens nie mit den gleichen Augen sehen werden. Wir können unsere ersten Schritte nicht zurücknehmen und gemeinsam noch einmal von vorne anfangen. Es scheint schon ein Wunder, daß wir nach all den Jahren so unterschiedlicher Erziehung gemeinsame Interessen finden und die gleichen Gefühle aufbringen können. Mehr kann man nicht verlangen, nehme ich an, aber manchmal ist es nicht genug. Die Mühe, der ständige Kampf, mich verständlich zu machen, ist zu viel, und es ist einfacher, allein in meinem kleinen leeren Zimmer zu sitzen, wo ich wenigstens die Freiheit habe, ich selbst zu sein.

Das Dumme dabei ist nur, daß ich das Alleinsein hasse.

Anna fegte den Fußboden und trug den Besen in den Flur hinunter. Als sie am Telefon vorbeikam, warf sie ihm einen sehnsüchtigen Blick zu. Wie durch ein Wunder klingelte es. Sie nahm den Hörer ab. Es war für Mrs. Bulmer.

So kehrte sie in ihr Zimmer zurück und starrte die Wände an. Als es wieder klingelte, rührte sie sich nicht, und Mrs. Bulmer mußte an ihre Tür klopfen, um sie zu rufen.

»Aaannnaaa? Schlafen Sie? Telefon!«

Langsam ging sie an den kleinen Tisch, auf dem es im Hörer ungeduldig knisterte.

»Ja?«

»Anna? Hier ist Mike. Schau, ich weiß, es ist furchtbar spät, dich zu bitten, aber wir haben eben beschlossen, eine Party zu veranstalten. Kannst du kommen?«

»Ach . . .« Anna zögerte. »Ich habe heute abend eine Verabredung . . .«

»Bring ihn mit.«

»Nein, warte . . . Um wieviel Uhr?«

»Jederzeit. Wann du willst. Bis dann also.«

»Bis dann.«

Sie kehrte in ihr Zimmer zurück und begann Staub zu wischen. Plötzlich schien ihr der Tag zu kurz für all die Arbeit.

Mike öffnete ihr die Tür, ein Dosenbier in der Hand.

»Freut mich, dich zu sehen, fühle dich wie zu Hause. Ich werde dich nicht allen vorstellen, denn du wirst dich nie an die Namen erinnern. He, ihr alle, das ist Anna!«

Das Zimmer war voller Menschen. Anna erkannte einige Schwestern und Medizinstudenten aus dem Krankenhaus, Sylvia hockte barfuß mitten auf dem Teppich. Sie trug ein rosa rückenfreies Kleid. Sie lächelten einander zu, und Anna setzte sich auf ein Kissen neben ihre Freundin. Jemand reichte ihr einen Drink. Eine Gruppe in der Ecke sortierte Schallplatten aus, diskutierte darüber, welche man als erste auflegen sollte. Die Fenstertüren zum Garten standen offen. Paare tanzten auf dem gepflasterten Patio. Ein ziemlich großer junger Mann streckte sich auf einem Sofa aus, die Füße über die Seitenlehnen hängend, und schien fest zu schlafen.

»Das ist Nigel«, erklärte Mike, der ihren fragenden Blick bemerkt hatte. »Er schläft nicht. Er ist nur hinüber. Kaum riecht er Alkohol, und schon ist er weg. Ich sage ihm, daß sei doch Quatsch, niemand könne so schnell weg sein, aber er tut es immer wieder. Meiner Meinung nach verstellt er sich nur und hofft, die Leute werden über ihn reden, und er könnte vielleicht etwas zu seinem Vorteil erfahren.

Hörst du, Nigel? Wir wissen, daß du nicht schläfst. Niemand wird etwas Interessantes über dich sagen. Nun komm schon, du verpaßt den ganzen Spaß!«

Der junge Mann rührte sich nicht, Mike zuckte die Schulter und forderte Anna zum Tanzen auf.

»Meine Eltern sind über das Wochenende fort, und so habe ich das Haus zu meiner freien Verfügung.« Er drückte sie an sich, sie stolperte, verfing sich mit dem Absatz zwischen den Steinen.

»Zieh dir die Schuhe aus.«

»Dann mache ich mir die Strümpfe kaputt.«

»Zieh dir auch die Strümpfe aus. Du kannst dir ausziehen, was du willst. Es ist ein freies Land.«

Anna hockte sich hinter das Sofa, um sich die Strümpfe auszuziehen. Als sie den Strumpfhalter löste, blickte sie auf und sah, wie Nigel mit weit offenen Augen auf ihre Beine starrte. Sie zog eiligst den Rock hinunter und kehrte zu Mike zurück, der allein tanzte. Wieder drückte er sie an sich, rieb sich mit seiner stoppligen Wange an ihrem Gesicht, und sie verkrampfte sich, fühlte sich steif und unbeholfen. So muß es sein, wenn man Liebe macht, sagte sie sich. Mit manchen Leuten kann man es einfach nicht ... kann man nicht den Rhythmus finden, oder sich entspannen oder sonst wie das tun, was von einem erwartet wird. Ich bin sicher, daß ich es mit Mike nicht könnte. Dieser Drink muß stärker gewesen sein, als ich dachte. Und als ob sie es laut gesagt hätte, ließ er sie plötzlich los und blickte ihr in die Augen.

»Was ist denn das? Widerstand? Haben wir bereits Probleme?«

Sie versuchte zu lachen, aber er ließ nicht locker. »Ja, ja, der Onkel Doktor weiß Bescheid. Wir werden etwas unternehmen müssen.«

Eine sehr hohe dunkle Gestalt ragte im Türrahmen auf und kam langsam auf sie zu. »Darf ich um diesen Tanz bitten? Oder wollen Sie sich lieber von unserem Gastgeber vergewaltigen lassen?«

»Anna, laß mich dir Nigel vorstellen. Er geht immer gleich aufs Ganze, wenn er auch nie dort ankommt. Nigel, das ist Anna. Die unantastbare Jungfrau von St. Michael.«

»Noch eine Medizinstudentin? Ich habe Sie noch nie gesehen, oder ...?«

»Ich bin keine Studentin, und ich habe Sie auch noch nie gesehen.« Anna blickte den jungen Mann interessiert an, fragte sich, warum er in dieser bunten Menge so falsch am Platze wirkte.

Er trug als einziger einen dunklen Anzug mit Weste, stand unentschlossen da, obgleich die Musik wieder begonnen hatte, und andere Paare sich an ihnen vorbeidrängten, sie anstießen und schubsten. Gegen das Licht des Hauses gesehen, zeigten seine Umrisse einen schmalen Kopf, eingesunkene Schultern, eine plötzliche Breite in der Mitte, lange Beine und sehr große, nach außen gekehrte Füße. Mit seinen schlaff hängenden, leicht vom Rumpf gespreizten Armen sah er wie ein riesiger Pinguin aus.

Anna trat einen Schritt vor und streckte ihm die Arme entgegen. »Wollen wir tanzen!« Er kam rasch auf sie zu, und sie stießen zusammen. Anna hatte den Eindruck, in ein großes Kissen geprallt zu sein.

»Verzeihung«, stammelten sie gleichzeitig. Anna blickte besorgt auf seine Füße. »Wollen Sie sich nicht die Schuhe ausziehen? Falls wir wieder zusammenstoßen sollten?«

»Meine Füße stinken«, erklärte er nüchtern, packte sie beim Handgelenk, führte sie im Marsch eines Paso Doble auf dem Patio herum, verscheuchte alle anderen, hielt sie in Armeslänge von sich.

Die Platten wechselten, und auch die Tänze, aber nicht Nigels Technik, und Anna fand sich damit ab, für den Rest des Abends auf der Tanzfläche herumzuwandern. In der Mitte des Patio hielten sich Mike und Sylvia eng umschlungen, schwankten von einem Fuß auf den anderen, schenkten ebenfalls dem, was gerade gespielt wurde, keine Achtung.

Es wurde kalt. Ein scharfer Wind wehte vom Süden her, und allmählich zogen sich die Tänzer ins Haus zurück. Schließlich sah auch Mike die sich leerende Tanzfläche und hielt inne. Sylvia schlug die Augen auf und blinzelte ungewiß.

»Alle herein! Die Eiszeit bricht an. He, Nigel, gib's auf. Die olympischen Spiele sind längst vorbei. Kommt herein, wo es wärmer ist.«

In der Mitte des Zimmers glühte ein elektrisches Heizgerät, die Gäste saßen in einem weiten Kreis darum herum, Arme um Schultern gelegt, Köpfe einander zugeneigt. Im Hintergrund summte das auf einen Nachtsender eingestellte Radio leise Begleitmusik. Ein Mädchen erschien mit einer großen Schale Obstsalat und einer Kelle, kroch auf den Knien von Gast zu Gast und teilte löffelweise das eiskalte Mus aus.

Anna befand sich zwischen Mike und Nigel, Mikes Arm um ihre Schultern, während Nigel allein hockte und seine Knie umschlang. Jemand drehte das Licht ab, und es glomm nur noch der Heizkörper, strahlte seinen orangefarbenen Schimmer über Wangen und Stirnen aus, und alle Augen schienen tief in ihre Höhlen versunken. Mikes Arm verlagerte sich, er zog ihren Kopf an seine Schulter, und seine Hand schloß sich über ihre Brust. Sie wurde unruhig, fühlte sich unbehaglich, blickte Sylvia an, die an Mikes anderer Seite hockte, seine andere Hand auf ihrer Brust.

»Sperrt die Münder auf.« Das Mädchen mit dem Obstsalat kniete vor ihnen und streckte die Kelle aus.

»Ich finde das nicht sehr hygienisch«, protestierte eine Stimme.

»Was sind schon ein paar Mikroben unter Freunden?«

Anna schluckte gehorsam ihre Portion, zitterte plötzlich vor Kälte und legte sich auf den Teppich zurück. Mike und Sylvia saßen eng umschlungen, ihr Daumen in seinem Gürtel. Nigel schluckte seine Portion, schmatzte laut, streckte sich neben Anna aus.

Eisige Zugluft drang unter der Tür herein. Anna starrte an die Decke und fragte sich, wie sie nach Hause kommen könnte. Sie hoffte, daß jemand, der nicht allzu betrunken war, sie in seinem Wagen mitnehmen würde. Sie fragte sich, wie spät es sei und wann es endlich Zeit wäre, zum allgemeinen Aufbruch zu blasen. Morgen – oder war es schon heute – begann eine neue Woche, und sie mußte wieder im Krankenhaus sein, zurück in der bequemen Routine ihrer zeitausfüllenden und nicht sehr anstrengenden Aufgaben, die ihr eine stets bereite Entschuldigung boten, nicht an gewisse Dinge zu denken, weil sie sich auf ihre Arbeit konzentrieren müsse.

»Wem gehört dieses Härchen?« Ein junger Mann, der auf dem Sofa mit einer Blonden herumgeknutscht hatte, trat schwankend in die Mitte des Kreises um die Heizung und hielt etwas zwischen Daumen und Zeigefinger empor. Niemand reagierte.

»Was haben die Steinzeitmenschen als Präservativ benutzt?« fragte eine müde, bierversoffene Stimme auf dem Teppich.

»Wollen wir nicht wissen«, antworteten ein paar schläfrige Stimmen.

»Pariser Pflastersteine!« grölte der Besoffene, und einige kicherten.

»He, wer will Kaffee?« schlug jemand vor, und sofort riefen alle: »Wir wollen Kaffee!« Andere standen auf und bewegten sich torkelnd dem Neonlicht der Küche zu.

»Donnerwetter, wißt ihr, wie spät es ist? Wir sollten uns auf die Beine machen. Nein, wartet, ich muß erst etwas Heißes trinken. So kann ich nicht gehen. Ich bin ganz steif vor Kälte. Laß nur, ich wärme dich schon auf. Pfui, Finger weg!«

»Nun kommt schon. Es ist spät. Geht jemand in meine Richtung? Kann ich jemanden mitnehmen? Werden wir deine Karre wieder schieben müssen?«

»Jennie, du darfst auf meinem Schoß sitzen.«

Im halbleeren Zimmer stieß Mike auf Anna, die ihre Handtasche suchte. »Mußt du schon gehen?«

»Ja, Mike, ich muß. Es ist sehr spät.«

»Aber der Spaß beginnt ja erst. Schau, wir lassen die anderen gehen, und dann machen wir es uns richtig gemütlich. Ich möchte mit dir reden.«

»Ein anderes Mal, danke, aber ich muß jetzt wirklich gehen. Wir können im Krankenhaus reden.«

»Nein, die Art von reden meine ich nicht, sei doch nicht so dumm. Schau, ich habe das Haus einmal ganz für mich. Die ganze Nacht. Warum willst du nicht bleiben?«

Er streichelte ihr den Nacken, und seine Hand glitt unter ihr Kleid. Sie hatte alle Mühe, sich frei zu machen.

»Nein, wirklich.«

»Ich lasse dich nicht gehen.«

»Möchten Sie ein bißchen Kaffee, Anna?«

Nigel stand in der Tür, zwei Tassen in der Hand. Anna langte über Mikes Schulter. »Vorsicht, sonst vergieße ich es.«

Mike ließ sie los, und sie wandte sich dankbar ihrem Retter zu.

»Kann ich Sie nach Hause bringen?«

»Oh ja, bitte.«

Sie schluckte die heiße Flüssigkeit, nahm ihre Sachen, schlüpfte in die Schuhe.

»Auf Wiedersehen, Mike, und danke für den schönen Abend.«

Er winkte spöttisch betrübt. Sylvia kam aus der Küche, wärmte sich die Hände an einer dampfenden Tasse, und er eilte ihr entgegen.

»Du gehst doch noch nicht, Sylvia, meine Blume? Ich lasse dich nicht!« Das waren die letzten Worte, die Anna hörte, bevor sich die Eingangstür hinter ihr schloß.

Fröstelnd in der frischen Nachtluft folgte sie Nigel zu einem langen niedrigen Wagen. Es war das älteste und ramponierteste Auto, das sie je gesehen hatte. Sie stand da, betrachtete skeptisch das zerrissene Leinenverdeck und das Gewirr von Riemen und Schnüren, die die einzelnen Teile zusammenzuhalten schienen. Das Dach war mit Stücken Heftpflaster und einer großen Sicherheitsnadel ausgebessert, die Vorderräder standen auseinander wie ein astigmatisches Augenpaar, einer der Scheinwerfer war eingeschlagen. Nigel löste einen Riemen, und die Tür zum Beifahrersitz fiel zu Boden.

»Steigen Sie hier ein.«

Als sie saß, drückte er die Tür wieder in den Rahmen und schnürte den Riemen fest zu. Die Überreste des Plastikfensters schlugen schlaff und feucht gegen ihren nackten Arm.

»Es ist ganz ungefährlich«, versicherte er ihr, als er über die Tür an seiner Seite hereinkletterte. »Meine Tür halte ich geschlossen, weil sie sonst aus den Angeln fällt. Wo wohnen Sie?«

Sie nannte ihm ihre Adresse, und der Wagen startete mit ohrenbetäubendem Lärm.

»Tut mir leid, aber der Auspuff ist hin!« schrie er ihr zu. »Vor ein paar Wochen war das Steuer kaputt, und ich konnte keine Rechtskurve mehr nehmen. Sie hätten mich sehen sollen, als ich versuchte, vom Krankenhaus heimzufahren. Jedesmal, wenn ich nach rechts wollte, mußt ich dreimal nach links abbiegen, und es hat Stunden gedauert. Durch die ganze verdammte Stadt bin ich gerattert. In der Garage, wo ich das Ding gekauft habe, hält man mich für verrückt. Natürlich hoffen sie, ich würde bald genug haben und mir einen neuen Wagen kaufen. Da können sie lange hoffen!«

»In welchem Krankenhaus sind Sie?«

»Im Central.«

»Und in welchem Jahr?«

»Im letzten, hoffentlich. Ich bin vom gleichen Jahrgang wie Mike.«

Sie donnerten durch die stillen Vorstadtstraßen, wurden bei jedem Schlagloch fast aus ihren Sitzen geschleudert.

»Tut mir leid, daß es so holpert. Die Federung ist auch nicht mehr, was sie war«, entschuldigte er sich, als Anna mit dem Kopf ans Verdeckdach stieß. Anna ließ ihn an der Ecke ihrer Straße halten und sie gingen zu Fuß bis zu ihrem Haus.

»Könnten Sie mir vielleicht noch einen Kaffee machen?« fragte er, als sie vor der Tür standen.

»Nein, ich bedaure. Meine Zimmerwirtin duldet keine nächtlichen Besuche«, erklärte sie, und er tat ihr fast leid, als sie ihn spreizfüßig zu seiner unglaublichen Klapperkiste zurückgehen sah.

13

»Miss Marten, Sie werden auf der chirurgischen Abteilung verlangt.«

Anna ließ ihre Schreibmaschine stehen und eilte aus dem Büro.

Auf der Abteilung M2 herrschte reger Betrieb. Mr. Wilson-Bryce, der Registrator, der Assistenzarzt und eine Schar Studenten standen um ein Bett herum. Die Etagenschwester mit ihrem Rolltisch voller Notizen und Röntgenaufnahmen winkte Anna, die zögernd auf der Schwelle wartete, heran.

Der Patient war ein sehr hagerer Mann von etwa vierzig Jahren, knochig, mit breitem Gesicht und kleinen, tief in die Höhlen versunkenen, erschrockenen Augen. Beim Anblick einer weiteren Gestalt im weißen Kittel wurde sein Gesicht noch ängstlicher, und er blickte sich scheu um, wie ein in die Falle gegangenes Tier.

Mr. Wilson-Bryce lächelte. »Aha, unsere Dolmetscherin. Haben Sie sich inzwischen erholt, Miss Marten?«

Anna fühlte sich puterrot werden, als die Medizinstudenten sie anstarrten. Gott weiß, an was die jetzt denken, wovon ich mich erholt haben soll. Wahrscheinlich Delirium Tremens oder dergleichen, sagte sie sich verärgert. Kann der Mann denn nie vergessen?

»Nun wollen wir einmal sehen, ob Sie uns über Mr. Rostokovs Geschichte aufklären und ihm verständlich machen können, was wir vorhaben. Er spricht kein Wort Englisch. Er ist, warten Sie mal . . .« er schaute in seinen Notizen nach ». . . er ist Ukrainer. Können Sie uns da helfen?«

Mr. Rostokov sprach Russisch und Polnisch so gut wie seine eigene Sprache, und das Dreiergespräch machte rasche Fortschritte. Mr. Wilson-Bryce stellte Fragen, und Anna übersetzte sie so schnell sie konnte.

Die Studenten kamen heran, legten nacheinander ihre Stethoskope auf die breite Brust und lauschten in gespanntem Schweigen. Mr. Rostokov beobachtete sie argwöhnisch, und jedesmal, wenn ein neuer Kopf sich über ihn beugte, um seinen Körper abzuhorchen, sank er etwas mehr in seine Kissen zurück.

»Ich glaube, der Patient ist über irgendetwas beunruhigt. Würden Sie ihn fragen, was es ist?«

Anna übersetzte die Frage des Arztes.

»Habe ich etwas sehr Ungewöhnliches und Schlimmes, daß all diese Ärzte so an mir herumhorchen?«

»Sagen Sie ihm, es sei nichts Ungewöhnliches und, wie wir hoffen, auch nichts Schlimmes, aber diese jungen Ärzte müssen lernen, und wir sind ihm sehr dankbar für seine Geduld. Wir werden ihn vor seiner Operation nicht mehr belästigen. Und das wird am Freitag sein.«

Anna übersetzte, und Mr. Rostokov fuhr in panischem Schrecken auf. »Nein, bitte, nein, lassen Sie ihn das nicht tun!«

»Aber Mr. Rostokov, die Operation ist notwendig. Sonst werden Sie nicht gesund.«

Sie winkte Mr. Wilson-Bryce heran, er setzte sich auf das Bett und schickte die Studenten fort.

»Sagen Sie ihm, wir müßten sehen, was in seiner Brust ist und, falls es nicht anders geht, einen Teil seiner

Lunge entfernen. Sonst würde sich sein Zustand nur verschlimmern.«

Mr. Rostokov schüttelte den Kopf. »Ich weiß, ich weiß. Es ist nicht die Operation, es ist das Datum! Bitte nicht an einem Freitag, das ist ein Unglückstag. Wenn Sie mich am Freitag operieren, überlebe ich nicht!«

Anna übersetzte, und Mr. Wilson-Bryce blickte verdutzt drein. »Aber das ist ja Aberglaube, das können wir nicht zulassen. Außerdem operiere ich immer am Freitag, und ich kann nicht sagen, daß es bis jetzt irgendjemandem geschadet hätte.«

»Mr. Wilson-Bryce, wenn er es so tief empfindet, muß es ihm schaden. Er wird sich noch vor Angst ganz kaputt machen, bis es soweit ist. Für Leute wie ihn ist es eine Glaubenssache.«

»Jede Operation ist eine Glaubenssache«, sagte die Schwester leise.

Mr. Wilson-Bryce drehte sich um und starrte die beiden an. »Sie glauben also auch daran?«

»Nein«, antwortete die Schwester, »aber er. Er weiß, daß er sterben wird, wenn Sie ihn an einem Unglückstag operieren.«

»Ich bin der gleichen Meinung«, sagte Anna. »Übrigens würde ich mich auch nicht gern an einem Tag operieren lassen, von dem ich Unglück erwarte. Obgleich ich normalerweise nicht abergläubisch bin.«

Mr. Wilson-Bryce machte ein beleidigtes Gesicht und blickte in seinen Terminkalender.

»So ein Quatsch«, brummte er ärgerlich. »Wie würde ihm Dienstag passen? Hoffentlich gibt es kein Gesetz gegen Operationen an diesem Tag.«

Mr. Rostokov strahlte. »Dienstag paßt ihm ausgezeichnet. Er ist Ihnen sehr dankbar.«

»Das wäre also erledigt. Bitte sagen Sie ihm, daß ich ihn noch einmal vor seiner Operation sehen werde. Und danke für Ihre Hilfe.«

Er ging ans nächste Bett, wo sein ehrfürchtig wartendes Gefolge beiseite trat, dann wieder den Kreis um ihn schloß und ihn vor den Blicken verbarg.

Anna kehrte zu Mr. Rostokov zurück. Die Sozialarbeiterin hatte bestimmt noch eine Menge Fragen an ihn zu richten: Über seine Familienverhältnisse, an wen man sich zu wenden habe, ob zu Hause Vorkehrungen getroffen worden seien, um während der langen Abwesenheit des Brotgebers auszukommen, ob er finanzielle Probleme habe, ob er versichert sei, ob seine Frau ihn besuchen könne. Mr. Rostokov war glücklich, endlich jemanden gefunden zu haben, der seine Sprache verstand. Anna verbrachte fast eine Stunde an seinem Bett, während die Ärzte ihre Runde machten. Mr. Wilson-Bryce verließ schließlich den Krankensaal, gefolgt von seinen Assistenten, ohne sich noch einmal in ihre Richtung umzuschauen.

Im Flur stieß sie auf Mike. Er sah müde und niedergeschlagen aus.

»Wie hat die Party geendet? Sind noch viele Leute geblieben, nachdem ich fortging?« Anna hoffte, er würde ihr sagen, ob Sylvia geblieben sei. Aber statt einer Antwort fragte er sie plötzlich nach Sylvias Alter.

»Warum willst du das wissen?«

»Ach, ich dachte nur, sie sei ein bißchen jung für dich.«

»Sylvia? Wir sind fast im gleichen Alter. Ich bin zwanzig, und sie ist ein paar Monate jünger.«

Er dachte eine Weile darüber nach, und dann lachte er. »Geschieht mir recht! Ich hätte es mir denken sollen.«

»Aber warum?«

»Sie hat mir erzählt, sie sei sechzehn. Und so habe ich sie wie ein braver gesetzestreuer Bürger zu Mutter nach Hause gebracht, obgleich sie offenbar darüber enttäuscht war. Es muß das einzige Mal gewesen sein, daß ich meinem besseren Instinkt nachgab, und wie es sich erwiesen hat, ganz unnötigerweise. Ich hätte wissen sollen, daß eine Frau nie zu jung für eine Lüge über ihr Alter ist!«

14

»Wie geht es mit der Arbeit?« Anna zündete sich eine Zigarette an, und Bella nahm sich auch eine, nachdem sie einen flüchtigen Blick zur Tür geworfen hatte.

»Sind sie nicht ausgegangen?«

»Doch.« Bella lächelte verlegen. »Aber ich bin ein so artiges Kind, daß ich mich schuldig fühle, selbst wenn sie nicht da sind.«

»Du bist ein wahres Musterkind.«

»Der Ansicht sind sie nicht. Du würdest glauben, daß sie mich jetzt so kurz vor dem Examen und alledem in Ruhe lassen, aber nein, es ist immer noch das gleiche.«

»Kannst du sie nicht einfach für eine Weile ignorieren, Augen und Ohren schließen und dich ganz auf deine Arbeit konzentrieren?«

»Du hast leicht reden. Du lebst nicht mit ihnen. Es würde mir nichts ausmachen, wenn sie klipp und klar dagegen wären. Aber das werden sie nie offen zugeben. Nein, es ist ihre ganze Art, die es mir so schwer macht. Warum müssen sie sich über alles, was ich tue, lustig machen?« Sie nahm einen Lungenzug und erstickte fast.

Anna klopfte ihrer Freundin auf den Rücken, während Bella hustete und würgte und ihr die Tränen über das Gesicht liefen. »Es ist immer das gleiche gewesen, mein ganzes Leben lang.« Sie hob ihr tränennasses Gesicht und schniefte wie ein Kind. »Mein ganzes Leben lang höre ich: ›Ach, unsere Bella kann dies nicht und das nicht. Zum Glück ist sie wenigstens hübsch, da braucht sie nicht besonders intelligent zu sein.‹ Wenn sie mich nur in Ruhe ließen! Weißt du« – sie zog wieder an ihrer Zigarette, hielt sie geziert mit steifen Fingern – »weißt du, ich durfte nicht einmal ein Fahrrad haben, als ich klein war. Alle meine Spielkameraden hatten welche, nur ich fuhr immer noch auf meinem Dreirad, weil das ungefährlicher war. ›Ach, sie wird sich nie im Gleichgewicht halten können, und was sollen wir tun, wenn sie stürzt und sich – Gott behüte – die Zähne ausschlägt? Welcher Mann will ein Mädchen mit falschen Zähnen?‹ Schon als ich neun oder zehn war, hatten sie nichts anderes im Kopf, als mich zu verheiraten.«

»Nun«, sagte Anna, »sie konnten ja nicht wissen, daß du in Australien enden würdest, wo Zahnprothesen fast zum guten Ton gehören. Aber Spaß beiseite, ich kann es dir nachfühlen. Es scheint bei ihnen wirklich eine fixe Idee zu sein. Umso mehr bewundere ich dich, daß du trotz allem durchhältst. Aber es ist schließlich deine Zukunft. Und bedenke: Wenn du es schaffst, wirst du bewiesen haben, daß du etwas wirklich sehr Schwieriges zu meistern imstande bist. Schon deshalb darfst du nicht daran denken, es aufzugeben.«

»Du meinst, *wenn* ich es schaffe. Das ist ein großes Wenn.«

»Du schaffst es bestimmt. Schau, wir sind das ganze Prüfungsprogramm durchgegangen, und du scheinst alle Fächer zu beherrschen. Jetzt brauchst du nur noch alles niederzuschreiben, wenn es soweit ist. Du wirst sehen, daß du es kannst – wie das Schlittschuhlaufen oder das Radfahren.«

Bella lächelte. »Weißt du, ich habe es nie versucht. Das Radfahren, meine ich. Es ist wie das Rauchen. Ich wußte, daß ich mir die Zähne ausschlagen würde, wußte es einfach und habe mich deshalb nie getraut.«

In der abendlichen Stille machte Anna sich Gedanken über die kommenden Wochen und die Chancen ihrer Freundin, die Prüfungen zu bestehen. Ein Erfolg würde ihr natürlich in jeder Hinsicht von großem Nutzen sein. Dann könnte sie den Mut finden, sich zu behaupten, die ihr zur Gewohnheit gewordene Befangenheit und Niedergeschlagenheit von sich abzuschütteln. Erfolg ist das beste Mittel zum Erfolg, sagt man. Auch so ein weiser Spruch, der in Büchern steht und den die Wirklichkeit erst einmal beweisen muß.

»Anna?«

»Ja?«

»Hast du je ans Heiraten gedacht?«

Anna blickte verblüfft auf. »Ich? Nun ... gelegentlich schon, nehme ich an.«

»Ich fragte mich. Du redest manchmal so, als ob du dagegen wärst. Lebst du gern allein?«

»Ja. Eigentlich habe ich immer allein gelebt. Als ich in diesem Heim in Paris war, träumte ich von dem Tag, da ich endlich selbständig sein werde. Ganz gleich wo, ganz gleich zu welchem Preis. Nur ein kleines Zimmer, in dem ich allein sein kann, wann ich will. Andere Mädchen wollten heiraten und erfüllten sich diesen Wunsch bereits, als ich noch dort war. Eine hat es sogar fertig gebracht, schwanger zu werden, um aus dem Heim zu kommen. Ich dagegen hatte immer das Gefühl, ich müßte, bevor ich eine feste Bindung eingehe, mit Kindern und Familie ... wie soll ich es sagen? ... etwas mehr über mich selbst herausfinden. Und die einzige Möglichkeit, das zu tun, war der Versuch, auf eigenen Füßen zu stehen und zu sehen, zu was ich fähig bin. Wahrscheinlich bin ich deshalb nach Australien gekommen. Hier hatte ich niemanden, auf den ich zählen konnte. Niemanden, der mir lästige Dinge abnimmt, mir eine Arbeit findet, mir eine Wohnung besorgt oder mir Geld leiht, wenn ich in Not gerate. So war ich ganz auf mich selbst angewiesen.«

»Das ist dir gelungen. Und jetzt?«

»Jetzt werde ich einfach abwarten und sehen. Bisher habe ich noch niemanden kennengelernt, der mich wirklich interessiert.«

»Aber du bist doch schon seit Jahren hier. Und in all der Zeit ist dir keiner begegnet?«

Anna schnitt eine Grimasse und zuckte die Schultern. »Nein.«

»Du bist zu anspruchsvoll. Was willst du denn? Einen Märchenprinzen?«

»Sei nicht blöd.«

»Ach ja, ich hätte es mir denken können. Es ist also immer noch Dave? Denkst du immer noch an ihn?«

»Nein, nicht in dieser Beziehung. Um ganz ehrlich zu sein, hätte Dave mich wahrscheinlich nie geheiratet. Er ist nicht der Typ, der sich verheiratet. Aber ich gebe zu, daß ich seitdem für eine lange Zeit Männern gegenüber befangen war. Ich hatte das Gefühl, keinem vertrauen zu können, weil sich jeder von ihnen irgendwie als ein anderer Dave entpuppen würde!«

»Du hast ihn also wirklich geliebt?«

Anna seufzte. »Weißt du, ich bin mir nicht einmal dessen mehr sicher. Was ist Liebe? Manchmal frage ich mich, ob es nicht nur mein Wunsch nach einer Chance war, aus diesem trübseligen Heim herauszukommen. Er hatte alles, was ich mir nur erhoffen konnte, er sah gut aus, war intelligent und brachte mich zum Lachen, als es für mich nichts zu lachen gab. Er war so frei, schien das Leben so sehr zu genießen. Alles wurde einfach, wenn er es mit seinen Augen sah. Vielleicht wollte ich ihn nur haben, um seine Art von Leben zu führen. Ich dachte mir, wenn ich ihn heiraten würde, wäre ich auch frei. Dann wäre das Leben ein einziger langer Spaß. Ich stellte mir vor, wie ich mit ihm in dem kleinen Sportwagen über endlose Straßen raste, mit nur einer Zahnbürste als Gepäck, hier und da Halt machte, zu einer Mahlzeit in einem gemütlichen Gasthaus einkehrte, um dann wieder weiter und immer weiter zu fahren. Weit weg von dem Heim, weit weg von den gebrauchten Kleidern, die nette amerikanische Damen uns schenkten, weg von den überfüllten Schlafsälen, den gemeinsamen Duschräumen, den stinkenden Wohlfahrtsküchen.

Der Krieg war vorüber, die Grenzen öffneten sich, und die ganze Welt wartete darauf, entdeckt und erobert zu werden. Ich war sechzehn und noch ganz erfüllt von den Abenteuergeschichten, die ich als Kind gelesen hatte. Ich wollte mir beweisen, daß sie alle wahr werden konnten. Und außerdem hatte mir bisher noch niemand so viel Aufmerksamkeit geschenkt. Niemand hatte mich ausgeführt, nur mich allein und nicht mit der ganzen Klasse . . . Als er begann, mir Geschenke zu machen – meist Kleider – konnte ich einfach nicht glauben, daß sie wirklich für mich allein bestimmt waren, daß niemand sie zuvor getragen hatte, daß ich sie mit niemandem zu teilen brauchte.

So waren ich und die anderen Mädchen im Heim schließlich überzeugt, daß er in mich verliebt sein mußte. Einen anderen Grund konnten wir uns nicht denken, in unseren bürgerlich geschulten Köpfen ging alles so ordentlich zu, daß es keine überhängenden Enden, keinen Platz für Zweifel oder Ungewißheiten gab. Es war wie im Kino, wo wir uns immer im voraus über das *Happy End* freuten.

Und dann trug eigentlich alles dazu bei, mir dieses Gefühl zu bestätigen. Jedesmal, wenn er mir ein Kleid kaufte, oder ein Paar Schuhe, wurde ich von den Verkäuferinnen mit Madame angeredet, obgleich ich weiß Gott viel zu jung dafür aussah und noch nicht einmal so alt wirkte, wie ich wirklich war. Dave wählte immer alles selbst aus, ließ mich jedes Kleidungsstück anprobieren und im Laden auf und ab gehen, um zu sehen, ob es paßte, und gegebenenfalls Änderungen vorzuschlagen. Und wenn ich verlegen wurde, amüsierte ihn das umso mehr.«

Anna hielt inne und dachte zurück. »Wie fühlst du dich als ausgehaltene Frau?« hatte er sie einmal gefragt und ihr dann freundlich zugelächelt, um den Worten ihren Stachel zu nehmen.

Und Rosette hatte gesagt: »Schließlich verlangt er nichts von dir dafür. Vielleicht liebt er es nur, dich gut angezogen zu sehen, damit er dich ins Theater und in die Oper und in all die schicken Lokale mitnehmen kann. Vielleicht glaubt er nur, es dir schuldig zu sein, weil du seine Kusine bist und außer ihm niemanden auf der Welt hast. Männer sind oft komisch in dieser Beziehung.«

Anna blinzelte und wandte sich Bella mit einem entschuldigenden Lächeln zu. »Vielleicht war es wirklich nichts weiter als das. Er hätte wer weiß wer sein können, und es wäre für mich das gleiche gewesen. Aber zufällig war er Dave, und ich . . . ich schätzte die Lage aufgrund meiner Schulmädchenweisheit ein und gelangte zu dem Schluß, daß er in mich verliebt sein müsse. Er war es aber nicht, und es hätte ihn sehr erstaunt, wenn nicht sogar schockiert, wenn ihm zum Bewußtsein gekommen wäre, was mir durch den Kopf ging.

Jedenfalls bin ich seitdem sehr glücklich, mir meine eigenen Kleider kaufen zu können, meine Rechnungen selbst zu bezahlen und mein eigenes Leben zu führen.«

Bella rollte sich auf dem Sofa ihr zu und umarmte sie. »Anna, ich bewundere dich, und ich beneide dich. Ich wünschte, ich hätte den Mut, das Gleiche zu tun. Ich dachte sogar daran, von hier wegzuziehen und mir ein eigenes Zimmer zu nehmen. Nur, um es einmal zu versuchen, verstehst du? Aber natürlich mußte ich die Idee aufgeben. Mama war empört. Für sie kann es leider nur eins bedeuten, wenn ein Mädchen sich unabhängig macht.«

»Ach, du meine Güte! Halten deine Eltern mich für so eine?«

Bella errötete verlegen. »Nein, natürlich nicht. Sie wissen, daß du nichts dafür kannst. Allerdings fragen sie sich manchmal, warum du nicht bei einer Familie wohnst. Bei uns zum Beispiel. Wir hätten Platz genug. Mama wäre glücklich, dich bei uns zu haben, von mir ganz zu schweigen. Denn schließlich ist Mrs. Bulmers Haus nicht gerade einladend, und es muß dort manchmal sehr einsam sein. Ich kann mir nicht vorstellen, daß du viel Freude an ihrer Gesellschaft hast. Sie ist doch ein bißchen komisch, nicht wahr? Und das Zimmer ist weiß Gott nicht großartig. Ich wette, sie läßt sich ganz schön dafür bezahlen.«

»Danke für das Angebot, aber ich muß es dir leider abschlagen. Du hast ganz recht wegen des Zimmers und allem anderen und sogar auch der Miete, aber das Wichtige ist, daß ich dort frei bin. Und irgendwie habe ich die alte Bulmer ganz gern, obgleich ich gestehen muß, daß ich sie manchmal ermorden könnte. Aber das ist nun einmal mein Bußopfer.«

»Dein was?«

»Oh!« Anna sprang auf und streckte die Arme zur Decke empor. »Siehst du, da ich mich auf meine komische Art so unabhängig fühle, tut sie mir irgendwie wirklich leid, und ich finde, daß ich nicht vor Leuten und Dingen davonrennen darf, nur weil sie mir unbequem sind.«

»Das verstehe ich nicht.«

»Macht nichts, ich verstehe es auch nicht genau. Es ist nur so ein Gefühl. Schau, ich habe ein unheimliches Glück gehabt, bin unbeschadet durch den Krieg gekommen, habe nichts gesehen, nichts erlebt, nichts geopfert, während ihr und vor allem die arme Mrs. Bulmer mit ihrem Konzentrationslager, ihren Narben und ihrem Holzbrett . . . Welches Recht habe ich, jetzt von ihr davonzulaufen, selbst wenn es auch zu spät ist, noch irgendetwas für sie zu tun?«

»Du bist verrückt.«

»Ganz richtig. Und Hunger habe ich auch. Mal sehen, was im Eisschrank ist.«

Es war dunkel geworden, als sie Bellas Haus verließ und langsam heimkehrte. Sie hatte nicht über Nacht bleiben wollen, weil sie fand, daß Bella lieber noch ein bißchen arbeiten und dann früh zu Bett gehen sollte, damit sie nicht wieder die Zeit verschlief und den morgendlichen Unterricht versäumte. Das hatte sie nämlich im Laufe der letzten Wochen mehrere Male getan, und Anna, der es zufällig zu Ohren gekommen war, hatte sich sehr darüber geärgert. Ausgerechnet jetzt, so kurz vor den wichtigen Examen! Das war wirklich nicht der Augenblick, die Schule zu schwänzen. Das müßte Bella doch einsehen!

»Was sein wird, wird sein«, hatte Bella geantwortet und die Augen noch oben verdreht.

Ich verstehe sie einfach nicht, sagte Anna sich jetzt, als sie durch die menschenleeren dunklen Straßen ging.

Manchmal scheint sie es aufzugeben, bevor sie es auch nur versucht hat.

Auch das diesem Streit vorangegangene Gespräch beschäftigte sie noch, und sie fragte sich erbittert, warum sie so offen gewesen war. Sie hatte bisher nie in diesem Ton über Dave gesprochen, es war ihr nie eingefallen, auch nur einen Gedanken an die möglichen Motivationen für das zu verschwenden, was sie ihre erste wahre Liebe nannte, oder ernsthaft ihre Gefühle für ihn in Frage zu stellen.

Alles hatte angefangen, als er ihr, kurz nachdem sie in Paris angekommen war, befohlen hatte, sich das Haar abschneiden zu lassen. Sie war recht stolz auf ihr langes Haar gewesen, das sie in dicht zusammengeflochtenen Zöpfen um den Kopf trug, und das erste, das Dave von ihr verlangt hatte, war, es sich kurz schneiden zu lassen. Sie erinnerte sich noch gut an ihre Bestürzung, ihre Verwirrung und ihr schließlich widerwillig gegebenes Versprechen, ihm den Gefallen zu tun. Und an die Tränen in ihren Augen, als der Friseur, offenbar auch zweifelnd und unwillig, bei diesem Opfer zu amtieren, ihr die ersten Strähnen abschnipselte. Dave hatte gejubelt: »Jetzt kann ich dich der Welt zeigen! Jetzt siehst du nicht mehr aus, als kämst du aus der finstersten Provinz irgendeines hinterwäldlerischen osteuropäischen Landes!«

Aber in ihrem hinterwäldlerischen Land schnitten sich die Bauernmädchen ihre langen Zöpfe am Tage ihrer Hochzeit ab.

Später, als sie über die Champs Elysées schlenderte, und das kurze Haar ihr um die Stirn wehte, fühlte sie sich leicht beschwingt im Bewußtsein der Enormität und der symbolischen Bedeutung ihrer Tat. Zur Feier des Tages kaufte Dave ihr ein Kleid und einen Mantel und schaute dann amüsiert zu, als sie sich noch ein fast durchsichtiges Nachthemd aus besticktem Batist auswählte.

»Ist es für Ihre Aussteuer?« fragte die Verkäuferin, und Anna versuchte es in gebrochenem Französisch abzuleugnen, wobei sie zu ihrer Schande ganz rot wurde. Aber niemand im Laden glaubte ihr.

»Ich wünsche Ihnen viel Glück«, sagte das Mädchen, während es das Nachthemd in Seidenpapier einwickelte, und warf Dave einen musternden Blick zu.

Das war der Anfang, sagte sich Anna. Wie dumm man doch mit sechzehn sein kann.

In Gedanken verloren bemerkte sie nicht den zerbeulten Wagen vor ihrer Tür und zuckte zusammen, als ein langer Schatten sich aus dem Sitz erhob, über die Seite sprang und mit einem schweren Plumps vor ihr landete.

»Nigel! Was in aller Welt machen Sie denn hier?«

»Ich habe auf Sie gewartet. Ihre Zimmerwirtin sagte, Sie seien ausgegangen, und seitdem sitze ich hier.«

»Aber . . . wie konnten Sie wissen, ob ich überhaupt nach Hause kommen würde? Ich hätte ja die Nacht über fortbleiben können.«

»Oh nein, das hätten Sie nicht getan. Nicht heute abend, wo ich mir so wünschte, mit Ihnen zu reden.«

Noch einer, der sich dem Schicksal anvertraut. Wie amüsant! »Ich kann Sie nicht hereinbitten, das wissen Sie.«

Er hob beschwichtigend die Hand. »Meine Zimmerwirtin ist in dieser Beziehung viel toleranter. Kommen

Sie, die Karosse wartet. Wir werden Kaffee trinken und uns Musik anhören, und wir können reden, falls Ihnen danach ist, oder einfach sitzen.«

Trotz ihres besseren Urteils stieg Anna ein, und sie rasten mit ohrenbetäubendem Lärm der Stadt entgegen.

Nigels Zimmer entsprach seinem Wagen. Die Möbel waren womöglich noch ramponierter, ein abgenutztes Sofa mit zerlöchertem Bezug und herausspringenden Federn, schmutzige Tapeten, fast völlig bedeckt von Postern, Reklamen für Body-Building Geräte, anatomischen Tafeln, chemischen Formeln in vielfarbiger Tinte. Und doch war es nicht das Zimmer eines armen Studenten. In einer Ecke stand eine Tasche mit teuer aussehenden Golfschlägern, – der Amorköcher des modernen Mannes, wie sie amüsiert feststellte –, ein Papierkorb voller Golf- und Tennisbälle, eine Reihe von Tennisschlägern in einer anderen Ecke, eine Schnorchelmaske, ein Paar Gummiflossen, kurz alles, was zum Heim eines vollendeten Sportsmanns gehört.

Sie schaute ungläubig zu ihrem Gastgeber auf, versuchte, sich ihn in Aktion vorzustellen. Aber irgendwie ergab es keinen Sinn. Sie beobachtete ihn, wie er die Filterkanne füllte, Platten auf sein Abspielgerät stapelte, eine teure, komplizierte Stereoanlage mit Lautsprechern an allen Wänden des Zimmers. Jazzmusik erklang gleichzeitig aus den vier Ecken, donnerte über den ausgetretenen Teppich und brauste wie ein Wirbelwind zur Decke empor.

Nigel watschelte mit bestrumpften Füßen auf sie zu. »Wollen wir tanzen? Ich habe mir Ihnen zur Ehre die Füße gewaschen.«

Sein schüchternes Lächeln und der unbeholfene weiche Körper hatten etwas Unwiderstehliches, und Anna streckte entwaffnet die Arme hoch, erwartete eine Wiederholung des üblichen Dauermarsches. Stattdessen fand sie sich plötzlich in einer erdrückenden Umarmung. Verzweifelt, schwankend, blind, fast erstickend, versuchte sie vergeblich seinen Füßen auszuweichen und ihre Arme zu befreien.

»Nigel, bitte, ich kann nicht so tanzen. Ich muß sehen, wo ich hingehe.«

»Warum? Vertrauen Sie mir nicht?«

»Es geht hier nicht um mein Vertrauen, sondern um mein Gleichgewicht. Wir werden beide gleich am Boden liegen, wenn es so weitergeht.«

»Aha, Sie haben meine teuflischen Pläne durchschaut. Ich bin verraten.«

Das Wasser kochte über, und er ließ sie widerwillig los. »Bleiben Sie, wo Sie sind. Rühren Sie sich nicht. Ich habe einen ganzen Abend gebraucht, um mir zu überlegen, wie ich Sie in diese Position bringe«, befahl er, eilte zum Kocher und goß Kaffee in zwei angeschlagene Tassen.

»Nigel.« Anna durchquerte das Zimmer und setzte sich in den einzigen Sessel. Er war zu klein für zwei, und sie hielt ihn für den sichersten Platz in dieser allem Anschein nach wahren Lasterhöhle. »Nigel, ich kann nicht gleichzeitig Kaffee trinken und tanzen. Seien Sie doch vernünftig.«

Sie fühlte sich allerdings immer noch wohlwollend und entwaffnet. Dieser große, unbeholfene Junge konnte ihr bestimmt nicht wirklich gefährlich werden. Und falls sie gezwungen wäre, sich ernstlich zur Wehr zu setzen, wozu sie sich durchaus fähig wußte, obgleich sie bisher noch nie Anlaß dazu gehabt hatte, konnte sie immer noch schreien, und dann würde die Zimmerwirtin kommen. Auch die tolerantesten Zimmerwirtinnen zogen schließlich irgendwo die Grenzen des Erlaubten. Es war dumm von ihm gewesen, ihre Anwesenheit zu erwähnen.

Als ob er ihre Gedanken erraten hätte, drehte er sich um und kam mit einer Tasse auf einem kleinen Tablett auf sie zu.

»Ich bitte um Verzeihung, aber die letzte Untertasse ist vorige Woche zerbrochen. Ich bin so ungeschickt, und alles fällt mir aus den Händen. Wegen der Zimmerwirtin brauchen Sie sich keine Sorgen zu machen. Sie trinkt. Um diese Zeit ist sie bestimmt schon hinüber, und vor morgen Mittag kann nichts sie aus ihrem Schlaf wecken.«

Er hockte sich mit gekreuzten Beinen vor sie, legte den Kopf auf ihre Knie, so daß sie beinahe den Kaffee verschüttete. »Als ich Sie auf Mikes Party sah, sagte ich mir: Das ist ein Mädchen, mit dem man reden kann. Sie wird mich verstehen. Und dann hat Mike mir so viel von Ihnen erzählt.«

»Tatsächlich? Was hatte er denn über mich zu erzählen?«

»Nur Nettes.«

»Aber er kennt mich ja kaum.«

»Das war nicht seine Ansicht. Sie brauchen nicht schüchtern zu sein. Ich weiß alles.«

»Aber was denn, um Himmelswillen? Da gibt es nichts zu wissen!«

Er nahm ihr die leere Tasse ab, stellte sie auf den

Boden, legte beide Arme um ihre Knie. Anna zuckte nervös zusammen.

»Nigel, ich bitte Sie. Was hat Mike gesagt?«

»Er sagte, Sie seien frei, großzügig und verständnisvoll. Gesellig und intelligent. Sind Sie geschmeichelt?«

»Nein. Nur erstaunt. Wollen Sie etwa andeuten . . .?«

»Ich stelle nur eine Tatsache fest.« Seine Hand glitt unter den Rock und tastete sich empor.

Anna nahm all ihre Kraft zusammen, erhob sich und stieß ihn fort. Er rollte sich auf den Boden, warf die Tasse um, die an die Wand prallte. Anna schüttelte ihren Rock und schritt zur Tür. Nigel hastete ihr nach.

»Bitte, gehen Sie nicht!« Er verstellte ihr die Tür, beugte sich mit seinem schlaffen Leib über sie, schaute sie aus seinen schwarzen Augen angstvoll an. »Es tut mir leid, ich bin so ungeschickt. Ich wollte Ihnen nicht weh tun, als ich von Mike sprach. Immer sage ich das Falsche. Ich hätte mir denken sollen, was er Ihnen bedeutet. Es überrascht mich übrigens nicht, denn alle Mädchen, die ich kenne, verlieben sich in ihn. In mich nie. Ich weiß, ich bin nicht so klug und sehe nicht so gut aus wie er, aber ich hoffte irgendwie . . . denn Sie wissen ja, mit ihm ist es immer nur ein schnelles Abenteuer und sonst nichts, und dafür sind Sie nicht der Typ, oder? Ich kannte ihn schon als Kind auf der Schule, und wir waren immer zusammen, und wie gesagt hat er mehr Mädchen, als er verkraften kann, jawohl, das gibt er selbst zu, und glauben Sie mir, wie ich ihn kenne, will das viel heißen, denn bescheiden ist unser Mike nun gerade nicht, aber ich . . .«

Er stieß sie sanft zum Sofa zurück, bis sie nicht anders konnte, als wieder darauf Platz zu nehmen. Aber er setzte sich nicht zu ihr, stand breitbeinig da, leicht gebückt, die Schultern kläglich schlaff, der Schmerbauch über dem Gürtel hängend. Langsam spreizte er die Arme und drehte sich vor ihr.

»Schauen Sie mich an, Anna. Was sehen Sie? Wie sehe ich aus?«

Sie war sprachlos vor Verlegenheit.

»Ich bin fett und wabblig. Wegen meiner Drüsen. Ich kann nichts dagegen tun, nichts hat genützt. Mein ganzes Geld habe ich für Abmagerungskuren, Body-Building, Expander und Medizinbälle ausgegeben. Alles habe ich versucht, aber was ich brauche, ist eine neue Geburt und vorzugsweise in einer anderen Familie. Meine Hüften sind zu breit, mein Hintern zu flach, und ich bin eher wie eine Frau als wie ein Mann gebaut, finden Sie nicht auch? Und all das Fettgewebe hier.« Er faßte sich an die Brust. »Vierundzwanzig Jahre bin ich jetzt alt, und noch nie mit einer Frau im Bett gewesen. Mike weiß das natürlich nicht. Es ist vielleicht das Einzige, das er von mir nicht weiß. Aber einer dieser Tage wird er es erraten.«

Anna saß still, wußte nicht, was sie sagen sollte, blickte peinlich berührt zu Boden. Nach langem Schweigen fuhr er fort: »Mike wußte, daß ich Sie heute abend sehen würde. Wenn Sie hier bleiben, bringe ich Sie morgen zur Arbeit. Falls es Ihnen lieber ist, schlafe ich am Boden, und Sie können das Bett ganz für sich allein haben. Es ist übrigens das einzige bequeme Möbelstück in diesem Zimmer. Ich lasse Sie in Ruhe, Ehrenwort. Aber bitte bleiben Sie.«

Er setzte sich wieder auf den Teppich und streichelte ihr die Füße. Also nur damit man dich mit mir morgen früh im Krankenhaus ankommen sieht, sagte sich Anna. Denn Mike wartet bestimmt darauf.

Eine Welle des Mitleids stieg in ihr auf. Sie ließ sich vom Sofa gleiten und kniete sich neben ihn. »Mein lieber Nigel, es tut mir furchtbar leid, aber ich kann nicht. Meine Zimmerwirtin weiß, daß ich heute nicht bei meiner Freundin übernachte, sie hat Sie auf mich warten gesehen, und es ist ihr bestimmt nicht entgangen, daß wir zusammen fortgefahren sind. Wenn ich nicht zu einer vernünftigen Zeit nach Hause komme, gibt es einen entsetzlichen Skandal, und ich müßte ausziehen.«

Dann legte sie die Hände auf seine Hängeschultern und blickte ihm tief in die traurigen Hundeaugen. »Ich werde Ihnen jetzt etwas sagen, das ich noch nie jemandem gesagt habe, und ich hoffe, Sie werden es für sich behalten. Auch ich habe noch nie mit jemandem geschlafen. Weder mit Mike, noch mit irgendwem. Ich bin fast einundzwanzig und immer noch eine Jungfrau. Vielleicht stimmt etwas bei mir nicht, aber ich habe einfach viel zu große Angst, mit jemandem ins Bett zu gehen. Es hätte also ohnehin mit uns nicht geklappt. Sie brauchen jemanden mit Erfahrung, und ich ebenfalls.« Sie küßte ihn auf die Wange, sprang auf und eilte aus dem stillen Haus. Er folgte ihr nicht. Sie nahm ein Taxi an der nächsten Straßenecke.

Als sie sich auf Zehenspitzen in ihr Zimmer schlich, bemerkte sie einen Lichtschein unter Mrs. Bulmers Tür. Der alte Drachen will wissen, um welche Zeit ich nach Hause komme, sagte sie sich, und plötzlich traten ihr vor Müdigkeit und Zorn die Tränen in die Augen. Die Männer! Warum waren sie alle immer nur auf das Eine aus? Machte sich denn keiner Gedanken darüber, wie es ihr zumute sein könnte? Mike, Leo und jetzt auch noch Nigel, der arme tolpatschige Nigel, der sich wegen seines Fetts, seiner Drüsen und seines Mißerfolgs bei Mädchen einen solchen Kummer machte, als ob es auf der ganzen Welt nichts Wichtigeres für ihn gäbe. Gerade jetzt, kurz vor den Examen, da er lieber die Nächte hindurch büffeln sollte, da seine ganze Zukunft von den Leistungen der nächsten Wochen abhing und sich im Prüfungssaal entscheiden würde, und nicht im Bett!

Hier ist etwas, das ich einfach nicht verstehen kann. Liegt es an mir? Fehlt mir etwas, oder sind all die anderen verrückt? Warum können Männer und Frauen nicht einfach Freunde sein? Warum muß alles immer nur auf Sex hinauslaufen? Und dabei sind sie nicht einmal in mich verliebt. Von Liebe ist nie die Rede. Und ich hatte immer geglaubt . . .

Sie stieg ins Bett und lag lange wach, starrte zum Himmel hinaus, auf die vielen Sterne, die seltsamen, fremdartigen Konstellationen der südlichen Hemisphäre. Es war dumm von mir, so spät am Abend Kaffee zu trinken. Jetzt werde ich stundenlang nicht schlafen können. Der verdammte Nigel! Aber irgendwie tat er ihr trotzdem furchtbar leid, und sie hoffte, daß bald jemand sein Problem lösen würde. Nur kenne ich niemanden, der das könnte. Es müßte eine richtige *femme fatale* sein, ein Vamp, aber sie konnte sich keine Frau dieser Art vorstellen, die seinetwegen den Kopf verlieren würde und sonstwie geneigt wäre, eine Nacht an den armen, wabbligen Nigel zu verschwenden. Und mein Gott, was für ein Arzt soll einmal aus ihm werden, mit seinen unbeholfenen Wurstfingern, die alles fallen lassen? Hoffentlich findet er eine nette, gutherzige Krankenschwester, die ihm, wann immer nötig, das Händchen hält.

Die Fruchtschale auf dem Kaminsims verbreitete einen süßen, überreifen Geruch. Ich muß das Obst unbedingt bald essen, sonst verfault es. Wann werde ich lernen, nicht mehr einzukaufen, als ich essen kann? Sie kroch aus dem Bett, griff nach einem Apfel aus der Pyramide, setzte sich ans Fenster. Die Nacht war heiß und windstill. Der Apfel schmeckte wie Gummi, aber sie verzehrte ihn pflichtgetreu.

Als ich ein kleines Mädchen war, sehnte ich mich danach, erwachsen zu sein und einen »Salon« wie Mutter zu haben. Ich stellte mir all die geistreichen, intelligenten Leute vor, meine Freunde, die am Nachmittag zum Kaffee kommen würden, Zigarren rauchten und redeten und redeten, wie sie es damals bei uns zu Hause taten.

Sie sah sich wieder in dem großen Wohnzimmer mit den zugezogenen samtenen Wintervorhängen, die die schneeige Nacht fernhielten, all die kleinen Tische voller Kaffeetassen, die endlosen Gespräche, von denen sie so wenig verstand, doch die wie die Worte eines fremdsprachigen Lieds klangen, das Versprechen zukünftiger Freuden und Genüsse bargen.

Eines Tages, wenn du die Sprache gelernt hast, wird dir der Sinn des Lieds verständlich sein. Eines Tages, wenn du erwachsen bist, werden all die Worte, die jetzt wie ein plätschernder Bach an dir vorüberfließen, dir ihre Schätze offenbaren. Die ganze Welt besteht aus Worten, alles, was du fühlst und denkst, läßt sich in Worten, in Reden, in Gesprächen ausdrücken. Denn es ist das Wesen der Freundschaft, deine Gedanken mit anderen zu teilen, zum Dialog beizutragen, deine Stimme dem Chor hinzuzufügen.

Daheim wurde immer viel geredet. Ihr Vater verdiente sich seinen Lebensunterhalt, indem er seine Gedanken ausdrückte, sie in Büchern niederschrieb oder in öffentlichen Vorlesungen darlegte. Die Menschen kamen von weither, aus fremden Ländern und Erdteilen, nur um ihn zu hören und um mit dem großen Mann ein paar Worte zu wechseln. An den langen Winternachmittagen erhoben sich fremde Stimmen in der Kaffeerunde, harte, gutturale Klänge oder weiche, runde, melodische. Hände klatschten im Takt, Köpfe nickten, ernsthafte Probleme wurden untersucht und gelöst, die ganze Welt wurde in den endlosen Debatten ins rechte Lot gerückt.

Wenn Männer und Frauen sich verliebten, schrieben sie Gedichte darüber . . .

Und jetzt bin ich endlich erwachsen, aber niemand hat Zeit, mit mir zu reden. Und wenn ich mich weigere, mit jedem Mann, der es wünscht, ins Bett zu gehen, heißt es, ich hätte Probleme. Wenn ich nur jemanden fragen könnte, wenn es nur jemanden gäbe, der mir sagen würde, ob ich im Unrecht bin, ob wirklich etwas mit mir nicht stimmt . . . Alles, was ich mir wünsche, ist Freundschaft, und alles, was man mir bietet, ist Sex.

15

Die Mittagssonne ergoß sich wie goldene Lava vom glänzenden Himmel. Kein Lufthauch bewegte das Laub. In den Gärten des Krankenhauses ließen die Blumen die Köpfe hängen, und gelbe Flecke breiteten sich auf dem Rasen aus. Seit dem Alarm von der drohenden Dürre war das Berieseln der Beete verboten, und jeden Abend hörte Anna die Klagen Mrs. Bulmers über ihre welkenden Rosen.

An den Stamm eines riesigen alten Kastanienbaumes gelehnt, in dessen Schatten sie etwas Kühle fand, schloß Anna die Augen, dachte an das letzte Mal, da sie Mike gesehen hatte, fragte sich, warum er sie nicht anrief, fragte sich vor allem, ob er sich noch mit Sylvia traf. In der letzten Woche war ihre Freundin unerwarteterweise eines Abends mit einem Stapel Schallplatten bei ihr erschienen.

»Möchtest du sie haben, Anna? Ich will sie nicht mehr.«

Anna warf einen überraschten Blick auf die Plattenhüllen. Tschaikowsky, Chopin, Liszt . . . »Aber das sind doch deine Lieblingsplatten, Sylvia. Warum gibst du sie fort?«

Sylvia schien verlegen. »Ach Anna, das sind doch Kindereien. Es beschämt mich, daß du glaubst, sie hätten mir je wirklich gefallen. Das ist keine wahre Musik . . . Na schön, vielleicht gefielen sie mir einmal, aber jetzt bin ich darüber hinaus. Willst du sie?«

»Ich schäme mich nicht zu gestehen, daß ich sie liebe. Aber schließlich bin ich nicht so musikalisch wie du. Nur habe ich leider keinen Plattenspieler . . .«

»Ach, Liebste, das hatte ich ganz vergessen ... Wie kannst du ohne einen leben?«

»Wie gesagt bin ich nicht musikalisch. Irgendwie überlebe ich trotzdem. Aber Mrs. Bulmer hat einen Plattenspieler, und wenn du sie wirklich nicht mehr willst ... Natürlich betrachte ich es nur als eine Leihgabe. Du kannst sie jederzeit wieder abholen.«

Mike muß irgendetwas über »wahre Musik« gefaselt haben, sagte sie sich mit verhohlenem Schmunzeln. Sie fragte sich, ob ihre Freundin das Schicksal zu beschwören versuchte, in der Hoffnung, Mike würde jetzt an sie denken und sie anrufen, wie er es ihr versprochen hatte. Aber sie ließ sich nichts anmerken, und nach einer Stunde nichtssagender Konversation, im Laufe derer Sylvia sich sichtlich bemühte, Mikes Namen nicht zu erwähnen, trennten sie sich in alter Freundschaft.

Anna lächelte, als sie sich an diesen Abend erinnerte. Daß sie selbst keinerlei Anspruch auf Mike erhob, hatte sie sich oft genug wiederholt. Sie fand ihn nicht einmal besonders attraktiv. Aber es war nicht so einfach den Mädchen im Büro zu erklären, daß sie keinen *boyfriend* hatte – übrigens wieder einmal so ein alberner Ausdruck, denn in welchem Alter hört ein Mann auf, ein *boy* zu sein? Oder in welchem Alter ist eine Frau kein »Mädchen« mehr? Scheinbar nie, wenigstens nach der Anzahl der weißhaarigen »Mädchen« im Büro zu urteilen. Leo war natürlich jederzeit verfügbar, er rief sie treu und brav jeden zweiten Tag an, aber er war bitter und deprimiert, und er verlangte etwas von ihr, das sie ihm nicht geben wollte oder konnte.

»Mitleid ist nicht genug«, hatte sie einmal in einem Gedicht gelesen. Er wollte sie immer noch heiraten, klammerte sich hoffnungslos an die Idee, daß sie allein die Leere ausfüllen könnte, die so plötzlich im Inneren seines Wesens entstanden war. Sie allein konnte ihn angeblich zu großen Taten anspornen und ihm zur Erfüllung der Pläne verhelfen, die er offenbar längst aufgegeben hatte.

Wahrscheinlich könnte ich es sogar, sagte sie sich, wenn ich von meinem Leben nichts weiter verlangte als den Status einer verheirateten Frau, oder wenn ich die Berufung fühlte, lahme Hunde zu pflegen . . . vielleicht könnte ich ihm aus seiner gegenwärtigen Not helfen, falls er wirklich nur ein bißchen Kameradschaft braucht und jemanden, der ihm nachts das Händchen hält und ihm einredet, er könne es doch noch schaffen . . . Aber was käme für mich dabei heraus?

Ich bin also eine Egoistin, wie er sagt. Und warum? Weil ich ihm alles geben kann, außer mich selbst? Niemand hat das Recht, etwas zu fordern, das nur freiwillig gegeben werden kann.

Ein tieferer Schatten fiel über ihr Gesicht, als jemand sich über sie beugte und vernehmbar schnupperte.

»Wieder einmal am Äther genascht, Miss Marten?« Sie zuckte zusammen und blickte auf. »Habe ich Sie erschreckt? Das tut mir aber sehr leid.«

Mr. Wilson-Bryce, lächelnd und nicht die geringste Reue verspürend, setzte sich in den Schatten zu ihr. Sie hatte sich alle Mühe gegeben, nicht mehr an jenen Tag zurückzudenken und vor allem jene kurze Autofahrt mit ihm aus ihrem Gedächtnis zu verdrängen, auf der sie sich so unerklärlich glücklich gefühlt hatte. Für sie konnte das alles nur die Nachwirkung der »Narkose« gewesen sein; ein angenehmer Traum im Ätherrausch.

Aber sie wollte nicht jedesmal, wenn sie ihn sah, daran erinnert werden, und er schien es nicht vergessen zu können.

So war es ihr äußerst peinlich, schon wieder dieses alberne Glücksgefühl zu empfinden und wie in den Wolken zu schweben. Ich muß wie die grinsende Katze aus Alice im Wunderland aussehen, sagte sie sich, und Panik ergriff sie. Verzweifelt rückte sie sich Rock und Haar zurecht und griff nach dem Buch, das ihr vom Schoß gefallen war.

Er neigte sich zur Seite, um den Titel zu lesen. »*Madame Bovary*, und dazu noch die französische Originalausgabe. Ich habe es noch nie gelesen, nicht einmal auf Englisch.«

»Ach, es ist nichts besonderes . . . das heißt, es ist wunderbar, falls Sie diese Art von Büchern mögen, und . . .« Anna stammelte, konnte keinen klaren Gedanken fassen.

Er schien es nicht zu bemerken, lehnte sich lässig an den Baumstamm, die Augen hinter der Sonnenbrille verborgen. »Heiß, nicht wahr?« sagte er schließlich, und sie nickte heftig, schaute drein, als habe er gerade eben dem poetischsten Gedanken der englischen Sprache Ausdruck gegeben. Er warf wieder einen Blick auf das Buch, das auf ihren nackten Knien lag. Sie wurde verlegen, wollte ihren Rock herunterziehen, war jedoch keiner Bewegung fähig.

»Ich habe Französisch auf der Schule gelernt«, erklärte er lächelnd und in einem Ton von Selbstironie. »Aber ich bin nicht weit gekommen, und jetzt kann ich nicht einmal mehr einen richtigen Satz bilden. Ihnen muß das sehr seltsam erscheinen, Miss Marten, denn

Sie sind ja ein wahres Sprachgenie. Wieviele Sprachen sprechen Sie?«

»Fünf fließend und ein paar so ungefähr.«

»Welche so ungefähr?«

»Ach, zum Beispiel Russisch. Das lernte ich so, wie Sie Französisch. Auf der Schule und mehr oder weniger weil wir nach dem Krieg alle dazu angehalten wurden. Ich lebte damals hinter dem Eisernen Vorhang. Es war nicht obligatorisch, aber immerhin . . . So lernten wir nur das strikte Minimum. Gerade genug, um die Prüfungen zu bestehen, aber kein Wort mehr. Das war furchtbar dumm, und ich habe es seitdem sehr bereut, besonders weil ich nie mehr die Chance hatte, das Versäumte nachzuholen. Und es ist eine so schöne Sprache.«

»Tatsächlich? Von dem Wenigen, das ich gehört habe, schien es mir voller unmöglicher Laute.«

»Es ist nicht schwieriger als Englisch, und viel melodischer.«

In dem nun folgenden Schweigen trafen sich ihre Blicke und hielten einander für eine kurze Ewigkeit in Bann. Die durch das Laub dringenden Sonnenstrahlen warfen goldene Tupfen auf sein lockiges Haar. Er hatte die Brille abgenommen, und seine blaßgrauen Augen wirkten freundlich und spöttisch zugleich. Die Erinnerung an einen Traum, das Gefühl, schon einmal hier gewesen zu sein, stellte sich verschwommen in ihrem Bewußtsein ein.

»Sagen Sie etwas auf Russisch.« Seine Stimme klang wie aus weiter Ferne, so wie man sie manchmal in einem Traum hört, und wie im Traum sagte sie:

»Ja was ljublju.«

»Was bedeutet das?«
»Es ist ein heißer Tag.«
»Zweifellos.«
Wieder das leichte Zucken seiner Braue und der etwas spöttische Zug um die Mundwinkel. Plötzlich schoß ihr der Gedanke durch den Kopf, daß er ihre Worte verstanden haben mußte, und sie wurde fast ohnmächtig vor Scham. Die Schatten der Blätter tanzten über ihnen, verbreiteten unerwartet Licht und Dunkel, veränderten ständig das Bild, ließen alles noch unwirklicher erscheinen.
»Bringen Sie je die fünf Sprachen ein bißchen durcheinander?«
»Ja, manchmal. Gestern zum Beispiel wiederholte ich langsam und klar auf Englisch alles, was Dr. Allison mich bat, einem polnischen Patienten zu übersetzen. Der arme Mann starrte mich ganz verwirrt an, und sogar Dr. Allison zeigte sich einigermaßen überrascht. Falls Sie ihn kennen, werden Sie verstehen, was für eine Leistung es war, ihn aus der Fassung zu bringen.«
»Ach ja, der alte Allison mit seinem indianischen Ledergesicht. Ich gratuliere. Und in welcher Sprache denken Sie?«
»Gewöhnlich in Englisch, außer wenn ich gerade vorher in einer anderen Sprache gesprochen habe. Aber . . . wenn ich sehr erregt oder müde bin, stelle ich fest, daß ich wieder in meiner eigenen Sprache denke. Dann fehlt mir auch die Flüssigkeit in jeder anderen.«
»Und wenn Sie träumen?«
Sie zögerte. »Ich weiß nicht, das kommt auf die Träume an, und auf ihre Intensität. Aber die meisten sind, glaube ich, ohne Worte.« War der Tiger englisch?

fragte sie sich. Doch sie konnte sich nicht erinnern, mit ihm gesprochen zu haben, und er hatte jedenfalls nichts gesagt.

»Vor kurzem habe ich etwas Seltsames bemerkt«, fuhr sie fast unwillkürlich fort. »Auf Englisch kann ich manchmal Dinge sagen, die ich mich nie getraut hätte, in meiner eigenen Sprache auch nur auf die Zunge zu nehmen. Auf Englisch macht es mir nichts aus. Dinge, die mich in Verlegenheit bringen würden, die ich sonst unerträglich, peinlich oder absolut schamlos finde, verlieren, einmal in eine andere Sprache übersetzt, ihren Gefühlsgehalt und werden zu einer Art Sprachübung im Klartext, einem Problem der Grammatik und Syntax, zu einem neuen Klang . . . Ich kann auf Englisch furchtbar offen sein, aber es ist eine oberflächliche Offenheit, die mich innerlich überhaupt nicht berührt.«

»Wie interessant. Und warum, glauben Sie, ist das so?«

»Das weiß ich nicht genau. Ich habe in letzter Zeit darüber nachgedacht. Vielleicht . . .« Sie suchte nach den richtigen Worten, den Worten, die in Gefühl und Klang ihren Gedanken entsprachen. »Vielleicht ist es die Affinität, die sich zwischen Worten und Gefühlen entwickelt, wenn wir sie zuerst in unserer eigenen Sprache auszudrücken lernen. Und wenn wir einmal die Verbindung hergestellt haben, können wir nicht mehr wirklich die gleichen Dinge bei verschiedenen Namen nennen, weil sie dann nicht mehr die gleichen Gefühle vermitteln. Ganz gleich wie flüssig man eine fremde Sprache beherrschen mag, der Übergang vom Gefühl zum Wort ist dann vielleicht nicht mehr so rasch wie in der ursprünglichen Verbindung. Es ist etwa so, als müsse der Verstand die erste Reaktion auf Freude, Schmerz oder was sonst noch überspringen, das erste sich automatisch aufdrängende Wort ausscheiden, um ein anderes aus der zweiten oder dritten Schicht später erworbener Kenntnisse auszuwählen, und während dieser kurzen Zeitspanne geht eine wesentliche Gefühls-, Geschmacks- oder Klangregung oder elektrische Spannung verloren . . . Rede ich Unsinn?«

»Durchaus nicht, ich bin fasziniert . . . ich habe noch nie über derartige Dinge nachgedacht, da ich nie mit diesen Problemen konfrontiert wurde. Wenn ich etwas zu übersetzen habe, was zum Glück nicht oft geschieht, bin ich mir sehr des Übersetzens bewußt. Ich schwitze und fluche und stöhne, und zum Schluß rufe ich um Hilfe. Meine Gefühle und Empfindungen sind einfach, roh und leicht zu erkennen. Aber Spaß beiseite, Sie haben mich wirklich zum Denken angeregt. Ich bin sicher, daß es einen Weg gibt, dem Problem beizukommen . . . Wir müssen uns einmal ausgiebiger darüber unterhalten.«

Ein leichter Windstoß schüttelte die Blätter zwischen ihre Gesichter, sie zogen eiligst die Köpfe zurück. Er seufzte und streckte die sonnengebräunten Arme in die Höhe. Anna lehnte sich an die rauhe Rinde des Baumstamms und fuhr sich mit den Fingern durch das Haar. Wie in aller Welt war sie nur darauf gekommen, so zu einem völlig Fremden zu reden?

»Wie geht es Mr. Rostokov?« fragte sie schließlich. »Ist die Operation gut verlaufen?«

Er runzelte die Stirn. »Ja. Das heißt, unser Verdacht hat sich bestätigt.«

»Ist es Krebs?«

»Ja. Leider bleibt ihm nicht mehr viel Zeit.«

Wieder ein langes Schweigen, und dieses Mal schien Mr. Wilson-Bryce sich unbehaglich zu fühlen, und bestrebt, über etwas anderes zu sprechen.

»Hoffentlich hat sich Ihre Mutter damals nicht zu sehr erschreckt. Ich hätte wirklich mit Ihnen hereinkommen sollen und ihr erklären, was passiert war.«

»Ach, das war nicht so schlimm. Ich wohne bei meiner Zimmerwirtin, und sie war nicht zu Hause. Ich ging einfach zu Bett und schlief.«

»Sind Sie denn hier allein?«

»Ja.« Sie hatte das Gefühl, sie würde ihm noch ihre ganze Lebensgeschichte erzählen, wenn sie nicht aufpaßte. So konzentrierte sie sich auf einen kleinen Käfer, der ihr über das Bein kroch, und blieb entschlossen stumm. Plötzlich streckte er den Arm nach ihr aus und berührte ihre Hand.

»Ich bitte um Verzeihung. Ich wollte nicht aufdringlich sein.«

»Oh nein, so war es nicht gemeint.« Mein Gott, er hat mein Schweigen mißverstanden. »Das ist es nicht . . .« Sie hielt verwirrt inne, und er schaute bereits auf seine Uhr.

»Leider ruft die Arbeit wieder.«

Anna sprang auf, ließ ihr Buch und ihre Handtasche fallen und stieß mit dem Kopf an einen niedrigen Ast. Er blickte sie lachend an.

»Bin ich es, oder sind Sie von Natur aus zu Unfällen geneigt?«

Anna fühlte plötzliche Tränen in den Augen brennen, schüttelte den Kopf, rieb sich die Stelle, wo der schwere Ast ihr auf den Schädel geschlagen war.

»Nein, es ist die Hitze. Sie zerschmilzt mein Gehirn.«

»Ach, dann sollte ich Sie vielleicht lieber nach Hause begleiten, damit Ihnen unterwegs nichts passiert. Wann haben Sie Feierabend?«

Auf der Personaltoilette hielt Anna den Kopf unter den Kaltwasserhahn und ließ sich das Wasser so lange über den Nacken laufen, bis sie am ganzen Körper fror. Dann zündete sie sich eine Zigarette an, setzte sich auf einen Stuhl, schloß die Augen, während die kalten Tropfen in ihrem Kleid herunterrannen, und sagte sich hundertmal, daß ihr delirischer Zustand nur von der frühzeitigen Hitzewelle herrühren konnte, die sonst immer viel später kam.

16

Der Wagen stoppte so plötzlich, daß Anna, die in Träume versunken war, gegen seinen ausgestreckten Arm vorschnellte.

»Verzeihung, ich vergaß . . .«

»Daß ich hier bin?«

»Nein. Ich vergaß, wie sehr Sie zu Unfällen neigen. Oder sollte ich sagen, wie leicht Sie aus der Fassung geraten?« Er war bereits an ihrer Seite, öffnete ihr höflich die Tür, half ihr aus dem niedrigen Sitz.

Anna lachte. »Wenn Sie wüßten! Können Sie sich vorstellen, daß ich unter meinen Freunden im Ruf stehe, sehr ausgeglichen, fest und zuverlässig zu sein? Alle kommen zu mir mit ihren Problemen, und ich scheine ihnen stets Mut zu geben und sie anzufeuern, dies oder jenes zu tun.«

»Sie enttäuschen mich. Sie sind doch nicht etwa eine dieser aufdringlichen Tanten, die immer alles besser wissen und sich nicht um ihren eigenen Mist kümmern können?«

»Oh Gott, hoffentlich nicht. Diese Art hasse ich. Nein. Ich bemühe mich eigentlich nur, die Leute in ihren Vorhaben zu ermutigen, und sie zu ermuntern, das zu tun, was sie wirklich wollen, aber sich nicht zutrauen.«

»Und wie können Sie wissen, daß sie wirklich fähig sind, all diese Dinge zu tun? Viele Leute wünschen sich etwas, das weit über ihre Kräfte hinausgeht, und könnten sich bei dem Versuch, das Unmögliche zu erreichen, das Genick brechen.«

Der Fahrstuhl hielt auf der obersten Etage. Er schloß die Wohnungstür auf und ließ sie ein. »Hier sind wir also. Küche links, Badezimmer rechts, Wohnzimmer und so weiter geradeaus. Die Getränke kommen gleich.«

Sie trat in einen großen, hellen, spärlich möblierten Raum mit einem niedrigen Sofa und zwei dazu passenden Armsesseln. Ein Stapel Zeitschriften auf einem Tisch mit Marmorplatte, einige Bücher in Regalen an einer Wand, ein weicher, beigefarbener Teppich, einige buntfarbige primitive Gemälde der australischen Ureinwohner an den weißgetünchten Wänden, aber was sie unwiderstehlich anzog, war die große offene Fenstertür zu einer Terrasse. Der Blick, der sich ihr bot, als sie hinaustrat, ließ sie vor Entzücken aufschreien. Die ganze Küste erstreckte sich vor ihr, links und rechts weißer Strand, wehende Palmenkronen längs der Promenade, Baumalleen, Straßenbahnen und Busse in Spielzeuggröße, die hellgekleideten heimkehrenden Menschenmengen wimmelnd wie bunte Käfer, und direkt vor ihren Augen, lebendig, riesig, überwältigend, das in der Abendsonne flimmernde Meer, durchzogen von den weißen Schaumkämmen der Brandung, wild sprudelnd an Felsen und Klippen, sanft über den goldenen Sand plätschernd.

»Schöne Aussicht, nicht wahr?«

Er stand hinter ihr, zwei Gläser in den Händen, und sie drehte sich sprachlos um, hob die Arme, wie um den Horizont zu umschlingen.

»Es freut mich, daß Madame Gefallen daran finden.«

»Es lebe das Meer.« Sie stießen an und tranken.

»Mr. Wilson ...«

»James.«

»Ich bin Anna.«

»Sehr angenehm. Was wollten Sie sagen?«

»Ach, eigentlich nichts. Nur wie glücklich Sie sind, hier zu leben. Ich meine, eine so wunderbare Wohnung zu haben. Wissen Sie, daß ich in all den Jahren in Melbourne noch niemandem begegnet bin, der so hoch oben lebt, mit einem solchen Ausblick auf das Meer? Alle meine Freunde, ich inbegriffen, sind erdgebundene Geschöpfe. Wir kauern in Bodenhöhe und haben nur unsere kleinen Gärten vor Augen. Ich bewohne zwar ein Zimmer im obersten Stockwerk, praktisch eine Bodenkammer, aber alles, was ich dabei gewonnen habe, ist die Aussicht auf Dächer und Schornsteine und anderer Leute Fenster.«

Er klappte zwei Liegestühle auf, und sie lehnten sich

schweigend zurück. Die Dunkelheit brach rasch an, das Meer verschmolz mit dem marineblauen Himmel, Straßenlaternen leuchteten wie goldene Perlschnüre zwischen den Bäumen auf, ein orangefarbener Dunst hüllte die Stadt ein, die Schiffe im Hafen erwachten zum Leben, umrissen von hellen Lichtflecken, und linkerhand, jenseits der Bucht erhob sich der rote Schimmer über Altona.

Das will ich. Es ist ungerecht. Warum kann er in dieser Pracht leben und ich nicht? Ich bin neidisch und schäme mich nicht einmal.

Den Blick im fernen Dunkel verloren, sah Anna ihr kleines Zimmer aus dem mitternächtlichen Blau des Meeres auftauchen. Das eingesackte Bett mit den von Bindfäden zusammengehaltenen Sprungfedern, der enge Kleiderschrank, der verbogene Spiegel, der wacklige Tisch, dessen zu kurzes Bein sich auf eine untergeschobene Zeitung stützte, die häßliche und unpraktische Kommode, in deren Schubläden ihre spärliche Habe verschimmelte, der schwarze Rauchfang des Ölofens, auf dem sie im Winter Wasser kochte oder eine Fleischpastete auf einem Emailleteller aufwärmte . . . Was würde James sagen, wenn er sie in ihrer wahren Umgebung sähe?

»Bitte, setzen Sie sich nicht auf diesen Sessel. Ich weiß, es ist der einzige in diesem Zimmer, aber eine Sprungfeder ist locker . . . Sie werden leider auf dem Bett Platz nehmen müssen – aber Vorsicht, es ist in der Mitte eingesackt. Ich setze mich auf den Fußboden. Nein, wirklich, es macht mir nichts aus, ich bin es gewohnt. Ja, eigentlich sitze ich am liebsten am Boden . . . Und bitte, lehnen Sie sich nicht auf den Tisch;

er wackelt. Ach ja, es tut mir leid, aber die Tür schlägt immer plötzlich auf, wenn jemand vorbeigeht. Glauben Sie, es könnte ein Gespenst sein? Ha ha. Nein, eine Küche habe ich nicht. In der Nische auf dem Treppenflur ist ein Gasbrenner. Nein, es ist nicht ganz ungefährlich und auch nicht gerade praktisch, aber auf komplizierte Gerichte bin ich ohnehin nicht eingestellt. Ja, Sie haben ganz recht, ich sollte wirklich ausziehen. Ich schaue mich bereits nach etwas Besserem um. Ein Zimmer mit Blick auf das Meer und ganz hoch oben. Mit Balkon. Und ohne Zimmerwirtin.« Doch dann kehrte sie in die Wirklichkeit zurück und sagte sich: Diese Wohnung kostet bestimmt so viel pro Woche wie ich in einem ganzen Monat verdiene, also vergiß deine Träume, unterdrücke deinen Neid und genieße den gegenwärtigen Augenblick. Strahlend lächelnd wandte sie sich dem Mann neben ihr zu.

»Wissen Sie, daß ich noch eben förmlich vor Neid platzte? Ich dachte an blutige Revolutionen und Guillotinen und . . . und . . . nieder mit den Reichen und alledem.«

Er lachte. »Ich fühle mich geschmeichelt. Aber bevor Sie mir den Kopf abhacken, lassen Sie uns den Augenblick der Gegenwart genießen.«

»Zu dem Schluß bin ich auch gekommen«, gestand sie, und dann hoben sie feierlich ihre Gläser.

17

»Ronnie!« Mrs. Landers tiefe, fast männliche Stimme hallte an den Wänden wider. Anna glaubte, das Geschirr im Schrank klappern zu hören.

»Ronnie! Miss Anna ist da! Komm sofort herein! Du solltest dich schämen, Miss Anna warten zu lassen! Komm herein, sage ich dir!«

»Ich weiß nicht, was ich mit ihm anfangen soll, Miss Anna. Spielen will er, nichts als spielen in dem Garten da. Ball spielt er, und Murmeln spielt er, aber sagen Sie ihm mal, er soll ein Buch aufmachen – nie im Leben!«

»Das macht nichts, Mrs. Lander. Sie wissen ja, daß er noch nicht lesen kann. Es ist schwer für ihn. Wenn wir ihn zu sehr drängen, wird er nur bockig und tut überhaupt nichts mehr. Lassen Sie ihn nur spielen. Das Sprechen wird er von anderen Kindern lernen. Sie werden sehen.«

»Vielleicht haben Sie recht. Ich weiß, Sie haben Wunder an ihm vollbracht. Glauben Sie nicht, daß ich das nicht anerkenne. Glauben Sie nicht, daß ich Ihnen nicht dankbar bin. Aber es tut mir in der Seele weh, es schmerzt mein Mutterherz, wenn ich ihn sehe, diesen großen Jungen ... elf Jahre wird er heuer, und er kann nicht lesen, nicht schreiben, und er will nicht reden. Das tut weh!«

Die Tür wurde heftig aufgestoßen, und Ronnie stand zerzaust und keuchend auf der Schwelle. Wie immer blickte er Anna zuerst argwöhnisch und feindselig an. Wie immer ging sie lächelnd und mit ausgestreckten Händen auf ihn zu, und nach einem kurzen Zögern stürzte er auf sie los, umarmte sie, klammerte sich an sie, während sie ihn an sich drückte, lachte und ihm auf den schweißnassen Rücken klopfte.

Mrs. Lander lief aufgeregt umher, versuchte das Kind von ihr wegzuziehen. »Ronnie! Wo sind deine Manieren! Du bist pitschenaß! Mußtest du wieder rennen? Du wirst dich noch erkälten! Und wer wird dich pflegen, wenn du krank bist? Ich vielleicht? Ich kann dich nicht pflegen, wenn du krank bist. Ich muß arbeiten. Jeden Tag gehe ich in die Fabrik, um Geld für dein Essen zu verdienen. Und für deine Kleider. Große Sorgen machst du dir um das, was ich tue. Zu Tode kann ich mich schinden, und du machst dir Sorgen? Du machst dir Sorgen um deine Mutter? Du bist ein Junge, der sich Sorgen macht um seine Mutter und schön zu Hause sitzt und lernt und nicht Ball spielt mit all den Kindern da draußen?«

Es war kein Zorn in ihrer Stimme, nur Schmerz und Verwirrung über seinen unverständlichen Widerstand gegen all ihr Flehen. Seit Anna ihn unterrichtete, hatte er im Sprechen beträchtliche Fortschritte gemacht, und er fing bereits zu lesen an, aber er zog es immer noch vor, sich in einem Kauderwelsch aus Polnisch, Russisch und Deutsch auszudrücken, wenn er auch begann, kürzlich erlernte englische Worte in seine Konversation einzuflechten. Anna fragte sich, wie es wohl in ein bis zwei Jahren sein würde, wenn er genügend Englisch gelernt hatte, um sich frei auszudrücken und das bißchen Polnisch und Deutsch, das er jetzt kannte, vergessen hätte. Dann fänden er und seine Mutter sich eines Tages ohne eine gemeinsame Sprache.

Sie zweifelte keinen Augenblick, daß er viel mehr

verstand, als er sagen konnte. Anna war überzeugt, daß er bald aus seiner Schale schlüpfen und wie ein ganz normaler Junge seines Alters sprechen würde.

»Gehen wir in dein Zimmer, Ronnie. Ich habe eine neue Geschichte für dich.« Sie führte ihn, immer noch an ihren Arm geklammert, aus der Küche, und sie setzten sich an seinen Tisch.

»Nun, Ronnie, siehst du dieses Buch? Das ist ein Märchenbuch. Weißt du, was ein Märchen ist?«

Der ausdruckslose Blick in seinen Augen gab ihr deutlich zu verstehen, daß er keine Ahnung hatte, wovon sie redete.

»Ein Märchen ist eine Geschichte, die nicht wahr ist. Erwachsene erzählen den Kindern Märchen.« Das klang irgendwie nicht sehr gut. Erzählte sie ihm da nicht geradeheraus, daß sie ihn anlügen würde? Sie glaubte, in Ronnies braunen Augen so etwas wie Skepsis gesehen zu haben, verwarf jedoch den Gedanken sofort. Er konnte doch noch nicht skeptisch sein?

»Es sind wunderbare Geschichten über Dinge, die vor langer, langer Zeit passierten.«

»Wann?« fragte Ronnie.

»Vor sehr langer Zeit. Bevor du oder ich geboren waren.« Er schaute verdutzt drein, und sie wurde sich wieder einmal bewußt, daß alles, was nicht unmittelbar mit der Gegenwart in Beziehung stand, für ihn von keinerlei Interesse war. Er hatte immer noch Schwierigkeiten, die Vergangenheit von der Zukunft zu unterscheiden und lebte voll und ganz in der Gegenwart.

»Manche dieser Geschichten sind nie wirklich geschehen, aber wir wünschen, sie wären passiert. Deshalb erzählen wir diese Geschichten und tun so, als seien sie wahr.«

Jetzt hatte sie ihn völlig verloren. Sie schlug das Buch auf, er setzte sich neben sie, um sich die Bilder anzuschauen.

»Es war einmal ein König, der lebte mit seiner Königin in einem fernen Königreich, und sie hatten eine Tochter . . .«

»Und einen Sohn«, sagte Ronnie.

Eine Stunde später öffnete Mrs. Lander die Tür. »Das Essen ist fertig.« Sie setzten sich in die Küche, und während Mrs. Lander die Suppe austeilte, erkundigte sich Anna nach ihrer Arbeit. Mrs. Lander seufzte.

»Es ist wie immer. Nähen, nähen, nähen, Lärm, Lärm, Lärm. Manchmal glaube ich, der Kopf wird mir platzen. Dreißig Maschinen. Elektrische, wissen Sie? Die machen einen furchtbaren Krach. Und die Schneidemaschinen, wie Sägen. Sie schneiden den dicken Stoff, eine halbe Elle dick. Wie Kreissägen, die das Holz schneiden. Natürlich schneiden sie nur Wolle, aber einen Lärm machen sie – furchtbar! Und jetzt in dieser Hitze machen wir wollene Mäntel für den nächsten Winter. Und die sind so groß und schwer! Ich komme nach Hause und bin voller Fusseln in allen Farben. Sie kleben in den Haaren und auf der Haut und fliegen in die Nase. Diese Woche haben sie mich an die Knopflochmaschine gesetzt. Die macht den allerschlimmsten Lärm. Wie ein Schießgewehr fast. Und gefährlich ist sie auch. Sie hat eine Stahlklinge, die die Löcher schneidet. Den Finger kann man sich abschneiden, wenn man nicht vorsichtig ist. Manchmal sitze ich da und höre all die Maschinen auf einmal rattern, und das ist wie Maschinengewehre, als ob wieder Krieg wäre. Und dazu müssen die Mädchen noch unbedingt Radio hören, so laut wie es nur geht. All diese Schlager von der Hitparade, ich kenne sie schon auswendig ... Wenn ich das gewußt hätte, wäre ich in Europa geblieben ...«

Sie seufzte und wischte sich die Augen. Ronnie verspritzte seine Suppe über den Tisch. Anna wandte ihm ihre Aufmerksamkeit zu, wenigstens konnte er jetzt ohne Hilfe essen.

»Manchmal glaube ich, daß mein armer Mann wußte, was er tat, als er ... als er tat, was er getan hat. Sein Verstand war nicht gestört oder verwirrt, wie die Polizei sagte. Oh nein. Er wußte genau, warum. Er wollte nicht sein Leben verschwenden und Autos zusammenschrauben in einer Fabrik. Ich kann mir vorstellen, was das für ein Lärm gewesen sein muß. Aber er hat nur an sich selbst gedacht, hat sich nicht gekümmert, wie ich fertig werde, ganz allein mit einem Kind, das ich aufziehen muß.«

Anna las die Teller auf und trug sie zum Spültisch. »Waschen Sie nicht das Geschirr, Miss Anna, ich weiß, Sie sind in Eile. Ich bin Ihnen schon dankbar genug für den Besuch.«

»Ich danke Ihnen, Mrs. Lander. Sie kochen wunderbar. Wenn ich hier öfter zum Essen käme, würde ich bald aus meinen Kleidern platzen.«

»Sie brauchen sich keine Sorgen zu machen. Mit der schönen Figur. Wie kommt es, daß Sie noch nicht verheiratet sind? Das werde ich nie verstehen. Was ist heutzutage mit den Männern los? Haben sie keine Augen im Kopf?«

Ronnies Mund verzog sich zu einem Flunsch, und er

schien den Tränen nahe. So war es jedesmal. Er weinte bitterlich, wenn sie fortging, wollte einfach nicht glauben, daß sie in wenigen Tagen wiederkommen würde. Heulend klammerte er sich an ihren Arm, verstellte ihr die Tür, schlug nach seiner Mutter, wenn sie versuchte, ihn wegzuziehen.

Anna beschloß, noch eine Weile zu bleiben. Schließlich erwartete sie nichts zu Hause, nichts außer ihrem stickigen kleinen Zimmer mit den wackligen Möbeln.

»Kann ich für Sie einkaufen gehen, Mrs. Lander? Ich habe heute abend Zeit, und die Geschäfte sind noch offen. Ich werde Ronnie mitnehmen, das ist eine Abwechslung für ihn.«

»Sie sind ein Engel, Miss Anna. Ronnie!« brüllte sie, und das Kind griff breit grinsend nach einem Korb. So besuchten sie gemeinsam die Läden der Nachbarschaft und Anna brachte dem Jungen die Namen der Früchte und Gemüse bei, der Haushaltsartikel wie Seife und Schuhwichse. Das meiste hatte er bestimmt bis morgen vergessen, aber wenigstens etwas könnte haften bleiben. Das Wichtigste war, so schien es Anna, bei ihm zu sein, seine seltsamen Fragen zu beantworten und Interesse an seinem Denken zu zeigen.

»Du kannst mich alles fragen, Ronnie, alles, was du willst«, wiederholte sie ihm ständig jeden Abend. »Ich werde dir immer antworten und dir nie, nie böse sein.«

Er machte ein ungläubiges Gesicht, aber bis jetzt hatte sie ihr Versprechen gehalten, und seine Fragen wurden immer dringlicher und klarer. Es war nur schwer, ihm auf einfache Art zu antworten, so daß er es verstand, und ihn zu überzeugen, daß sie ihn nicht jedesmal, wenn sie fortging, im Stich ließ. Als sie beladen mit Einkaufskorb und Papiertragetaschen in die Richtung der Wohnung zurückkehrten, spielten sie vor den Schaufenstern ihr Lieblingsspiel. »Was möchtest du in diesem Laden gerne haben?« Ronnies Wahl war allesumfassend. Er wollte Bänder und Schleifen, Holzperlen, Blumen, Obst, eine Puppe und ein Spielzeugschießgewehr. Dagegen zeigte er nicht das geringste Interesse an Büchern, Farbstiften, Malkästen, nicht einmal an einer elektrischen Eisenbahn, bis er eine in Bewegung sah. Anna nahm sich vor, ihm eine solche zu seinem nächsten Geburtstag zu schenken.

Mrs. Bulmer lauerte im Flur, als Anna die Tür aufschloß. »Es war ein Anruf für Sie.«

Annas Herz pochte, sank jedoch wieder, als sie sich erinnerte, James nicht ihre Telefonnummer gegeben zu haben, und das aus dem einfachen Grund, weil er sie nicht darum gebeten hatte.

»Wer war es?«

»Sylvia. Sie sagte, Sie möchten sie noch heute abend anrufen.«

Anna setzte sich an den Telefontisch, und Mrs. Bulmer kehrte in ihr Zimmer zurück, ließ jedoch die Tür einen Spalt offen. Sylvia antwortete sofort, als ob sie auf einen Anruf gewartet hätte. Ihre Stimme klang unverkennbar enttäuscht, als sie hörte, daß es Anna war.

»Wolltest du mich sprechen?« Anna fühlte sich entsetzlich müde, und der Ton ihrer Freundin stimmte sie noch gereizter. »Ist irgendetwas geschehen?«

»Nein, das ist ja gerade das Problem. Nichts ist geschehen. Ich meine, Mike hat nicht angerufen und, ehrlich gesagt, ist mir das unbegreiflich. Nach all seinen Versprechungen!«

Anna seufzte erleichtert auf. »Ist das alles?« Sie fragte sich, ob sie Sylvia sagen sollte, es sei ihre eigene Schuld, daß Mike sie nicht anrief. Er wollte sich nicht mit einem sechzehnjährigen Mädchen einlassen. Doch sie beschloß, es lieber nicht zu erwähnen. Sylvia würde sich nur ärgern, wenn sie herausfand, daß Anna von ihrer kleinen Lüge wußte, und wenn Mike, der ja inzwischen ihr wahres Alter erfahren hatte, sie wirklich sehen wollte, hätte er sie schon längst angerufen. Sie erinnerte sich an Nigels Worte: »Unser Mike ist immer auf ein schnelles Abenteuer aus.« Nun ja, wir alle müssen früher oder später lernen, sagte sie sich resigniert. Sylvia tat ihr leid, aber jedes Wort über Mike würde die Sache nur noch schlimmer machen.

»Ich aß mit ihm gestern zu Mittag«, sagte sie. »Er ist im Augenblick sehr beschäftigt und kommt nicht oft ins Krankenhaus. Du weißt, seine Examen beginnen nächste Woche, und alle Studenten laufen herum wie die Schlafwandler. Ich würde an deiner Stelle nicht damit rechnen, vor Weihnachten von ihm zu hören.«

Sylvia seufzte ein wenig beruhigt, aber nicht ganz überzeugt. »Es ist nur, weil er mir so fest versprochen hat, mich anzurufen, und ich weiß, daß er Karten für das Konzert in der nächsten Woche hat. Ich bin sicher, daß er das nicht versäumen wird, Examen oder nicht, und er hat mir mehr oder weniger versprochen, mich mitzunehmen. Alle Karten waren schon Wochen im voraus verkauft.«

»Es würde mich sehr überraschen, wenn er nächste Woche ins Konzert geht.«

»Ach, Liebste, das verstehst du nicht. Musik ist ihm so wichtig, ihm und mir, wenn du willst, daß er es ganz bestimmt nicht versäumen wird.«

»Nein, das verstehe ich wirklich nicht. Und ich bin sehr müde. Ich muß jetzt aufhängen.« Wütend knallte Anna den Hörer auf die Gabel.

18

»Ich habe einen Menschen getötet, als ich sechzehn war. Er war der erste und der einzige, der zählte.«

Draußen war der plötzliche Regenguß in einen beständigen Nieselregen mit heftigen Windböen übergegangen, die zuweilen kleine Wirbelstürme auslösten. Die Fensterscheiben erzitterten unter den jähen Stößen, und hie und da sickerten Bäche den Kamin herunter und landeten auf dem Haufen von Zigarettenstummeln und alten Zeitungen im Rost.

Leo hockte mit übergeschlagenen Beinen auf seinem ungemachten Bett, den Rücken an die Wand gelehnt. Anna saß äußerst unbequem im alten Plüschsessel, dessen altersschwache Federn aus dem Bezug drangen, die Knie angezogen, das Kinn in die Hände gestützt.

»Leo, es war der Krieg. Du warst nicht der einzige, der getötet hat. Und es ist lange her.«

»Es spielt keine Rolle, warum ich ihn getötet habe, oder unter welchen Umständen. Die Umstände sind längst vorbei, aber er ist immer noch tot, und ich lebe. Verstehst du das?«

Sie blickte ihn ungewiß an.

»Nein. Wie könntest du auch? Du hast leicht sagen: Es war der Krieg, er war ein Deutscher, du warst Franzose und im *Maquis*, und du lagst da und hieltst Wache, während die *Copains* sich im Wald versteckten und Pläne für die nächste Zugentgleisung schmiedeten, und als du von dem kleinen Grashang herunterschautest und an den Butterblumen schnuppertest, sahst du ihn plötzlich direkt auf dich zukommen. Und da bist du aufgesprungen und Peng! hast du ihn erschossen.«

»Hättest du etwas anderes tun können?«

»Natürlich nicht. Ich mußte ihn am Weitergehen hindern, denn der Pfad führte direkt in den Wald. Wie hätte ich ihn denn sonst hindern können? ›Ich bitte um Verzeihung, mein Herr, aber wenn ich Sie wäre, würde ich nicht dort hinuntergehen, denn wir planen gerade eine kleine Sabotage Ihrer Eisenbahnverbindungswege und möchten nicht gestört werden‹? Nein, das ist es nicht, ich gehorchte natürlich den Befehlen, aber selbst das ist keine Entschuldigung. Denn wahrscheinlich hätte ich es auch ohne Befehl getan. Es war die Art, wie es geschehen ist. Einerseits schien es mir so alltäglich, als ob ich jahrelang im Gras gelauert und Menschen niedergeknallt hätte, und gleichzeitig war es doch so schrecklich anders, als ich es mir vorgestellt hatte.

Als ich ihn sah, er war so nahe ... ich hätte ihn gar nicht verfehlen können, obgleich ich nie ein guter Schütze war. Er ging einfach seines Weges, barhäuptig, rosig und blond und kaum ein paar Jahre älter als ich. Was hatte er nur dort zu suchen? Wir haben es nie herausgefunden. Das Dorf war weit weg, und niemand kam je dort vorbei, außer den Ortsansässigen ... Warum er?

Als ich plötzlich aufsprang, über ihm stand, blickte er auf – verdutzt nehme ich an – aber eher neugierig, und als er dann das Gewehr in meiner Hand sah, veränderte sich sein Gesichtsausdruck, die Augen wurden groß und rund, und er machte eine Bewegung in meine Richtung, hob die Hand, wie um mich aufzuhalten, aber da hatte ich bereits abgedrückt.«

Er zündete sich eine Zigarette an, starrte auf das brennende Streichholz in seinen Fingern, drehte und wendete es, bis die Flamme auf seinem Daumen war, und dann warf er es mit einem leichten Zucken der Hand in den großen angeschlagenen Aschenbecher zwischen seinen Füßen.

»Weißt du, wie es ist, wenn man als Kind Soldaten spielt? Man zieht ein Gewehr, sagt Peng! Peng! du bist tot, und der andere sagt Au! und fällt, und dann wechselt man die Plätze. Er schießt auf dich und du sagst Au! und fällst. Und zum Schluß geht ihr beide nach Hause. Anna, ich schwöre dir, als ich damals abdrückte, hätte ich beinahe gesagt Peng! Peng! du bist tot. Nur benahm er sich nicht so, wie er sollte ... Er stand da, eine Ewigkeit, wie mir schien, schaute mich mit seinen blauen Kulleraugen an, und ich wollte schreien: So fall doch endlich, ich habe dich erschossen! Und dann hob er ganz langsam die Hände an seine Brust, und ich sah den dunklen Fleck auf seiner Uniform immer größer werden, und mir wurde übel, und einen Augenblick lang fragte ich mich, was denn los sei, und ob ich etwas falsch gemacht hätte. Und dann, immer noch im Zeitlupentempo, drehte er sich halb auf den Hacken um, fiel plötzlich rücklings zu Boden, Beine und Arme von sich gestreckt, und seine Augen nach oben gerichtet, so daß er mich noch immer anstarrte, obgleich er bestimmt schon tot war.

Und ich stand da und wollte sagen: Schön, du kannst wieder aufstehen, jetzt bist du an der Reihe.

Du kennst doch das Gefühl, wenn man sich sagt – und man sagt es sich immer – ganz gleich, was geschieht, ich werde nicht umkommen. Mir kann das nicht passieren, bildet man sich ein. Man weiß einfach, daß man nicht sterben wird, selbst wenn man andere sterben sieht. Und siehst du, im Augenblick nachdem ich auf ihn geschossen hatte und er vor mir stand und mich anschaute, las ich seine Gedanken so klar in seinem Gesicht, als wenn er sie laut ausgesprochen hätte: Das kann doch mir nicht passieren. Aber es war bereits passiert, und ich war derjenige, durch den es passiert war. Ich stand da mit dem Gewehr in der Hand, der Schuß war abgefeuert, die Kugel in seiner Brust. Fünf Minuten früher hatten wir nichts voneinander gewußt.

Seitdem sehe ich dieses Gesicht und diese Augen immer vor mir ... Jedesmal wenn ich einschlafe, ist er da. Und von diesem Tage an habe ich aufgehört zu glauben, daß es mir nicht passieren kann. Ich hatte über jeden Zweifel hinaus bewiesen, wie leicht es passieren kann. Es war, als hätte ich an diesem Tag einen Teil meiner selbst getötet. Den Teil, der Krieg spielte, der an alle möglichen Märchen glaubte und nur zu sagen brauchte: Peng! Peng! du bist tot ... und alle Feinde fielen.

Er hätte aufstehen und mich erschießen sollen ... das hätte er tun sollen ...«

Er schlug sich mit der Faust aufs Knie und blickte

Anna verlegen grinsend an. »Rede ich irre? Hältst du mich für verrückt, Anna?«

Verzweifelt suchte sie nach passenden Worten. »Nein, natürlich nicht. Aber schau, du warst damals fast noch ein Kind. Es muß ein Schock für dich gewesen sein, als du dir bewußt wurdest, daß das, was du getan hattest, nicht wieder ungeschehen gemacht werden konnte, sondern ›wirklich‹ war. Aber Leo, du mußt dir bestimmt inzwischen darüber klar geworden sein, daß der Krieg Wirklichkeit und kein Kinderspiel war, und daß die Deutschen ja auch ›wirklich‹ töteten.«

»Mein Gott, ja. Das wußte ich längst. Warum, glaubst du, bin ich ins *Maquis* gegangen? Aber die anderen Dinge, die wir taten, wie das Sprengen von Brücken und das zum Entgleisenbringen von Eisenbahnzügen, das war irgendwie etwas ganz anderes. Das waren ›Gruppeneinsätze‹, bei denen natürlich auch Leute umkamen oder von den herumfliegenden Trümmern verletzt wurden. Aber dieses Mal waren es nur er und ich, es war so . . . persönlich, obgleich ich ihn nicht einmal kannte . . .«

»Hat es Vergeltungsmaßnahmen gegeben?«

»Merkwürdigerweise nicht. Es war so, als wußte niemand etwas von seiner Existenz, wo er gewesen war, woher er kam, wohin er ging, und warum. Wir fanden sein Fahrrad bei der Gabelung, wo der Pfad von der Hauptstraße abzweigte, und ziemlich weit entfernt von unserem Versteck. Seine persönlichen Papiere waren voller Blut, und aus ihnen erfuhren wir auch nichts von Interesse. Wir fragten uns, warum er diesen Weg eingeschlagen hatte. Was suchte er dort? War er vielleicht ein Botaniker, der Kräuter sammelte? Oder ein Dichter?

Und warum wußte sein Kommandant nicht, wo er an diesem Nachmittag gewesen sein könnte? War er auf Urlaub oder hatte er sich unerlaubt von der Truppe entfernt? Wollte er ein Mädchen besuchen und unterwegs ein paar Blumen pflücken?

Anna, ich habe nicht aufgehört, Spekulationen darüber anzustellen . . . Eins ist sicher: Er wußte nicht, daß wir da waren, und er ist mir völlig ahnungslos direkt in die Arme gelaufen. Einerseits wünschte ich mir oft, es wäre zu Vergeltungsmaßnahmen gekommen, denn dann hätte ich wenigstens etwas tun können, und sei es nur, mich niederknallen zu lassen . . .«

»Leo!«

Er blickte sie stirnrunzelnd an. »Siehst du, das Erschreckende war, daß sein Tod sich als so ›anonym‹ erwies, fast als ob er nie wirklich existiert hätte, als ob er extra an diesem stillen Nachmittag plötzlich aus dem Nichts erschienen wäre, um mich zu veranlassen, das zu tun, was ich getan habe. Um zu meiner Nemesis zu werden, wie ich in Wirklichkeit zu der seinen geworden war. Ich habe sein Leben zerstört und mit ihm einen Teil meiner selbst, und manchmal scheint es mir, als hätte ich seitdem mein Leben damit verbracht, auf ihn zu warten.

Eines Tages, und hoffentlich bald, wird er von diesem Pfad aufstehen und rufen: Peng! Peng! du bist tot, und ich werde mir sagen, nein, das kann mir doch nicht passieren. Aber es wird, und es wird eine solche Erleichterung sein!«

Anna sprang von ihrem Sessel auf. »Leo, das genügt jetzt aber! Du machst dich noch krank. Wenn du so weitermachst, wirst du verrückt! Du weißt genau, daß er tot ist, und Tote werden nicht wieder lebendig, so sehr wir es uns wünschen mögen. Und du willst es auch nicht wirklich. Du quälst dich mit etwas herum, das schon längst der Vergangenheit angehört, und im Übrigen mußt du zugeben, daß du genau das Gleiche tun würdest, wenn du jetzt dort und in der gleichen Lage wärst!«

»Höre auf die Stimme der Vernunft, was? Wie erfrischend! Du würdest natürlich keine Minute deines kostbaren Schlafs verlieren wegen etwas, das du früher einmal getan hast, und der Gedanke an das, was hätte sein können, wird dich nie quälen . . . Du bist gegen Komplexe und Neurosen gefeit. Du hättest einen vortrefflichen Soldaten abgegeben, Anna. Immer nur die Befehle ausführen und bloß keine unangenehmen Fragen stellen. Ich wette, daß nichts deinen Schlaf stören kann.«

Er zog sie auf das Bett. Der Aschenbecher stürzte um, verbreitete Stummel und Asche über die Laken. Anna kämpfte sich wütend frei und begann, den Schmutz wegzuwischen.

»Schau, was du jetzt wieder angestellt hast. Wie kann deine Zimmerwirtin es nur mit dir aushalten? Und wie sieht dein Zimmer aus? Wann wirst du endlich etwas unternehmen?«

Sie blickte auf die weißgetünchten Wände und die roh verschmierte Unterschicht an den Fensterrahmen und Holztäfelungen. »Ach, zum Teufel damit! Wozu soll ich mir die Mühe machen? Wenn es mir recht ist, hier zu wohnen, braucht sie sich nicht zu beklagen, und du auch nicht. Wenigstens ist es hell und sauber, was du von deiner Bodenkammer nicht behaupten kannst.

Und überhaupt, wie kann eine vernünftige, sittsame Bürgerstochter wie du in einer solchen Bude leben, ganz zu schweigen von deiner bescheuerten Zimmerwirtin? Das verstehe ich nicht. Was mich anbetrifft, so bin ich ganz zufrieden mit dem, was ich hier geleistet habe.«

Vor sechs Monaten, als er hier eingezogen war, hatten die üblichen geblümten Tapeten die Wände geschmückt, und die Türen, Fensterrahmen und der Fußboden waren schwarz gestrichen. Leo konnte es nicht fassen.

»Ach, das gehört nun einmal zur landesüblichen Wohnkultur«, hatte Anna erklärt. »Hier liebt man schwarze Fußböden und Fensterrahmen. Die Tapeten sind vielleicht nicht jedermanns Geschmack, aber durchaus nicht ungewöhnlich.«

»Aber das ist ja kannibalisch! Ich könnte schwören, daß diese Blumen menschenfressende Pflanzen sind. Ich würde mich nicht trauen, auch nur eine Nacht allein und unbewaffnet hier zu verbringen!«

Nach langen Diskussionen hatte ihm die Zimmerwirtin erlaubt, die Tapeten abzureißen und die Wände weiß zu streichen. Sie bereute es fast, als er dann auch die schwarze Farbe von der Tür zu kratzen begann – nur auf seiner Seite natürlich – und sie mit einer hellrosa Unterschicht bemalte. Die andere Seite blieb schwarz.

»Ich habe eine schizophrene Tür«, sagte er lachend, als Anna ihn besuchte, um sich vom Fortschritt der Arbeiten zu überzeugen und Kritik an den weißen Wänden zu üben.

»Findest du nicht, daß es wie in einem Krankenhaus aussieht? Gibt es denn keine Farbe, die du magst?«

»Weiß hält die Gespenster fern«, erklärte er, und sie

hatte nicht die geringste Ahnung, was er damit sagen wollte. »Farbe schafft Tiefe, und man weiß nie, was sich dahinter verstecken mag.«

Mit dem Fußboden war nichts zu machen, und er blieb schwarz. Aber lange bevor Leo mit dem Entfernen der alten Farbe an den Fensterrahmen fertig war, verebbte seine Begeisterung.

»Diese Woche paßt es mir nicht. Zu verdammt kalt, um zu arbeiten. Und jetzt ist es zu heiß. Nein, ich gehe lieber an den Strand.« Und schließlich: »Wer schert sich schon darum, wie ich lebe?«

So war das Zimmer scheckig und unvollendet geblieben, ein ständiger Stein des Anstoßes für Annas »ordnungsliebende Bürgermentalität«. Aber auch ein Anzeichen für Leos sich verschlimmernde Depression.

Jetzt schob er den Aschenbecher vom Bett und zog sie mit einer flinken Bewegung zwischen sich und die Wand. »Anna, wenn du nur immer bei mir bleiben wolltest, dann würde ich vor keinem toten Deutschen mehr Angst haben. Bitte, willst du es nicht tun?«

Sie blickte auf den schwarzen Kopf an ihrer Brust und fuhr ihm mit den Fingern durch das dichte Wuschelhaar.

»Liebster Leo, ich kann es nicht. Es würde nicht gehen. Ich liebe dich nicht. Ich liebe niemanden, habe nie jemanden geliebt, und vielleicht bin ich einfach nicht dafür geschaffen. Manche Menschen sind unfähig, tief zu empfinden, und für das Zusammenleben mit anderen ungeeignet. Ich weiß nicht, warum ich so bin. Vielleicht weil niemand je sehr tief für mich empfunden hat. Wenn mein Vater irgendwelche Gefühlserregungen verspürte, schrieb er ein Buch darüber. Meine Mutter steckte alle ihre Liebe in die Musik. Er hielt Vorlesungen und schrieb, sie komponierte und gab Konzerte. Ich weiß nicht einmal, ob sie sich liebten. All ihre Interessen, Neigungen und Gefühle schienen höheren Zielen vorbehalten als mir, und da die Welt ihnen für alles, was sie taten, Beifall zollte, hatten sie wahrscheinlich recht. Nur hätten sie kein Kind haben sollen. Jedenfalls war ich mir als Kind nie bewußt, daß es so etwas wie Liebe gibt, und ich nehme an, ich habe mich seither daran gewöhnt und es einfach nicht gelernt.«

»Das brauchst du nicht zu lernen. Diese Dinge stellen sich ganz von selbst ein. Wie das Atmen. Nein, die Wahrheit ist, daß ich dich liebe und du mich nicht. Das ist es.«

»Du liebst mich gar nicht wirklich. Du brauchst mich, oder besser gesagt, du bildest dir ein, daß du mich brauchst. Aber ich wäre kein guter Schutzwall gegen deine Gespenster. Ich würde dir nur im Wege sein.«

Er wandte sich ungeduldig ab und griff nach einer Zigarette. »Weißt du, Anna, du machst mir direkt Angst. Du bist so intellektuell, so bar jeder Romantik ... Du hast überhaupt nichts von einer Frau. Du bist ...« Er suchte nach einem passenden Ausdruck, trommelte wütend auf der Streichholzschachtel. »Du bist wie diese Wand«, schrie er plötzlich und ließ das Zündholz aufflammen. »Wie diese verdammte Wand da. Kalt, hart, unnachgiebig, kahl und leer!«

»Sieh einmal an. *Vive la politesse*, mein Lieber. Ich dachte, du liebst kahle Wände, denn diese hier sind ja schließlich dein Werk.«

Sie schlüpfte vom Bett, stand auf, richtete sich Rock

und Haar, nahm ihre Handtasche. »Ich sehe dich wieder, wenn du in besserer Laune bist.«

Er antwortete nicht, drehte ihr den Rücken zu, hockte zusammengekrümmt auf den zerknüllten Laken.

Zurück in ihrem Zimmer, setzte sich Anna ans Fenster und starrte in den über die roten Dächer rieselnden Regen hinaus. »Wie eine Wand, kalt, gefühllos, tot.« War es wirklich so? War es das, was bei ihr nicht stimmte? Fand sie sich deshalb unfähig, auf seine Avancen einzugehen, auf »all diesen Quatsch«, der ihr unbegreiflich und bedeutungslos erschien?

Und sollte die Erklärung, die sie über ihre Eltern abgegeben hatte und die ihr so plötzlich und so leicht von der Zunge gegangen war, nicht auch der Wahrheit entsprochen haben? Sie hatte die Geschichte, einer Eingebung des Augenblicks folgend, mehr oder weniger erfunden, in der Hoffnung, seine Gefühle auf Kosten der ihren zu besänftigen, aber war nicht doch etwas Wahres dran? Hatte sie es vielleicht nicht in der gleichen Weise »erfunden« wie ihre Liebesaffäre mit Dave? Sie erinnerte sich so wenig an ihre Kindheit und glaubte darin einen Beweis zu sehen, daß sie glücklich gewesen sein mußte. Vielleicht waren ihre Eltern zu alt, als sie geboren wurde, zu festgelegt in ihren Gewohnheiten, um mehr zu tun, als dieses unerwartete und schon längst nicht mehr erhoffte Kind zu dulden. Als Anna auf die Welt kam, war ihre Mutter vierzig und ihr Vater fünfzig. Ihn hatte sie noch ganz gut in Erinnerung: Stets ernsthaft und in Gedanken versunken, flüchtig von den Papieren auf seinem Schreibtisch aufblickend, wenn sie sich ihm schüchtern näherte, und seine höflichen Antworten auf ihre kindlichen Fragen, denen er mit der gleichen Geduld begegnete wie einem vornehmen Besucher gegenüber, der die Sprache nicht ganz beherrschte ...

Vielleicht hätten sie eine gemeinsame Sprache gefunden, wenn er nicht so früh gestorben wäre. Er lehrte sie Latein und Griechisch und korrigierte ihre französischen Schulaufgaben. Ihr Kontakt beschränkte sich auf Worte, meist fremde Worte, wie es ihr jetzt schien, und falls sich tiefere Gefühle hinter seinem Interesse an ihren Fortschritten im flüssigen Umgang mit Worten verbargen, so hatte sie es nicht bemerkt. Außerdem war er sehr oft abwesend, machte lange Vortragsreisen, und wenn er daheim war, hielt er weitere Vorlesungen und nahm an Versammlungen teil. Dann füllte sich das Haus mit Gästen, meist älteren Leuten, die sie einschüchterten, und die ständig in einem Ozean von Worten schwammen ...

An ihre Mutter erinnerte sie sich noch weniger. Auch sie blieb oft lange fort, gab Konzerte in ausländischen Städten, und wenn sie zu Hause war, übte sie täglich fünf Stunden und durfte nicht gestört werden.

Habe ich meine Eltern geliebt? fragte sie sich beunruhigt. Habe ich überhaupt je jemanden geliebt? Und sie konnte sich nur an ihre alte Amme erinnern, eine dicke und mollige Bauersfrau, auf deren Schoß sie oft einschlief, und die sie jeden Morgen mit einem warmherzigen Lächeln begrüßte. Mit der Nanny verband sie Begriffe wie Geborgenheit, Hingabe, Duldsamkeit und Babysprache. Und bereits im Alter von zehn Jahren die Erkenntnis, daß sie bald keine gemeinsame Sprache mehr haben würden, weil sie dazu bestimmt war, in einer anderen Welt zu leben.

Als ihre Mutter starb – kurz nach Ausbruch des Krieges – zog ihr Vater sich mit Anna in das Landhaus in den Bergen zurück, wo der Schnee das ganze Jahr hindurch die Gipfel bedeckte, und wo man nicht mit der Außenwelt in Berührung kam. Dort vergrub er sich in seine Papiere, um niemals wieder daraus aufzutauchen. Als er drei Jahre nach seiner Frau starb, hinterließ er seine große Bibliothek ihrer Obhut. Sie las die meisten Bücher, ohne viel davon zu verstehen, jedoch mit der frommen Überzeugung, in seine Fußstapfen getreten zu sein. Und als der Krieg zu Ende war, verließ sie das Haus und alles, was sich in ihm befand, ohne Reue, jedoch mit der Gewißheit, daß jetzt das wirkliche Leben begann, und daß sie bereit war, ihren Platz in der Welt der Erwachsenen einzunehmen.

Sie erinnerte sich, wie tief sie gerührt war, als sie bei ihrem ersten Besuch in Daves Wohnung einige Werke ihres Vaters in französischer und englischer Übersetzung auf dem Bücherregal fand, und wie sie aus der Tatsache, daß er die von ihrem Vater vor ihrer Geburt geschriebenen Bücher gelesen und geliebt hatte, zu dem absurden Schluß gelangt war, er würde dieses Gefühl auf sie übertragen, und das wäre eine Gewähr für eine von nun an feste Beziehung und Zusammengehörigkeit.

Wieder nur Worte, sagte sie sich mutlos, während sie das Fenster vor der draußen niederprasselnden Sintflut schloß. Nur Worte, die ich für bare Münze nahm. Für alles hat man mich Worte gelehrt, mir Werkzeug und Musterbeispiele gegeben, und alles übrige muß ich selbst finden.

Fehlt mir vielleicht wirklich etwas? Ist Liebe wie ein Muskel, der sich mit dem Gebrauch entwickelt? Benötigt man frühe Übung dazu? Ist es etwas, das man an der Mutterbrust erlernt?

Beunruhigt blickte sie in den Spiegel, musterte ihr Gesicht, ihre Hände, ihren Körper, als wenn sie einen fremden Menschen betrachtete. Sieht man es mir an? Erkennt man auf den ersten Blick, daß da etwas nicht stimmt? Oder sehe nur ich es?

Die fehlerhafte Spiegelfläche zeigte ihr ein verzerrtes Gesicht, und das eine Auge rutschte auf und ab wie eine Karikatur von James mit seiner skeptisch gezückten Braue. Hatte er es auch bemerkt? Hält er mich für kalt und gefühllos? Interessierte er sich deshalb für mich und will mich jetzt, da er es entdeckt hat, nicht mehr sehen? Wird mir das mit jedem geschehen, dem ich begegne? Sie lehnte sich an das kalte Glas des Spiegels und ließ ihre Tränen in Zickzackbächen über die Staubschicht rinnen.

Es gibt nur einen Weg, es herauszufinden, sagte sie sich. Noch ein Versuch, noch eine Prüfung, die ich bestehen muß, um mir zu beweisen, daß das alles vielleicht nur Unsinn ist.

19

Anna zog die Schutzhülle fest über die Schreibmaschine und streckte die Arme empor. Wieder ein Tag zu Ende. Sie eilte in die Garderobe, holte ihren Badeanzug aus der Strandtasche, kleidete sich rasch um, zog ihr Kleid über das Badekostüm. Sie zog sich nicht gern am Strand um, wo sie unter dem Frottiertuch akrobatische Kunststücke vollbringen mußte und den neugierigen Blicken aller ausgesetzt war.

Während sie den langen Korridor hinunterlief, spähte sie hoffnungsvoll nach der vertrauten hohen Gestalt im fliegenden weißen Kittel aus, aber wie immer war er nie da, wenn sie ihn sehen wollte. Er besaß die unheimliche Gabe, gerade aus dem überfüllten Fahrstuhl zu treten, wenn sie einsteigen mußte, so daß sie nicht mit ihm sprechen konnte, ohne aufzufallen, oder in voller Geschwindigkeit an einer Ecke mit ihr zusammenzustoßen, oder in ihr Büro hineinzuschauen, wenn sie nicht da war, um bei der bestürzten Margaret eine unverständliche Nachricht für sie zu hinterlassen und die arme Miss Stitchberry völlig zu verdattern. Die arme Miss Stitchberry, die allen Fachärzten mit tiefer Ehrfurcht begegnete und auf die Knie zu sinken bereit schien, wenn einer von ihnen das Wort an sie richtete. Wenn sie wüßte ...

Seit jenem ersten Abend vor einem Monat war Anna mehrere Male in James Wohnung zurückgekehrt, und sie nahm mit Bestimmtheit an, daß man im Krankenhaus ihr gemeinsames Fortgehen bemerkt haben mußte. Bald würde sich der Klatsch verbreiten, und Anna hielt es für sicher, daß dann eine der Schwestern imstande wäre, ihr bei der ersten Gelegenheit Gift in den Kaffee zu schütten. Einem Medizinstudenten konnte man so etwas noch verzeihen, aber einem Facharzt? Nie und nimmer!

Bei ihrem zweiten Besuch in seiner Wohnung, als sie nach langer Suche nach seinen Wagenschlüsseln zur Tür gingen – es war fast Mitternacht, und er hatte darauf bestanden, sie nach Hause zu bringen – war er plötzlich stehen geblieben, hatte ihr Gesicht in beide Hände genommen und sie rasch auf den Mund geküßt, dann die Tür geöffnet, den Fahrstuhl kommen lassen, und war in völligem Schweigen mit ihr heruntergefahren, als ob nichts geschehen wäre. Das Schweigen dauerte an, bis der Wagen vor ihrem Haus hielt, und dann brachte er nur ein kurzes Auf Wiedersehen hervor, lächelte, winkte und war verschwunden.

Anna hatte sich auf der Treppe weder die Schuhe ausgezogen, noch Licht gemacht, und als sie auf ihrem Zimmer war, hatte sie sich voll angezogen vor den Spiegel gesetzt und die verschwommenen Umrisse ihres Gesichts angestarrt, sich wundernd, daß es nicht im Dunkel leuchtete, daß kein Glühen, kein Strahlen, kein Auflodern goldener Flammen zu sehen war, wie der zitternde orangefarbene Dunst über Altona in einer klaren Sommernacht. Aber der Spiegel zeigte ihr nur das blasse, längliche Abbild ihrer selbst, müde wie gewöhnlich zu so später Stunde, mit dunklen Ringen unter den Augen und bleichen, ungeschminkten Lippen, die sich über ihr Geheimnis schlossen. In dieser Nacht ging sie im Dunkeln zu Bett, ohne sich die Zähne zu putzen, und schlief lächelnd ein.

Und am nächsten Tag blickte sie vergeblich nach ihm aus, bis jemand erwähnte, daß Mr. Wilson-Bryce für ein paar Tage abwesend war und ein Krankenhaus auf dem Lande besuchte. Im Nu verflog all ihre Freude und wich einem Gefühl bitterer Enttäuschung. Warum hatte er nichts gesagt?

Er kehrte am folgenden Freitag zurück, und sie aßen wieder auf seiner Terrasse zu Abend. Anna hatte fast alles selbst gekocht, um ihm zu beweisen, daß europäische Gerichte nicht so kompliziert und schwer zu verdauen waren, wie er anzunehmen schien. Nach dem Kaffee setzte er sich zu ihr auf das niedrige Ledersofa, wo ein langes Gerangel stattfand, im Laufe dessen jeder den anderen zu überzeugen versuchte, daß sie nur Spaß machten.

Während Anna sich bemühte, seine tastenden Hände zurückzuhalten und lange genug seine Lippen zu meiden, um Atem zu schöpfen, dachte sie betrübt an die Möglichkeit, daß er vielleicht morgen wieder verschwinden könnte, dieses Mal für einen Monat Ferien oder gar für immer. Schließlich wechselten ja auch Fachärzte ihre Stellen, oder vielleicht hatte er eine Frau und sechs Kinder irgendwo in Woolloomooloo! Er sprach nie über seine Familie, beantwortete nie eine direkte Frage über sein Privatleben. Die Männer sind doch alle gleich, außer wenn sie sehr jung sind, wie Leo oder Mike, und dann können sie höchstens wie Brüder sein, obgleich sie sich nicht wie solche benehmen ...

Endlich gelang es ihr, sich frei zu machen, und jetzt saß sie zerzaust und keuchend am Boden. »James, bitte, wenn du mich nicht in Ruhe läßt, gehe ich nach Hause.« Er lag auf dem Sofa, blickte ihr lachend in die Augen.

»Du siehst wie eine Eule aus. Schau doch nur, wie sich die Federn sträuben! Beruhige dich, mein Kind, dir droht keine Gefahr. Ich wollte dich nur ein bißchen aus deiner Schale locken. Du bist viel zu gesetzt für dein Alter.«

Und er kniff ihr in die Nase.

Es fiel ihr schwer, ernsthaft zu bleiben. Er neckte sie

unaufhörlich und machte sich lustig über ihre Bemühungen und Pläne, immer allen anderen helfen zu wollen. In Bezug auf Leo, der so starrköpfig und so voller Selbstmitleid sein konnte, und der ihrer Meinung nach zu so großen Leistungen fähig war, wenn er sich nur zusammennehmen würde, zeigte sich James ziemlich erbarmungslos. »Verschwende nicht deine Zeit und dein Mitleid an ihn. Er scheint unaufhaltsam auf seine Selbstzerstörung hinzusteuern, und du kannst nichts tun, um ihn davon abzuhalten. Er braucht einen starken Schock, der ihn zur Vernunft bringt. Nein, ich glaube nicht an Selbstaufopferung. Er wird dich mit sich in den Abgrund reißen, wenn du ihn machen läßt. In diesem Leben, mein Kind, muß man egoistisch sein und nach Nummer Eins ausschauen.«

Für Bella hatte er auch kein Mitgefühl. »Die wünscht sich doch nur einen Mann und einen Haufen Kinder, um die sie sich kümmern kann. Und keine Bücher. Wie bist du bloß auf diese Idee gekommen?«

Es schien Anna, daß er eine perverse Freude daran fand, ihr ihre Begeisterung zu verderben und als den Ausdruck ihrer eigenen, unverwirklichten Wünsche zu bezeichnen. »Laß sie doch«, schloß er jeden seiner Angriffe. »Du kannst ein Pferd zur Tränke führen, aber du kannst es nicht zum Trinken zwingen. Das ist eine unserer alten Bauernweisheiten. Hör auf, die Leute in eine Richtung zu drängen, in die sie nicht gehen wollen.«

»Aber sie wollen es. Ich bin sicher, wenn es ihnen nur klar würde . . .«

». . . was für sie gut ist. Das meinst du doch? Oder meinst du, was du selber gern tun möchtest?«

»Ich? Aber ich habe doch eine Arbeit. Ich bin sehr glücklich, wo ich bin.«

»Du bist einundzwanzig Jahre alt. Zwanzig? Ich bitte um Verzeihung, aber das macht mein Argument nur noch überzeugender. Es ist viel zu früh, dich in einer Stellung festzusetzen, die übrigens gar nicht so interessant sein kann. Oder gedenkst du vielleicht, dem Beispiel Miss Stitchberrys zu folgen? Wenn du das Geld hättest, würdest du dann nicht lieber irgendetwas studieren, so wie du es deiner unglücklichen Freundin einzureden versuchst?

Oder, wenn du die Begabung hättest, würdest du dich dann nicht lieber mit irgendeiner schöpferischen Arbeit beschäftigen, mit etwas Schönem, anstatt mit dem, was du jetzt tust? Findest du es wirklich vollauf befriedigend, wie eine Maschine anderer Leute Worte zu wiederholen? Erzähle mir bloß nicht, daß dir der Mut und der Ehrgeiz fehlt, diesen Kram hinzuschmeißen und nach etwas Besserem auszuschauen!«

Sie saß verwirrt, zupfte am Teppich, zu verletzt, um zu antworten. Was für einen Unsinn dieser Mann redet . . . Und doch, hatte sie nicht noch vor kurzem das Gleiche gedacht, als sie mit Sylvia in einem Café saß? Panik ergriff sie bei dem Gedanken, daß er vielleicht auch in allem anderen recht haben könnte. Bin ich wirklich ein solcher Mensch? Daß ich andere dorthin dränge, wo ich selbst gern sein möchte? Quatsch!

James konnte wirklich sehr boshaft, fast grausam sein. Er glaubte stets das, was er für die Wahrheit hielt, sagen zu müssen, ganz gleich wie verletzend er mit seinen irrigen Vermutungen sein mochte. Wenn der Patient stöhnt, so kann ich es auch nicht ändern . . . Die

Wahrheit, wie die Medizin, ist gut für dich, und du mußt sie dir einlöffeln lassen. Der Arzt hat es verordnet.

»James, du irrst dich auf der ganzen Linie.« Sie stand auf, strich sich ihr Kleid zurecht, fuhr sich durch das Haar. »Du versuchst mich zu provozieren – in jeder Beziehung.« Sie lächelte schelmisch, und er stellte sich erstaunt. »Aber ich werde nicht anbeißen. Ich weiß, was ich tue, wohin ich gehe, warum und wie. Und ich kenne meine Freunde und weiß, was ich von ihnen erwarten kann.«

Wieder ordentlich und gekämmt kniete sie sich vor das Sofa und küßte ihn. »Und von dir, Mr. Wilson-Bryce, erwarte ich ein weiteres alkoholisches Getränk, möglichst etwas Süßes, und das ist die einzige Medizin, die ich schlucken werde. Lassen wir meine verborgenen Motivationen dort, wo sie sind.«

20

Anna eilte durch die enge Gasse und stürmte in Mrs. Kemps Laden.

»Guten Abend, ist Bella schon da?«

»Hier bin ich.« Bella erhob sich hinter dem Ladentisch und den welkenden Sandwichbergen.

»Nun, wie war es? Wie ist es gegangen? Was für Fragen hat man dir gestellt?«

Bella zuckte die Schultern. »Es ging nicht schlecht. Eigentlich gerade so, wie ich es erwartet hatte.«

»Glaubst du also, du hast die Prüfung bestanden?«

Wieder ein Schulterzucken. »Ich sage nichts. Wir werden ja sehen.«

»Zeige mir die Fragebogen.«

»Ich habe sie nicht.«

»Was?« Anna starrte sie verdutzt an. »Warum hast du sie nicht mitgenommen?«

»Ach, weil ich es vergaß. Es ist übrigens auch nicht so wichtig. Ich habe es hinter mir. Die nächste Hinrichtung ist übermorgen. Dann werde ich mir Sorgen machen. Also kommst du jetzt oder nicht?«

Anna folgte ihr erstaunt. Das war so gar nicht wie Bella. Allein schon die Idee, an den Strand zu gehen . . . Sie, die immer behauptete, die Sonne nicht zu vertragen . . . Erfolg. Das hatte sie verändert. Das hatte sie gebraucht. Sie hat ihr erstes Examen bestanden, sie hat keine Angst mehr. Ich hatte recht. Jetzt kann ich James einmal etwas erzählen!

Sie eilte ihrer Freundin nach und nahm sie zärtlich beim Arm, aber Bella machte sich mit offenbarem Unmut frei. »Verzeih mir, Anna, aber es ist zu heiß und ein zu starkes Gedränge.«

An der Ecke der Flinders Lane verstellte ihnen ein schlanker junger Mann, der ein Gestell voller Kleider vor sich herschob, den Weg. Anna warf einen Blick auf die billigen bunten Baumwollkleider, die an den Hängern schaukelten, und den Jungen in Blue Jeans und einem bis an die Taille offenen, grellen karierten Hemd. Ihr Herz setzte aus.

»Leo!«

Er drehte sich um, lächelte, blieb stehen, lehnte sich an das Metallgitter. Anna überquerte die Straße, hielt Bella an der Hand. »Hier arbeitest du also?«

»Ja.« Er unterzog Bella, ihr Gesicht, ihr Kleid und ihre Beine einer ausgiebigen Betrachtung. »Willst du uns nicht vorstellen?«

Anna entledigte sich hastig ihrer Pflicht, und Leo verbeugte sich auf altmodische Art. Bella lächelte, zeigte ihre Grübchen. Plötzlich hatte Anna es sehr eilig.

»Na dann viel Glück, Leo. Ich rufe dich bald an. Wir müssen weiter.«

Bella, die kein Wort gesagt hatte, lächelte wieder, schaute eine Weile wie gebannt auf das schmale sonnengebräunte Gesicht. Und als Leo, den Kopf leicht zur Seite geneigt, sie von oben bis unten musterte und frecherweise einen leisen Pfiff ausstieß, errötete sie.

Abermaliges Händeschütteln. Anna verspürte ein plötzliches Bedürfnis, etwas zu sagen, um ihm seinen kleinen Auftritt zu verderben. Die Erinnerung an ihr letztes Gespräch nagte noch an ihr.

»Du kannst ihr gratulieren. Bella hat gerade ihr erstes Examen bestanden. Im März geht sie auf die Universität.«

»Sie Glückliche ... ich gratuliere.« Noch einmal schüttelten sich die drei die Hände, und noch einmal zeigte Bella ihre Grübchen. Jetzt lachte sie sogar ganz offen.

»Wir müssen wirklich gehen.« Er lächelte ihr ironisch zu – jedenfalls schien es ihr so. Vielleicht war es nur Bitterkeit. So schnell konnte er seine Worte nicht vergessen haben. Gab er deshalb vor, von Bella so beeindruckt zu sein? Um sie eifersüchtig zu machen? Wie kindisch!

Der Strand war voller Leute, die von der Arbeit kamen, um sich nach den heißen, stickigen Stunden des Stadtlebens ein bißchen zu erfrischen. Sylvia war bereits da, lag ausgestreckt in ihrem roten Bikini auf einem ebenso roten Badetuch, und Anna fand ihre Freundin auffallend mager. Sie holte ihr Badelaken aus der Strandtasche, breitete es auf dem Sand aus, hielt Bellas Tuch, während diese sich umzog und dabei keuchte, schwitzte und kleine Schreckensschreie ausstieß, wenn sie glaubte, zu viel von ihrer Nacktheit gezeigt zu haben. Anna mußte ihr versichern, daß niemand die geringste Notiz von ihr nahm.

Später, nach ihrem ersten Bad im lauwarmen Wasser, betrachtete Anna ihre beiden Gefährtinnen durch die dunkle Sonnenbrille. Ja, Sylvia war wirklich furchtbar dünn. Man sah die Rippen, das Rückgrat und die Hüftknochen sich scharf über die Nähte des Bikini abheben. In einem einteiligen Badeanzug hätte sie bestimmt besser ausgesehen. Zwischen den Schulterblättern leuchtete ein häßlicher Pickel, und die Arme und Beine waren voller Sommersprossen. Einen kurzen Augenblick lang wurde sich Anna einer fast boshaften Freude bewußt, als sie all diese Schönheitsfehler am Körper ihrer Freundin entdeckte, und sie schämte sich ihrer Reaktion.

Wahrscheinlich schaut sie mich auch durch ihre Sonnenbrille an und denkt das gleiche von mir. Allerdings wüßte ich gern, was für Fehler sie an mir findet. Sie starrte herausfordernd auf den sonnengebräunten Körper, der sich in aller Unschuld ihren Blicken preisgab. Ich bin einfach nur nüchtern und bewahre einen klaren Kopf. Objektiv. Warum sollte man den Fehlern einer Freundin gegenüber blind sein? Ich bin froh, daß ich Sylvia so sehen kann, wie sie wirklich ist, trotz allem, was ich für sie empfinde.

Sie wandte sich Bella zu, die unbeholfen im Sand hockte, blinzelte, sich die Augen mit der Hand schirmte. Sie hatte ihre Sonnenbrille vergessen, und das blendende Licht tat ihr weh. Ihr blaues kunstseidenes Badekostüm sah wie ein Korsett aus, schnitt in das blasse, üppige Fleisch, das über alle Ränder quoll und die Fischbeinstäbchen nach außen drückte. Das Innere ihrer Schenkel war gerötet, vom Gehen wundgerieben, es mußte sie im salzigen Wasser ziemlich geschmerzt haben. Sie bemerkte Annas Blick und zog sich das Tuch über den Schoß. Dann legte sie sich hin und bedeckte das Gesicht mit ihren Händen.

Zwei junge Männer starrten fasziniert auf Bellas Rundungen. »Schau dir mal diesen ausländischen Betthasen an«, sagte der eine mit unverhohlener Bewunderung in der Stimme, und Anna errötete für ihre Freundin, hoffte, daß Bella nichts gehört hatte. Dann schloß sie die Augen, döste im Halbschlaf vor sich hin, lauschte den Wellen, die sie im Traum hinausschwemmten und dann wieder an den Strand, in den Lärm und in die Wirklichkeit zurückbrachten. In den kurzen Augenblicken des Bewußtseins fragte sie sich, ob sie ihren Freundinnen von James erzählen sollte. Aber was gab es da zu erzählen? Sie würden das Übliche wissen wollen, sein Alter, seine Herkunft, seine Familie, und auf keine dieser Fragen hätte sie antworten können. War es nicht seltsam? Und warum führte er sie nie aus? Nicht ein einziges Mal ins Theater, ins Kino oder in ein Restaurant. Das war auch nicht recht. Gewöhnlich führt ein Mann ein Mädchen mehrere Male aus, bevor er es in seine Wohnung einlädt. James brachte sie nur zu sich nach Hause. Er liebte es scheinbar, gleich zur Sache zu kommen. Zu welcher Sache? Das dürfte doch wohl klar sein. Aber wird sie es tun? Nein, nie. Nie? Für was bewahrte sie es sich auf?

Sie öffnete die Augen. Sylvia hatte sich aufgesetzt, starrte auf etwas hinter Annas Kopf. Sie zitterte leicht und preßte die Lippen zusammen. Anna drehte sich um und schaute in die gleiche Richtung. Ein Mann und eine Frau waren angekommen, breiteten ihre Badetücher aus, kramten in einem großen Korb, aus dem sie nacheinander Hüte, Flaschen mit Sonnenschutzöl, Bücher, Zeitschriften, Papiere und Sandwichpakete hervorholten. Der Mann trug nur eine sehr kurze Hose, sein Körper war untersetzt, stark behaart, sehr muskulös, jedoch geschmeidig und gut gewachsen. Das Mädchen hatte blondes Haar, lange und schlanke Beine, eine graziöse Figur, und war einen Kopf größer als ihr Begleiter. Als sie kurz in Annas Richtung blickten, erkannte sie Mike. Das Mädchen arbeitete als Physiotherapeutin in St. Michael. Könnte sie diejenige sein, die sich angeblich so sehr für seine Theorien interessierte und ihm mit Heilgymnastik half?

Anna warf Sylvia einen Blick zu. »Was man auch sonst über unseren Freund dort sagen mag«, bemerkte sie leise, »guten Geschmack hat er jedenfalls.«

Sylvia zuckte die Schultern. »Ich teile deine Bewunderung nicht. Sie ist viel zu groß für ihn. Und im Übrigen kann ich behaarte Männer nicht ausstehen. Er sieht wie ein Schimpanse aus. Kommst du mit? Ich gehe noch einmal ins Wasser.« Sie stand auf, schnellte mit einem großen Satz über Bella hinweg, die sich erschrocken das Gesicht mit den Händen verdeckte. Dann hüpfte sie weiter mit einigen Ballettsprüngen dem

Meere zu, schoß über liegende Körper hinweg, machte Pirouetten im Sand, schwenkte ihre Badekappe, ließ ihr kastanienrotes Haar im Wind wehen.

Die Lebensfreude in Person, sagte sich Anna, als sie ihrer Freundin bewundernd nachblickte. Bella schien wieder eingeschlafen zu sein. Nach kurzem Zögern legte sich Anna zurück und schloß die Augen. Hier konnte sie nichts mehr tun. Sylvia mußte halt ihre Lektion lernen, wie jeder andere.

21

Anna erwachte ganz plötzlich und starrte eine Weile ins dunkle Blau vor ihrem Fenster. Sie wußte, daß ein ungewohntes Geräusch sie geweckt hatte, aber alles war still im Hause, und nur die von der sanften kühlen Brise bewegten Gardinen blähten sich und schwebten träge in ihrem nächtlichen Tanz.

Der Wind muß etwas auf dem Tisch umgestoßen haben, sagte sie sich beruhigt und wollte wieder einschlafen, als ein scharfer Knall sie mit einem Ruck auffahren ließ. Im Nu war sie aus dem Bett ans Fenster geeilt und lehnte sich hinaus. Im Garten unten warf jemand Kieselsteine in ihr Zimmer, und eine schlanke Gestalt in hellem Mantel gestikulierte wild und zeigte auf die Tür.

»Sylvia!«

Anna rieb sich die Augen und fragte sich, ob sie noch schlief. Dann blickte sie auf die Uhr. Fast zwei. Die Gestalt im Garten setzte ihre unverständliche Pantomime fort. Anna winkte, kletterte vom Sims und schlich sich leise nach unten, da sie kein Licht machen wollte, und um Mrs. Bulmer nicht zu wecken, hantierte sie im Dunkel an den Schlüsseln, Riegeln und Ketten, mit denen die Zimmerwirtin die Tür jede Nacht versperrte, obgleich sie stets alle Fenster offen hielt, um die frische Nachtluft einzulassen, und jeden, der da kommen wollte. In ihrer ordnungsliebenden mitteleuropäischen Mentalität konnte sie sich nicht vorstellen, daß Diebe durch andere Öffnungen als die Haustür eindringen könnten, und so mußte diese gut verschlossen sein. Die Fenster waren nur für die frische Luft bestimmt, und die Fliegengitter sollten jedem Eindringling deutlich genug zu verstehen geben, daß es sich nicht schickte, sie als Eingang zu benutzen.

Sylvia schlüpfte in den dunklen Hausflur herein, zog die Schuhe aus, und die beiden Mädchen stiegen zu Annas Zimmer hinauf. »Was in Gottes Namen ist eigentlich los?« begann Anna, doch dann starrte sie mit offenem Munde, als Sylvia sich schweigend den Regenmantel aufknöpfte und in Höschen und schwarzem Spitzenbüstenhalter vor ihr stand. Achselzuckend ließ sie den Mantel zu Boden fallen.

»Ich bin vergewaltigt worden«, verkündete sie mit ruhiger Stimme.

Anna schluckte, brachte kein Wort hervor.

»Darf ich hier über Nacht bleiben? So kann ich nicht nach Hause gehen.« Sie zeigte auf ihren nackten Bauch.

Anna nickte, fand endlich ihre Stimme wieder. »Möchtest du eine Tasse Tee?« fragte sie unsicher. Wie hatte man sich in einer solchen Situation zu benehmen? In Büchern und Filmen bietet man Cognac an, oder ist es Gin? Nein, das kommt später mit Aspirin und einem heißen Bad ... Mein Gott, wird das auch noch nötig sein?

Plötzlich war ihr Kopf wieder klar, und sie ergriff Sylvias kalte und zitternde Hände. Tatsächlich zitterte Sylvia am ganzen Körper, und als Anna sie in ihre Arme schloß, schien sie in sich zusammenzufallen und sich aufzulösen. Anna hatte gerade noch Zeit, sie zu packen, bevor sie stürzte, sie auf ihr Bett zu schleppen, sie in eine Decke einzuwickeln und sich neben sie zu legen, keuchend vor Erschöpfung, und das schluchzende Mädchen in ihren Armen wiegend.

»Jetzt erzähle mir alles, schütte mir dein Herz aus. Wer war es?«

Sylvia schluchzte noch lauter.

»Psst, Liebste, du weckst den alten Drachen auf. War es Mike?«

Schweigend, nur vom Schluckauf unterbrochen, setzte Sylvia sich auf, zog die Hand unter der Decke hervor und begann sich das Gesicht mit dem Laken abzuwischen.

Anna schlug sich mit den Fäusten auf die Knie. »Dieses Schwein.«

Sylvia blickte verwirrt auf.

»Dieser Schuft! Den bringe ich um!« fuhr Anna fort und ihre Augen funkelten mörderisch in die Richtung des wackligen Tischs. »Und nach all dem Gefasel über das Nichtanrühren von Mädchen, die noch nicht im richtigen Alter sind! Dem werde ich Prinzipien lehren!«

»Was hast du gesagt?« Sylvia starrte ihre Freundin glotzäugig an.

»Das spielt jetzt keine Rolle mehr. Pure Windmacherei, wie immer. Noch eine seiner Theorien. Mike, mein Gott . . .«

In der folgenden Stille sagte Sylvia mit schwacher Stimme: »Aber es war nicht Mike . . .«

»Nein? Wer denn, in Gottes Namen?«

Sylvia langte zum Nachttisch und nahm sich eine von Annas Zigaretten. »Darf ich?« Sie bot Anna eine an und entzündete das Streichholz. Im Licht der Flamme schienen ihre auf Anna gerichteten Augen fast belustigt.

»Es war Nigel«, sagte sie und stieß den Rauch durch die Nase aus. Dann lehnte sie sich in die Kissen zurück und lächelte schwach.

Anna war sprachlos. »Nigel . . .« stammelte sie schließlich, »aber . . . ich dachte . . .« Sie überlegte. Was sie auch immer über ihn geargwohnt haben mochte, so hatte er jetzt bewiesen, daß kein Grund dafür vorhanden war, und sie beschloß eiligst auf sichereren Boden zu wechseln.

»Ich wußte gar nicht, daß du ihn kennst.«

»Aber natürlich, erinnerst du dich nicht mehr, daß wir uns auf dieser Party bei Mike begegneten? Er tanzte mit dir den ganzen Abend und brachte dich dann nach Hause, aber, wie er sagte, war ich ihm schon damals aufgefallen. Nur traute sich der arme Junge nicht, mit mir anzubändeln, weil Mike gerade wieder einmal in seiner besitzerischen Laune war.«

»Aber du bliebst doch noch. Ich dachte, du . . .«

»Richtig. Ich war geblieben.«

»Ich hätte eher geglaubt, dir wäre bei dieser Gelegenheit etwas derartiges passiert.«

»Das hoffte ich ja.« Sie schaute verblüfft ihre Freundin an. »Anna, selbst wenn ich noch hundert Jahre lebe, werde ich die Männer nie verstehen! Ich hatte wirklich gedacht, es war soweit. Mein Entschluß stand fest. Mike war der einzige Mann in meinem Leben, und ich wollte nicht warten, bis ich alt bin und niemand mich mehr will, und wozu sollte ich meine Unschuld bewahren, wo wir doch schließlich im zwanzigsten Jahrhundert leben und moderne, emanzipierte Frauen sind, und erwachsen und . . .«

». . . und dann, als er dich fragte, wie alt du seist, sagtest du sechzehn, und da brachte er dich schleunigst nach Haus zu Mutter und rief dich seitdem nie mehr an.«

Jetzt war Sylvia sprachlos. »Woher in aller Welt weißt du das?«

»Er hat es mir erzählt, du Dummkopf. Ich sah ihn ein paar Tage später im Krankenhaus, und da erklärte er mir, daß er prinzipiell nie mit einem minderjährigen Mädchen ins Bett gehen würde.

»Ohhh . . .« Sylvia sank in die Kissen zurück und brach in Tränen aus. Dieses Mal schien sie wirklich untröstlich, und nachdem Anna ihr eine Weile vergeblich den zerzausten Kopf getätschelt hatte, stieg sie aus dem Bett und schickte sich resigniert an, etwas Tee zu machen. Während sie auf das Kochen des Kessels wartete, versuchte sie, sich der neuen Situation anzupassen. Nigel und Sylvia. Es ergab keinen Sinn. Man sagt zwar, daß Gegensätze sich anziehen, aber das hier war einfach lächerlich . . . Bedeutete es, daß sie jetzt heiraten muß?

Als sie wieder mit dem Tablett ins Zimmer trat, weinte Sylvia lautlos und starrte an die Decke. Die Asche einer weiteren Zigarette lag auf dem Laken verstreut, und Anna nahm den Geruch brennender Wolle wahr.

»Mein Gott, Sylvia, das ist die Decke der alten Bulmer, und sie wird mich umbringen!« Sie rieb die angebrannten Stellen sauber und brachte einen zweiten Aschenbecher ans Bett. »So, jetzt trinke deinen Tee und erzähle mir ein bißchen von heute abend.«

Sylvia seufzte tief und setzte sich mit gekreuzten Beinen im Wirrwar der Decken und Laken auf. Die Tasse in beiden Händen haltend wie ein Kind, die Zigarette gefährlich zwischen zwei Fingern balancierend, berichtete sie von ihrer Begegnung mit Nigel an diesem Abend.

»Ich habe ihn im Laufe des letzten Monats einige Male gesehen.« Sie blickte zu Anna auf, starrte wieder in ihre Tasse. »Ich ... ich wollte es dir nicht sagen, weil ich mich schon wegen Mike so schuldig fühlte, den ich dir so einfach ausgespannt habe.«

»Aber liebste Sylvia, ich habe dir doch gesagt, daß mir das überhaupt nichts ausmachte.«

»Ich weiß, aber immerhin hattest du ihn zuerst sehr gern, nicht wahr?« Sie fuhr fort, ohne auf eine Antwort zu warten. »Ich traf Nigel eines Tages in der Stadt, und wir tranken einen Kaffee. Er erzählte mir, er sei mit dir gegangen.«

»Das hat er gesagt?«

»Ja. Ist es nicht wahr?« Sie machte ein erstauntes Gesicht.

»Ich bin ihm zweimal begegnet und habe ihm mehr oder weniger klar gemacht, daß ich ihn nicht mehr sehen will.«

»Ach so. Jedenfalls gab er mir zu verstehen, daß du

ziemlich scharf auf ihn warst, und deshalb konnte ich dir natürlich nichts sagen. Ich meine, das eine Mal war schon schlimm genug, und ich konnte es dir nicht ein zweites Mal antun. Und außerdem hoffte ich immer noch, daß Mike mich anrufen würde. Ich verstand einfach nicht, was an dem Abend schief gegangen war. Ich hatte nur gesagt, ich sei sechzehn, weil ... mein Gott, weil zwanzig ein so schreckliches Alter ist. Ich meine, in einigen Monaten werde ich einundzwanzig sein. Und du erinnerst dich vielleicht noch, daß er an diesem Abend auf der Party sagte, er kenne kein Mädchen über achtzehn, das noch Jungfrau sei, wenigstens keins, das sich lohnte, angeschaut zu werden, und daß Jungfräulichkeit über dieses Alter hinaus nur Mangel an Gelegenheit bedeute und dergleichen ... Und so dachte ich, er würde es herausfinden, und das hätte ich nie überlebt, und deshalb ...«

»Ach ja, und du bist auf diese blöden Prahlereien hereingefallen.« Wie auf Nigels Geschichten, fügte sie für sich hinzu, brachte es jedoch nicht übers Herz, es auszusprechen.

Sylvia zwang sich in die Gegenwart zurück. »Nun ja, siehst du, ich bin einige Male auf seiner Bude gewesen, und er hat es immer wieder ein bißchen versucht, aber es ist mir stets gelungen, ihn abzuwehren. Natürlich nicht im wörtlichen Sinne, denn er ist wirklich sehr lieb und richtig ... süß, weißt du, wie ein Teddybär. Irgendwie kuschelig.«

»Ja, ein Spielzeugpanda mit einer Zeitbombe im Bauch.«

»Aber heute abend hatte ich nicht einmal vor, ihn zu sehen. Da war dieses Konzert in der Town Hall, das ich mir unbedingt anhören wollte. Wir hatten mit Mike darüber geredet, damals auf der Party, und er hatte mir mehr oder weniger versprochen, mich mitzunehmen. Die Eintrittskarten waren seit Wochen ausverkauft, so daß ich eigentlich gar nicht herein konnte. Aber ich bin trotzdem zur Town Hall gegangen, weil ich hoffte, jemand würde vielleicht seine Karte zurückgeben.

Ich trug das neue Kleid, das Mama für mich gemacht hat. Es war ganz gehäkelt. Mama hat Wochen daran gearbeitet, es war schwarz, im Klöppelspitzenmuster, und es paßte wie angegossen . . .«

»Paßte?« sagte Anna erstaunt. »Ja, ich wollte dich gerade fragen, was aus deinem Kleid geworden ist.«

»Es ist hin. Darauf komme ich noch. Siehst du, ich ging zur Town Hall und wartete, aber es gab keine Karten.«

»Hast du Mike gesehen?«

Sylvia starrte in ihre Tasse.

»War er da? Mit einem Mädchen?«

»Mit dieser Bohnenstange, dieser Physiotherapeutin, die wir am Strand sahen. Ach, Anna, wie manche Frauen sich aufputzen! Du hättest ihr Kleid sehen sollen!«

»Das Kleid interessiert mich nicht. Hat er dich gesehen?«

»Nein. Ich glaube nicht.«

Sie sagte es so rührend kläglich, daß Anna beinahe geweint hätte. Schweigend drückte sie Sylvias Hand. »Fahre fort, Liebste.«

»Nun, als das Konzert begann, hatte es keinen Sinn, länger zu warten, und so ging ich in ein Café. Dort sah ich Nigel, der ganz einsam und verlassen an seinem

Tisch saß, und da setzte ich mich zu ihm, und wir tranken einen Kaffee, und dann gingen wir ein bißchen spazieren, und er war so spaßig, daß ich ein wenig heiterer wurde, und dann dachte ich mir, ich kann jetzt unmöglich nach Hause gehen, denn Mama hat wieder einmal eine ihrer Launen, und ich würde mit niemandem reden können, und du wärst bestimmt auch nicht zu Hause und . . . und so ging ich mit ihm auf sein Zimmer.«

Sie seufzte. »Weißt du, wenn ich dieses Kleid nicht angehabt hätte, wäre bestimmt nichts passiert.«

»Wieso?«

Sylvia kicherte merkwürdigerweise. »Ich habe mir an irgendetwas eine Masche aufgerissen, und da spulten sich ein paar Fäden ab. Nigel versuchte, es loszuhaken – es hatte sich in einem Nagel am Bücherregal verfangen – und da löste es sich noch mehr. Dann wurde es zu einem Spiel. Er zerrte, und du weißt ja, wie leicht Häkelarbeiten auseinandergehen. Bevor ich wußte, was mir geschah, war der halbe Rock weg, und er lachte wie verrückt, und ich fing zu schreien an. Du kannst dir vorstellen, wie wütend ich war, bei all der Arbeit, die es Mama gekostet hat, aber er machte immer weiter, und je mehr ich mich wehrte, desto schlimmer wurde es, und dann war es ganz hin, und ich stand plötzlich nackt vor ihm da, und er bis an die Knie in der Wolle.

Und dann verlor er völlig die Beherrschung und riß mir den Rest vom Leibe. Oh, ich kämpfte, das versichere ich dir. Wie eine Katze wehrte ich mich, und ich brüllte. Seine Zimmerwirtin trinkt, sie schlief wie eine Tote. Das mußte sie, denn bei all dem Lärm, den wir machten, wäre sie sonst bestimmt aufgewacht. Ich war so wütend, daß ich nicht mehr wußte, was ich tat. Wir warfen Möbel um, aber er hatte eine solche Kraft ... und ... nun ja, dann war es plötzlich zu spät.«

Sie schlug sich die Hände vor das Gesicht. »Ach, Anna, falls du je in eine solche Lage kommen solltest, tu das nie! Es war entsetzlich! Ehrlich gesagt, werde ich nie verstehen, warum die Leute behaupten, es sei ein so wunderbares Erlebnis. Es war ...«

»Laß nur, es ist jetzt vorbei, und du wirst ihn nie wiedersehen.«

Sylvia erschauderte. »Jetzt möchte ich ihm nicht noch einmal begegnen.«

»Ich auch nicht«, murmelte Anna.

Sylvia hob ihr tränennasses Gesicht. »Ach, Schatz, das wird dir leider nicht erspart bleiben. Denn, siehst du, als alles vorüber war, mußten wir all die Wolle aufrollen, und es war ein solcher Haufen, und er hatte nichts, um sie einzupacken, und dann sagte er, er würde morgen etwas finden und ... da sagte ich, er solle es zu dir bringen.«

»Sylvia!«

»Bei Mama kann er es doch nicht gut abliefern. Ich weiß immer noch nicht, was ich ihr erzählen soll. Aber auf jeden Fall ist es wohl besser, wenn ich sage, es sei hier bei dir passiert, als in seinem Zimmer. Nicht wahr? Das mußt du doch verstehen. Er wird es hierher bringen und dann wird uns schon etwas einfallen. Ich dachte du würdest mir vielleicht ein Kleid leihen, damit ich morgen früh ins Haus schlüpfen kann, während Mama in der Kirche ist.«

»Schön, du kannst dieses rosa Blusenkleid haben. Es ist das einzige, das dir einigermaßen paßt. Hoffentlich regnet es morgen, so daß du in deinem Mantel nicht zu sehr auffällst. Und jetzt rücke zur Wand, damit ich mich hinlegen und ein bißchen schlafen kann. Sonst sterbe ich.«

Das Zimmer war bereits vom blaßgrauen Licht der nahenden Dämmerung erfüllt. Anna lag auf dem Rücken, starrte wach in den langsam heller werdenden Himmel und versuchte, die Ereignisse der letzten beiden Stunden in sich aufzunehmen. Neben ihr bewegte sich die ebenfalls wache Sylvia unruhig.

»Anna . . .!«

»Schlaf ein.«

»Hast du je . . .? Ich meine, hast du . . .«

»Laß mich in Ruhe mit deinen dummen Fragen.«

»Aber Dave, du sagtest doch einmal . . . Da hast du doch bestimmt . . .«

»Also wirklich, Sylvia!«

Anna hoffte, daß ihre Stimme streng genug klang, um weiteren Fragen Einhalt zu gebieten und um ihr zu verstehen zu geben, was in Worten nie ausgedrückt worden war. Sylvia schien befriedigt, denn sie drehte sich um und schlief ein.

22

»Mr. Rostokovs Frau kam heute ins Krankenhaus.«

»So?« James blickte kurz vom Tisch auf, wo er gerade einen komplizierten Cocktail mixte.

»Es war eine sehr peinliche Szene. Die Sozialarbeiterin ließ mich rufen, weil Mrs. Rostokov kein Wort Englisch versteht. Sie brachte ein kleines Kind mit, kaum drei Jahre alt, und sie ist schon wieder schwanger. Besteht wirklich keine Hoffnung mehr für ihn?«

»Keine.«

»Wie lange hat er noch zu leben?«

»Schwer zu sagen. Höchstens einen Monat ...«

»Die Sozialarbeiterin sagte, es sei hoffnungslos, und wollte sich erkundigen, wie die Frau es alleine schaffen würde. Sie haben ein Darlehen von einer Bank, so gut wie keine Ersparnisse, keine Verwandten hier im Lande, und sie kann nicht arbeiten wegen ihrer Schwangerschaft. Sie saß einfach da, war völlig fassungslos, sagte sie könne es nicht glauben. Was soll nur aus ihr werden?«

»Ach ja, das sagen die Frauen immer. ›Was soll aus mir werden?‹ Daß ihr armer Mann stirbt, ist nicht so wichtig. Nur wer jetzt für sie sorgen wird, wer ihr Kleider und Essen kauft. Warum müssen sie immer nur an sich selbst denken, ganz gleich wie die Lage ist?«

Anna blickte ihn erstaunt an. »Aber James, so ist es nicht. Du mißverstehst mich. Und außerdem verallgemeinerst du. Nicht jede zukünftige Witwe sagt das, und die, die es tun ... glaubst du nicht, daß sie an etwas anderes denken könnten, als nur an materielles Wohlergehen? Wäre es nicht eher der Gedanke, ganz allein zu sein? Ohne ihn? Verstehst du das nicht?«

»Nein. Du bist diejenige, die nicht versteht. Ich nehme an, du siehst die Dinge so, weil du eine Frau bist. Da kommt das erste zuerst, das Überleben der Sippe und dergleichen. Frauen denken viel praktischer als Männer. Zuerst müssen die Mittel zum Überleben gesichert sein, und erst dann kann man sich den Luxus anderer Überlegungen erlauben. Und was das Alleinsein betrifft . . . mein liebes Kind, wir sind alle allein, auch wenn wir gelegentlich die Wohnung mit jemandem teilen. Es ist das einzige bißchen Trost auf dieser Welt, daß noch niemand einen Apparat erfunden hat, der die Gedanken der Menschen liest, und falls das einmal geschehen sollte, so wette ich, daß eine Frau ihn erfinden wird. Du wirst sehen!«

»James, das kann doch nicht dein Ernst sein!«

»Ich meine es absolut ernst. Ich weiß, wovon ich rede. Ich habe seit Jahren die Menschen beobachtet und bin in der Lage, sie in ihren unbewachtesten Augenblicken zu sehen. Und bei manchen ihrer Reaktionen auf eine schlimme Nachricht fragt man sich, was sie sich eigentlich vorstellen, wenn sie von Liebe, Aufopferung und all diesem Quatsch faseln.«

»Was stellst du dir denn vor, wenn du von Liebe redest?«

»Ich? Aber ich rede doch nie davon, mein Schatz. Ich glaube nicht daran.«

»Du hast also noch nie geliebt?«

»Ach, einige Verirrungen in meiner verschwommenen Vergangenheit hat es schon gegeben, aber Gott sei Dank kann ich sagen, daß das vorüber ist. Der Patient ist geheilt und auf Lebenszeit immun. Und du?«

»Ach, mehr oder weniger das gleiche. Gebranntes Kind scheut das Feuer . . .«

»Ein logisch denkendes Mädchen.«

»Ganz und gar, mein Herr.«

»Nun, solange das klargestellt ist . . .« Er nahm ihr das halbleere Glas aus der Hand und zog sie mit sich auf das Sofa, das unter ihrem Gewicht sanft nachgab.

Anna wehrte sich schwach, schüttelte den Kopf hin und her, bis ihr schwindlig wurde, dann gab sie es, um das Gesicht zu wahren, mit einem Kichern auf. Bisher war jeder ihrer Besuche in seiner Wohnung mit einem mehr oder weniger spielerischen Gerangel zuende gegangen. Wenn sie jedoch drohte, wirklich wütend zu werden, hatte er sie losgelassen und mit gewollt komischem Gemurr nach Hause gefahren. Aber jedesmal verlor sie etwas mehr an Boden. Bei jedem Vorstoß drangen die feindlichen Kräfte tiefer in ein neues Gebiet ein, und sie wußte, daß ihr Widerstand immer weniger überzeugend wirkte.

Aber ich habe nicht die Absicht, nachzugeben, sagte sie sich. Vielleicht sollte ich nicht mehr kommen? Ich bin kalt und hart wie eine Ziegelmauer. Eine Welle des Grolls gegen Leo, Mike, Nigel und sogar Dave stieg in ihr auf, gegen all die Männer in ihrem Leben, und unerwartete Tränen traten ihr in die Augen. Ein Gefühl, in die Falle zu gehen, der Schrecken, jetzt, ganz plötzlich und ohne jede Vorbereitung eine Prüfung bestehen zu müssen, lähmte sie. Ich werde mich nicht in eine Richtung stoßen lassen, in die ich nicht gehen will. Es ist nicht fair . . .

»James, hör' auf.« Sie versuchte seine Hände abzuwehren. »Du weißt, daß ich nicht mit dir ins Bett gehen will. Ich bleibe nicht die Nacht bei dir. Du liebst mich nicht. Das hast du mir gesagt, und ich habe dir hundertmal erklärt, daß ich nicht mit einem Mann ins Bett gehen werde, den auch ich nicht liebe. Also bitte, mach endlich Schluß mit diesem unwürdigen Gerangel und laß mich aufstehen. Ich muß nach Hause.«

»Du hast gesagt, du glaubst nicht an Liebe.«

»Jawohl, das habe ich.«

»Du willst mir doch nicht erzählen, daß du beabsichtigst, dich für den Rest deines Lebens von Männern fernzuhalten?«

Er hob den Kopf, schaute sie mit lachenden Augen an. »Du hast mir jedesmal, wenn du hier warst, deine kleine Rede gehalten. Ich glaube kein Wort davon und du auch nicht. Also hör schon auf, dein Theater zu spielen.«

»Ich werde es jedesmal wiederholen, wenn du mich in diese lächerliche Lage bringst. Ich kann mich nicht einmal bewegen! Willst du mich jetzt *bitte* aufstehen lassen?«

»Nein.« Es war ihm gelungen, den oberen Teil ihres Kleids aufzuknöpfen, und jetzt zog er es über ihre Schultern und klemmte ihre Arme an beiden Seiten ein. Sie blickte auf den dünnen Stoff, der sich über ihrer Brust straffte. Die leiseste Bewegung, und das Kleid würde entzweireißen. Ihr bestes Kleid . . . Es war viel zu eng, um auf diese Weise ausgezogen zu werden, aber er versuchte es noch immer, hielt sie mit dem ganzen Gewicht seines Körpers fest.

Von draußen drang kein Geräusch herein, außer dem ständigen Rauschen des Regens, eines wahren tropischen Gusses, der an den Fenstern herunterrann und auf der Terrasse aufplatschte. Sie hatten, wie es schien, seit Stunden getrunken, geplaudert und geschmust. Sie erhaschte einen Blick auf die Kaminuhr hinter seinem Rücken und erschrak. Fast zwei Uhr früh. Der letzte Bus war seit langem fort. Wenn sie auf einen Nachtzug warten wollte oder hoffte, ein Taxi zu erwischen, wäre sie in den ersten zwei Minuten völlig durchnäßt. Außerdem hatte sie kein Geld für ein Taxi und konnte auch nicht gut James bitten, ihr welches zu leihen, wenn sie beabsichtigte, in rechtschaffener Entrüstung aus der Wohnung zu stürmen.

Aus dem gleichen Grunde konnte sie nicht von ihm erwarten, daß er sie um diese Stunde durch die ganze Stadt nach Hause fahren würde.

Aber sie hatte nicht die Absicht, zu bleiben ...

»James ...« Ihre Stimme klang überraschend schwach, und sie merkte, daß sie zitterte.

»Hmmm?«

»James ... Hör auf mich zu mißhandeln. Ich bleibe.«

Er hob den Kopf, und bevor sie die Augen schloß, sagte sie sich, daß sie noch nie in ihrem Leben einen so überraschten Mann gesehen hatte.

Sie erwachte bei Morgengrauen und starrte auf die ungewohnte Umgebung. Das Bett war niedrig und sehr breit und sah im Augenblick wie ein Schlachtfeld aus. Behutsam bewegte sie sich und stöhnte vor Schmerzen auf. Alle Glieder taten ihr weh, als ob sie aus ihren Gelenken gerissen worden wären.

Was um Himmelswillen habe ich getan? fragte sie sich, aber eine genaue Erinnerung an das, was während der letzten Stunden geschehen war, schien unmöglich. Sie entsann sich noch lebhaft der Überraschung, als sie seine Haut auf der ihren gefühlt hatte, und es fiel ihr ein, daß sie noch nie zuvor mit einem nackten männlichen Körper in Berührung gewesen war, eine Berührung, die sie als erstaunlich rauh und haarig empfand.

Der Rest der Nacht verschmolz sich in ihrem Gedächtnis mit einem Wirrwar von Ellbogen und Knien, die eine bequeme Lage suchten, von zähneknirschenden Zusammenstößen, gestammelten Entschuldigungen, viel Gelächter und ein wenig Schmerz. Sie hatten nicht viel miteinander gesprochen, und er war bald eingeschlafen, nachdem er sie auf die Wange geküßt und ihr etwas zugeflüstert hatte, das sie nicht verstand. Aber es mußte wohl ein Kompliment gewesen sein. Jedenfalls hoffte sie es.

So habe ich also meine erste Nacht mit einem Mann verbracht, und ich fühle mich ihm nicht einmal näher als gestern. Sie blickte auf den goldblonden Kopf an ihrer Schulter. Der Schlaf hatte die Linien auf seinem Gesicht geglättet, und er sah jünger aus. Der Mund wirkte sanfter, er lächelte halb, und seine langen geschwungenen Wimpern erinnerten sie irgendwie an ein schlummerndes Kind.

In Büchern steht, es sei unfehlbar, die einzige Art, einander wirklich zu kennen. Keine Geheimnisse seien mehr möglich. Das innerste Wesen des einen müsse jetzt dem anderen klar sichtbar werden, es herrsche von nun an völlige Übereinstimmung der Gedanken, absolutes gegenseitiges Vertrauen . . . Was für ein Quatsch!

Sie fragte sich, wie lange ihre Muskeln noch schmerzen würden, und ob man es erraten könnte. Wird er mich jetzt mit anderen Augen anschauen, wenn wir uns im Krankenhaus begegnen? Dann dachte sie an Sylvia. Was wird sie sagen, wenn ich es ihr erzähle? Sie fühlte sich auf einmal erregt.

»Ich habe einen Liebhaber«, sagte sie halblaut. »Ich habe einen Liebhaber. Ich bin eine Frau.« In einem plötzlichen Anfall von Zärtlichkeit beugte sie sich über den schlafenden Mann und gab ihm einen Kuß auf den halboffenen Mund. Er schlug die Augen auf, starrte einen Augenblick, sah nichts, wälzte sich zur anderen Seite des Betts, nahm Decke und Laken mit, rollte sich wie eine riesige Larve ein, während sie nackt in ihrer Ecke lag.

»Egoistisch, selbst wenn er schläft«, sagte Anna ziemlich laut. Die Larve rollte sich zu ihr zurück, schloß sie in ein Wirrwar von Laken und Gliedmaßen ein. Lachend befreite sie sich aus der Umarmung, glücklich bei dem Gedanken, zum Krankenhaus gefahren zu werden und vielleicht Mike vor dem Eingang zu treffen.

»Du kannst das Bad haben, ich nehme die Dusche.« James stand am weit offenen Fenster und atmete tief die frische Morgenluft ein. Der Regen hatte die Atmosphäre geklärt, der Himmel schien unendlich hoch und hart wie eine emaillierte blaue Schüssel. Im Lärm des morgendlichen Verkehrs klang das Rauschen der Brandung wie aus weiter Ferne und war kaum vernehmbar.

Während er sich rasierte, saß sie auf dem Rand der Badewanne und schaute ihm zu. Irgendwie vermittelte ihr dieser Aspekt ihres Verhältnisses, wie sie überrascht feststellte, ein viel stärkeres Gefühl von Intimität als die vage Erinnerung an das Durcheinander der vergangenen Nacht. Das und das Sichanziehen vor dem Bett, das sie unvergleichlich peinlicher empfand als das Gegenteil, an das sie sich nur verschwommen erinnerte, und das ihr ganz natürlich erschienen war, da er ihr mit fachmännischer Gewandtheit dabei geholfen hatte.

Wenigstens ist mein Kleid noch heil, sagte sie sich und lachte. Ist das nicht ein Musterbeispiel für weibliches, praktisches Denken?

Sie ließ ihn das Frühstück zubereiten, ohne ihm ihre Hilfe anzubieten. Er soll nicht glauben, daß ich versuche, die Führung seines Lebens zu übernehmen, sagte sie sich, stand an die Küchentür gelehnt und bewunderte, mit welcher Geschwindigkeit das Frühstück sauber und ordentlich auf dem Tablett erschien. Sie nahm es ihm ab, trug es ins Wohnzimmer und stellte es auf den Tisch vor der Fenstertür. Das Frühstücken war ihr auch etwas ganz neues. Selten hatte sie mehr als eine Tasse Kaffee zu sich genommen, um gleich hinauszueilen und rechtzeitig die Straßenbahn zu erreichen. Ganz allein in ihrer trübseligen Bodenkammer zu essen, fand sie immer äußerst deprimierend, und am frühen Morgen hatte sie keine Zeit, sich hinter einem Buch oder einer Zeitung vor der Wirklichkeit zu verstecken.

Da war es schon etwas ganz anderes, an einem hübsch gedeckten Tisch in einem hellen und luftigen Zimmer zu sitzen, unter sich die Meeresküste, vor sich den blauen Himmel und einen klaren Horizont, der nicht von nahen Dächern und Schornsteinen eingeengt ist. Ganz zu schweigen von einem Mann, der mir Gesellschaft leistet, fügte sie ihrem Gedanken mit einem Seitenblick hinzu.

»Wer hätte gedacht, als wir hier gestern abend bei unseren Drinks saßen, daß ich heute, immer noch am gleichen Ort, meinen Frühstückskaffee trinken würde?«

Er lächelte, lehnte sich über den Tisch und küßte sie. »Wer das gedacht hätte? Nun, ich zum Beispiel.«

»Das ist nicht wahr! Wie hättest du es wissen können, wenn ich es selbst nicht einmal bis zur letzten Minute wußte?«

Der Gedanke, er könnte alles im Voraus geplant und

sie irgendwie gegen ihren Willen in diese Situation hineinmanipuliert haben, war ihr furchtbar peinlich.

»Wenn ich hiergeblieben bin, so tat ich es aus meinem eigenen freien Willen!«

Er schaute sie mit lachenden Augen an, zog eine Braue hoch. »Ach ja, als du feststelltest, daß es nach Mitternacht war, daß keine Busse mehr verkehrten, daß es in Strömen goß . . . und daß ich entschlossen war, dich nicht nach Hause zu fahren, ganz gleich wie sehr du mich darum bitten würdest . . . da ich nun einmal in Bedrängnis geratenen Mädchen gegenüber gefühllos bin . . . da blieb dir wohl nichts anderes übrig, oder?«

»Oh . . .« Plötzlich fühlte sie Tränen in den Augen, stieß hastig den Stuhl zurück und gab vor, an ihrer Zigarette zu ersticken.

»Unsinn.« Sie bemühte sich, ihrer Stimme keine Verletztheit anmerken zu lassen. »Es war mein Entschluß. Ich hätte zu Fuß gehen oder mir ein Taxi nehmen können, oder sonst was.«

Auch er war aufgestanden, legte ihr den Arm um die Schultern und küßte sie leicht auf das Haar. »Ich bin ein Tölpel. Mein männlicher Stolz, verstehst du. Ich bin wirklich sehr glücklich, daß du geblieben bist, und ich hoffe, du wirst noch lange bleiben. Und jetzt iß dein Frühstück auf, denn wir müssen gleich gehen. Denke doch nur an die Sensation, wenn man uns zusammen ankommen sieht!«

Sie hatte das gleiche gedacht. »Macht es dir etwas aus?« fragte sie unsicher.

»Ob es mir etwas ausmacht? Bei Gott nicht! Hoffentlich sehen uns alle. Das heißt natürlich, falls es dir recht ist. Mädchen haben manchmal andere Ansichten in dieser Beziehung.«

Sie lachte. »Mir ist es recht, nur riskiere ich, falls sich die Kunde verbreitet, von ein paar Krankenschwestern und mindestens einer Etagenschwester vergiftet oder sonst wie umgebracht zu werden.«

»Fahre fort, wie faszinierend! Ich wußte gar nicht, daß ich so unwiderstehlich bin. Wer sind sie?«

Anna schüttelte den Kopf. »Das sage ich nicht. Als Frau mit praktischem Verstand muß ich zu allererst meine eigenen Interessen wahrnehmen.«

»Gehst du immer am Samstag fort?« fragte sie später, als sie die Wohnung verlassen wollten.

»Warum?« Er warf ihr einen durchdringenden, fast argwöhnischen Blick zu.

»Ich dachte nur. Ich sehe dich nie am Wochenende, wenn wir beisammen sein könnten, um irgendwo an den Strand zu fahren oder in die Dandenongs.«

Er schüttelte den Kopf. »Nein, Wochenenden sind leider ausgeschlossen.« Und als er sah, wie überrascht sie über diese Erklärung war, fügte er hinzu: »Am Samstag gehe ich immer fischen und bleibe bis Sonntagabend auf dem Boot.«

»Allein?«

Er lachte. »Beim Fischen braucht man keine Gesellschaft. Aber tatsächlich bin ich nicht allein. Mir gehört das halbe Boot, und die andere Hälfte gehört einem Freund in Sorrento. Zum Wochenende tun wir die beiden Hälften zusammen und stechen in See. Ein Mann muß von Zeit zu Zeit aus dem Stadtleben raus, wenn er sich seine geistige Gesundheit erhalten will.«

»Aber was tust du die ganze Zeit?«

»Das habe ich dir gesagt. Wir fangen Fische, essen, trinken, sitzen meist schweigend herum. Wenn das Wetter gut ist, segeln wir um die ganze Bucht. Wir schwimmen auch ein bißchen, aber nicht viel, wegen der Haie. Meist sitzen wir und gehen tiefen Gedanken nach. Das ist alles.«

Sie grübelte schweigend über diesen neuen Aspekt seines Lebens nach. »Was machst du mit den Fischen?«

»Manchmal schenken wir sie Nachbarn in Sorrento, oder wir werfen sie ins Meer zurück. Zufällig ist keiner von uns beiden besonders auf Fischspeisen erpicht.«

»Aber das ist doch eine Verschwendung!«

Er lachte. »Was für ein praktisches kleines Ding du bist. Typisch weiblich. Für alles, was du tust, muß es eine praktische Verwendung geben. Wir machen es nur zum Spaß.«

Er blickte sie vergnügt und kopfschüttelnd an, und sie lächelte unsicher. Hatte sie wieder einmal etwas Falsches gesagt?

»Ich bin einmal angeln gegangen«, sagte sie, um das Schweigen zu brechen. »Aber ich muß gestehen, daß es mir nicht gefiel. Oh ja, das Sitzen und Warten, bis ein Fisch anbeißt, ist angenehm und sogar aufregend. Aber das Aufspießen des armen Wurms an dem Haken und das Abhaken des Fischs . . . das konnte ich einfach nicht. Es ist so grausam. Glaubst du nicht, daß es weh tut?«

Er lachte. »Vielleicht, aber so ist das Leben, mein Kind. Das Gesetz des Dschungels. Es zahlt sich nicht aus, weichherzig zu sein. Wenn du dich nicht wehrst, wirst du selber aufgespießt.«

Ich war in meinem Traum nicht weit von der Wahrheit entfernt, sagte sie sich, als sie ihn lässig, jedoch wachsam am Steuer sitzen sah. Für dich ist die Welt ein Dschungel, und du bist ein wahrer Tiger. Einen Augenblick lang hatte sie Angst.

Die Baumwipfel schossen am blauen Himmel vorüber, die kühle Brise wehte ihr um das Haar. Ich bin eine Frau, jubelte es in ihr, eine richtige Frau, und das Leben hat keine Geheimnisse mehr für mich. Ich weiß alles, und es macht mir nichts aus.

Als sie in den Parkplatz einbogen, schloß Mike gerade seinen Wagen zu, grinste sie an und hielt den Daumen hoch. »Gute Arbeit«, flüsterte er, als sie an ihm vorbeieilte und die Treppe zum Haupteingang emporstieg. Er lief ihr nach, holte sie bei der Tür ein, die er vor ihr aufstieß, während er sich tief verneigte.

Sie lächelte, und im Vorbeigehen fuhr sie ihm spontan mit der Hand durch das Haar.

»Sieh einmal an«, murmelte er, als er über seine Schulter blickte und James ankommen sah. »Was für glänzende Fachärzte wir doch in St. Michael haben.«

23

Anna verließ die Arbeit früh und schlenderte langsam in Richtung Stadt. Der gestrige Regen hatte die Luft geklärt, und der Himmel leuchtete tiefblau ohne eine Spur des üblichen Dunstes. Sie rollte ihren Regenmantel zusammen, warf ihn sich über die Schulter und beschloß, mindestens den halben Weg zu Fuß zu gehen. Die freudige Stimmung des Morgens hielt immer noch an, und trotz der fast schlaflosen Nacht fühlte sie sich außergewöhnlich klar im Kopf, voller Energie und so stark aller Geräusche, Gerüche und Farben bewußt, als ob ihre Sinnesorgane frisch geschärft, abgestimmt und einem allgemeinen Frühlingsputz unterzogen worden wären. Wenn auch mein Kopf klar ist, so sind meine Vorstellungen doch ganz durcheinander, sagte sie sich lächelnd und stellte fest, daß sie den ganzen Tag gelächelt und gelacht und sogar ein längst vergessenes altes Lied gesummt hatte, so daß selbst Miss Stitchberry sich nicht enthalten konnte, von ihren Hauptbüchern aufzublicken und allen Ernstes zu fragen, ob Anna eine Erbschaft angetreten habe.

»Noch viel Besseres als das«, hatte Anna geantwortet, bevor sie zu einer Besprechung davoneilte und das Büro in heller Verblüffung zurückließ. Heute schien sie wirklich zu schweben, den Boden kaum mit den Füßen zu berühren. Oder war sie seit gestern um ein paar Zentimeter gewachsen? Jedenfalls fühlte sie sich entschieden größer. Beim Übersetzen eines besonders langwierigen Gesprächs hatte sie sich zurückhalten müssen, um nicht den stammelnden Patienten zu umarmen und ihm zu versichern, daß alles gut gehen würde.

Sogar Mr. Rostokov schien heiterer, als sie am Nachmittag kurz in seinem Zimmer erschienen war, und neue Hoffnung stieg in ihr auf. Schließlich gab es doch von Zeit zu Zeit wunderbare Heilungen, und selbst ein so glänzender Facharzt wie James konnte sich manchmal irren.

So gelangte sie ans Ende der Collins Street, stieg ein paar Stufen empor und betrachtete die lange, verkehrsreiche, von Bäumen gerahmte graugrüne und blaue

Straße mit ihren Luxusgeschäften und kleinen Läden, Straßencafés und hohen, in der Nachmittagssonne flimmernden Wolkenkratzern aus Stahl und Glas. Es war eine herrliche Straße, freundlich, elegant, voller Leben und Wohlstand, dic einzige in dieser fremden Stadt, die sie an Europa erinnerte. Sie hätte sehr gut nach Paris oder einer anderen europäischen Hauptstadt gepaßt. Aber warum sollte sie diese Straße von Melbourne wegnehmen, wo sie geboren und gewachsen war? In großmütiger Laune beschloß sie, Collins Street dort zu lassen, wo sie unzweifelhaft hingehörte.

Wenn ich eine Tänzerin wäre, würde ich jetzt tanzen, sagte sie sich, diese Stufen hinauf und hinunter, und viele Passanten würden sich mir anschließen, während die anderen Beifall klatschen, und dann würden wir alle mitten auf der Straße tanzen und den Verkehr aufhalten, und ein Orchester würde uns folgen, die Swanston Street hinunter, an Young und Jackson vorbei, wo die Betrunkenen lachen und jubeln, und dann am Bahnhof von Flinders Street vorüber, wo all die besorgt dreinblickenden Leute unter den Normaluhren auf ihre Stelldicheine warten, und sie würden sich freuen und sich uns anschließen, und dann würden wir eine Straßenbahn kapern und die St. Kilda Road hinunterrasen und kräftig auf die Klingel treten, bis wir am Strand angekommen sind. Das würde ein Musical von lokalem Interesse und mit einem Schuß Exotik ergeben, wie es bisher noch nie über die Bühne gelaufen ist.

Langsam stieg sie die breiten Stufen hinunter und ging die Straße entlang, aber sie vermied die elegante Seite und bog links in eine geschäftige Seitenstraße mit vielen Läden ein. Nach der ersten Kreuzung fragte sie sich, ob sie nicht Mrs. Kemp besuchen sollte, entschied sich jedoch dagegen. Abgestandene Sandwichs, besorgte Gesichter und tiefe Seufzer waren nichts für heute. Und was Bella auch immer mit ihren Examen gemacht hatte, jetzt war ihr nicht mehr zu helfen. Es ist vorbei, es ist geschehen, und es gibt kein Zurück, sang sie leise vor sich hin, während sie sich durch die Menge schob.

Wie hübsch und gesund sehen sie doch aus, die Mädchen in ihren bunten hellen Sommerkleidern und die Männer mit ihren offenen Hemden, sonnengebräunt, hochgewachsen und geschmeidig, wohlgenährt, gut angezogen und so sauber – desodorisiert, rasiert, enthaart, gekremt, gepudert, mit Body Lotion eingerieben, fleißige Leser der intimen Ratschläge in den Frauenzeitschriften, die »auch für Männer von Interesse sind«.

Sie mied die Betrunkenen, die sich über das Brückengeländer lehnten und den Booten auf der Yarra zuschauten. Ein Flugzeug flitzte im Tiefflug über den Baumwipfeln vorbei, und sie winkte ihm zu, hoffte, der Pilot würde sie sehen. Dann bog sie von der Hauptstraße ab und rannte in die Gärten hinunter. Hier war es endlich friedlich und still, inmitten der exotischen Düfte und der grünen Schatten.

Von irgendwo rechts ertönte das eintönige Rattern eines Rasenmähers, und der aufsteigende Wind wehte den Geruch frisch geschnittenen Grases heran. Sie folgte dem Geräusch und dem Geruch, gelangte schließlich an den Fuß der großen Rasenflächen der Domäne unterhalb des Cenotaphs. Ein motorisierter Mäher tuckerte über den grünen Teppich, und sie sah zu, wie er den Hügel erklomm. Der Mann, der ihn fuhr, war stark von der Sonne gebräunt, sein auffällig kariertes, bis an den Bauch offenes Hemd ließ eine schokoladenfarbene Brust erkennen, seine Jeans waren zerrissen und geflickt, und eine schwarze Mähne bedeckte seine Augen und hing ihm fast bis auf die Schultern.

Der Mäher kroch hügelan, wendete auf der Kuppe und begann, wieder herunterzurollen. Der farbenfroh gekleidete Fahrer hatte Anna gesehen und winkte. Weiße Zähne leuchteten in dem dunklen Gesicht. Spontan winkte sie zurück. Wieder wendete er die Maschine und kam jetzt direkt auf sie zu. Anna war es ein bißchen peinlich, aber es schien ihr zu unhöflich, jetzt einfach wegzugehen. So kramte sie geschäftig in ihrer Handtasche, schüttelte energisch den Inhalt durcheinander, als ob sie etwas furchtbar Wichtiges suchte, was ihr gestatten würde, sich, sobald sie es gefunden hätte, zu entfernen.

Der Mäher stoppte neben ihr, und sie blickte auf.

»Ach, du bist es!«

Die Worte waren ihr entschlüpft, bevor sie sie aufhalten konnte. Leo saß auf der Mähmaschine, leicht nach vorn gebeugt, die Hände schlaff an den Gelenken baumelnd, wie ausgerenkt. Sie bemerkte die dicken Schwielen, die von Nikotin gefärbten Finger, die Schweißflecke auf dem entsetzlichen Hemd, die schmutzigen nackten Füße in den Sandalen. Er stank.

»Willst du damit sagen, du hättest nicht gewußt, daß ich es war?« Er lachte ungläubig. »Du hast also auf mich gewartet, ohne zu wissen, wer ich bin? Und du hast einem Fremden zugewinkt? Anna, du erschreckst mich . . .«

»Nicht halb so sehr wie du mich.« Sie beherrschte rasch ihre Verwirrung, fuhr ihn wütend an. »Was in

Gottes Namen treibst du hier? Und in diesem Aufzug ... und dein Haar ... Leo, was ist nur mit dir los?«

»Nichts. Warum beantwortest du meine Frage nicht, Anna?«

»Da gibt es nichts zu beantworten. Ich fand, er sah wie du aus, aber ich glaubte meinen Augen nicht, und so wartete ich, um zu sehen. Wenn du es nicht gewesen wärst, stünde ich nicht mehr hier herum«, schloß sie und hoffte, er würde die plumpe Lüge schlucken.

Er musterte sie kritisch, ließ den Blick absichtlich frech über ihren ganzen Körper wandern, und sie richtete sich stolz auf, hob den Kopf, stemmte die Daumen in ihre Taschen. Zum ersten Mal fühlte sie sich sicher vor ihm, immun gegen seinen jungenhaften Charme, ungerührt vom flehenden Blick seiner schwarzen Augen.

»Was ist geschehen, Anna?« Seine Stimme war ruhig und gespannt.

»Was soll geschehen sein? Und warum beantwortest du nicht meine Frage? Was tust du hier?«

»Ich arbeite. Aber du ... Etwas ist mit dir geschehen. Du bist so ... du siehst aus, als ob du ...« Er gestikulierte hilflos, stieg vom Rasenmäher und ging einen Schritt auf sie zu. Instinktiv wich sie einen Schritt zurück, und er blieb abrupt stehen, als hätte sie ihm ins Gesicht geschlagen. Einen peinlichen, ewig langen Augenblick standen sie sich so gegenüber, kampfbereit, fluchtbereit, gelähmt von gegenseitigem Mißverständnis, starrten sie sich an. Leo gewann als erster seine Fassung zurück. Mit einem schiefen Lächeln öffnete er die geballten Fäuste, streckte Anna die Hände entgegen.

»Verzeihung. Ich vergaß, wie schmutzig ich bin. Es ist die Arbeit.«

»Aber wie . . .« stammelte sie, »wie bist du . . .«

»Hierher gekommen? Ganz einfach. Die *Schmates* hingen mir zum Halse heraus. Kleider, Kleider, Kleider, und nie ein lebendiges Mädchen drin. Und dann der Lärm, die schlechte Luft, aber vor allem der Lärm, all diese schrecklichen Maschinen, die wie MGs ratterten, und die Zuschneider, und die Knopflochmacher, und der Dampf von dem Bügelofen und von den Eisen, und all die verdammten Radios mit ihren verdammten Hitparaden, und die singenden Weiber . . . Nein, das war nichts für einen zartbesaiteten, stillen und zurückhaltenden jungen Mann wie Leo.

So kündigte ich und bewarb mich hier. Ich hoffe nur, man wird mich behalten, weil ich nämlich nur vorübergehend angestellt bin. Der Mann, der hier gewöhnlich arbeitet, ist auf Krankenurlaub. Hier habe ich alles, was ich mir nur wünschen kann. Frische Luft, den ganzen botanischen Garten als Spielplatz, Sonne, Schatten, Vögel, Bienen, Moskitos und Enten zum Füttern. Ein Paradies!«

Er sprach rasch und eintönig, als ob er etwas auswendig Gelerntes wiederholte, und starrte dabei auf seine Füße.

Anna fühlte ihre Hochstimmung verebben, und eine Welle von Angst schwemmte sie in die Wirklichkeit zurück. Aber nein, sie wollte sich nicht ihren schönen Tag verderben lassen. Auch Leo wird lernen müssen, für sich selbst zu sorgen. Wie man sich bettet, so liegt man. Heute feierte sie.

»Wir reden darüber ein andermal, Leo. Ich kann nur

eins sagen: Ich bin enttäuscht. Ich hatte nicht geglaubt, daß du für immer in der Fabrik bleibst, aber ich hoffte wirklich, du würdest zu deinem eigentlichen Beruf zurückkehren. Stattdessen vergeudest du dein Leben. Ich gebe es auf. Von mir wirst du keine Ermahnungen mehr hören. Mach' was du willst. Ich will damit nichts mehr zu tun haben.«

»Du hast wie ein Kamerad gesprochen. Wußte ich doch, daß ich immer auf dich zählen kann. Wie geht es deiner hübschen blonden Freundin?«

»Sie ist sehr beschäftigt.«

»Nun, da du mich eben gerade aufgegeben hast, wirst du doch hoffentlich nichts dagegen einzuwenden haben, wenn ich sie selbst frage, wie beschäftigt sie nächsten Samstagabend sein wird?«

»Ich werde dir nicht ihre Telefonnummer geben, falls du das damit meinst.«

»Nein, das hatte ich auch nicht angenommen. Aber laß nur, es gibt andere Wege, und, wie man zu sagen pflegt, schwimmen viele Fische im Meer.«

»Genau. Also guten Fischfang.«

Sie drehte sich um und eilte davon, Regenmantel und Tasche fest in der Hand, bestrebt zu fliehen, bevor man ihr den Rest ihres Glücks zerstörte.

»Anna!«

Wütend wandte sie sich um. Fing er schon wieder an?

Aber er stand noch am selben Fleck, an den Mäher gelehnt, und jetzt hob er die Hand und schwenkte sie in einer seltsamen Hin- und Herbewegung, als wollte er ihr etwas sehr Wichtiges, jedoch Unaussprechliches mitteilen.

»Paß auf dich auf, *ma fille*.«

»Das werde ich«, antwortete sie verwirrt. »Das werde ich«, wiederholte sie, drehte sich um und eilte den Pfad hinunter der Straße zu. Aber seine Stimme, seine so verlorene Gestalt hatten den Zauber gebrochen. Plötzlich verspürte sie nur noch eine überwältigende Müdigkeit und den Wunsch, in ihrem Bett zu sein.

Im Haus trat Mrs. Bulmer aus ihrem Zimmer sobald sie gehört hatte, daß die Tür zuschlug.

»War es nett bei Bella?«

»Ja, danke.«

»Das freut mich. Sie hat angerufen.«

»Ja, ich weiß. Kurz bevor ich bei ihr ankam.«

»So spät? Sie sagte aber, sie erwartete Sie nicht.«

»Stimmt. Ich wollte nur auf einen Sprung vorbeikommen und beschloß dann, zu bleiben. Es war zu spät, um Sie anzurufen. Ich wollte Sie nicht wecken.«

»Ach, das hätte mir nichts ausgemacht. Das ist mir immer noch lieber, als mich die ganze Nacht zu sorgen, wo Sie sein mögen. Es hätte Ihnen etwas passieren können.«

»Wie Sie sehen, ist mir nichts passiert.« Anna stieg die Treppe hoch.

»Einen Besucher hatten Sie auch.«

Jetzt mußte sie stehen bleiben. »Wer war es?«

»Der nette junge Mann mit dem Lockenhaar. Der, von dem Sie sagten, er wolle Psychiater werden. Ich erzählte ihm von meinem Vetter, der in Wien studierte. Er war sehr interessiert. Wirklich sehr.«

»Das kann ich mir denken. Was wollte er?«

»Er hat Ihnen etwas gebracht.« Sie rannte in ihr Zimmer und erschien wieder mit zwei Papiertaschen voller schwarzer Wolle. »Er sagte, Nigel schicke das mit lieben Grüßen. Und dann erwähnte er noch etwas von zwei Fliegen mit einer Klappe schlagen, und Sie seien schon immer eine schnelle Naschbiene gewesen, und ich sagte, das seien Sie.«

»Mein Gott.« Anna lehnte sich an die Wand und schloß kurz die Augen. Nigel konnte natürlich nichts von James gewußt haben, aber Mike. Was in aller Welt hatte Nigel ihm über die Wolle erzählt? Wie hatte er es ihm erklärt? Und wie sollte sie es Mike erklären? Das konnte sie nicht, ohne Sylvia zu verraten. Es wurde wirklich zu kompliziert. Die Augen fielen ihr vor Müdigkeit zu.

Jetzt kann ich nicht darüber nachdenken. Ich brauche Schlaf. Morgen werde ich schon Mittel und Wege finden, wie ich alles allen erklären kann.

In ihrem Zimmer zog sie sich langsam vor dem Spiegel aus und betrachtete aufmerksam ihren Körper. War es sichtbar? Nein. Sie sah genau wie gestern aus.

»Ich gratuliere, Miss Marten«, sagte sie zu ihrem Spiegelbild. »Sie sind jetzt ganz erwachsen.«

24

Weihnachtslieder bei Kerzenlicht im botanischen Garten, ein vorweihnachtliches Ereignis, das immer große Menschenmengen anzieht. Man sitzt auf Wolldecken im feuchten Gras, wehrt Schwärme von Moskitos ab, schirmt die flackernden Kerzenflammen vor den plötzlichen Windstößen.

Das Singen von Weihnachtsliedern, wie so viele andere an die Vergangenheit erinnernde Sitten, sollte man als kleines Kind lernen, um später, wenn man auf den richtigen Knopf drückt, die wohltuende Wärme der damit verbundenen Gefühle zu empfinden. Aber die Lieder, die Anna auf dem Schoß ihrer fetten Amme gesungen hatte, waren nicht die gleichen wie die, denen sie jetzt lauschte. Daher fühlte sie kaum etwas, außer dem mäßigen Vergnügen beim Anhören recht gut ausgeführten Chorgesangs, dem Anblick der Gesichter im Kerzenschimmer, aufleuchtend aus dem üppigen Dunkel dieser fast tropischen Nacht, dem Duft der exotischen Blumen, der Schönheit der Umgebung, doch auch die Unannehmlichkeiten, wie die blutdürstigen herumschwirrenden Insekten und die Krämpfe in ihren Beinen dank der unbequemen Sitzgelegenheit auf dem winzigen Teppich, den sie mit Sylvia und Bella teilte.

Während die ungewohnte Musik um sie herum erklang, dachte Anna an die Ereignisse der letzten Wochen zurück. Unmerkbare Veränderungen waren eingetreten, und alle jene, die sie umgaben, schickten sich an, neue Plätze in dem Spiel einzunehmen, das sie alle spielten, und dessen Regeln sie alle zu kennen schienen. Alle, außer ihr.

Sylvia zum Beispiel war seit ihrer Begegnung mit Nigel ganz fraglos nicht mehr die Gleiche. Kein tägliches Telefongespräch mit Anna mehr, keine langen Herzensergüsse bei einer Tasse Kaffee, keine Nähstunden und Klatschgesichten.

»Ich bereite mich auf die Jahresschlußexamen vor, Anna. Karasoff meint es sehr ernst mit mir. Er will, daß ich härter arbeite und mich beim Theater zur Probe für eine wunderbare Rolle in einem neuen Musical vorstelle. Nein, mehr kann ich dir im Augenblick nicht sagen. Ich habe versprochen, nicht darüber zu reden. Übrigens ist es noch gar nicht so sicher, wenn auch Karasoff großes Vertrauen hat.«

»Kann ich zu den Proben kommen?«

»Oh nein, lieber nicht, Karasoff wird es nicht erlauben.«

Es war früher einmal ganz anders gewesen. Anna hatte oft den Übungen ihrer Freundin in dem großen hellen Pavillon beigewohnt, wo der Geruch von Schweiß trotz der ständig offenen Fenster die Wände und den staubigen Fußboden durchtränkt zu haben schien. Sie liebte es, den Tänzern zuzuschauen, wenn sie in ihrer erstaunlichen Vielfalt an seltsam bunter Kleidung hereinströmten, im Saal herumstanden, gebückt, schlaff, klagend über Müdigkeit und chronische Schmerzen, wenn sie dann zum Barren schlurften, wo beim ersten Ton des Klaviers eine verblüffende Verwandlung in ihnen vorging; die Füße nahmen ihre Haltung ein, der ganze Körper folgte, Rücken gestreckt, Kopf hoch, Brust raus, Bauch rein, Schultern runter, Kinn vor, und der Ausdruck völliger Konzentration auf allen Gesichtern. Und Anna, die es sah, richtete sich auf ihrem Stuhl auf, hob das Kinn, streckte die Schultern, und später in ihrem kleinen Zimmer versuchte sie dann, die gleichen Übungen zu machen, wobei sie auf dem Linoleum ausrutschte und sich an den Möbeln stieß.

In der Mitte des Saals klatschte der alte Karasoff während des Unterrichts in die Hände, steigerte sich in theatralische Wutanfälle, tanzte mit und vor den Schülern, gab Anweisungen mit dem Finger, mit den Zehen oder mit seinem weißen Spitzbart, gebärdete sich wie ein wildgewordener Gnom. Am Ende der Unterrichtsstunde war er ebenso erschöpft wie seine Schüler, aber sichtlich in besserer Stimmung.

»Ich glaube, er reagiert all seine Frustrationen an uns ab«, sagte Sylvia, wenn sie ihn dann lächeln sah, sich verbeugen, auf Schultern und Rücken klopfen und jeden loben, ganz gleich wie verletzend er noch vor wenigen Minuten gewesen war.

»Der alte Heuchler«, flüsterte sie und strahlte, wenn er mit ausgestreckten Armen auf sie zukam.

»Du warst heute sehr gut, kleine Sylvia, wirklich sehr gut.« Und die kleine Sylvia, immerhin einen Kopf größer als ihr Meister, errötete vor Freude.

Anna blickte auf ihre Freundin, die kerzengerade auf dem kleinen Teppich hockte, das dichte Haar zu einem Knoten geflochten, so daß man den schlanken Nacken und die zarten Schultern sah, andächtig, graziös und fern. Sie sang, das Gesicht leicht abgewandt, zurückgezogen in ihre eigene kleine Welt, wohin niemand ihr folgen konnte, sang die Lieder, die für sie einen Sinn, einen Geschmack und einen Duft hatten, und die Anna nichts zu sagen vermochten.

Sie geht fort, sie ist schon halbwegs da, in ihrem neuen Leben, in dem kein Platz für mich ist, und von dem ich mir höchstens die »Tatsachenberichte«, die äußeren Geschichten erhoffen kann. Ich werde von ihr hören, wenn sie Zeit für mich hat. Selbst wenn wir Freunde bleiben, wird es nie mehr das Gleiche sein. Für sie ist es das Ende der Träumereien und der Beginn eines neuen Lebens. Und ich? Ich erlebe ja angeblich bereits das Entscheidende. Ich bereite mich auf nichts mehr vor. Ich bin angekommen ...

Ihr Verhältnis zu James brachte ihr einen Teil ihrer selbst zum Bewußtsein, der ihr nicht nur neu, sondern völlig unerwartet und zur Zeit unerklärlich schien. War es nichts weiter als die »chemische Reaktion«? fragte sie sich und dachte an die Erregung, die sie jedesmal, wenn er sie berührte, am ganzen Körper erschaudern und ihre Knochen zu Gelatine werden ließ.

Warum gerade er, fragte sie sich, und keiner der anderen? Schließlich bin ich mir nicht einmal sicher, ob ich ihn so gerne wie Mike oder Leo mag. Wir können uns nie unterhalten, ohne zu streiten, und seine Ansichten über das Leben und die Menschen, und besonders meine Freunde, versetzen mich stets in Wut. Er ist hart, zynisch, kratzbürstig, seine Meinungen verletzen all meine Empfindungen, er bringt mich und meine teuersten Ideale ganz durcheinander, seine Gefühllosigkeit erbost mich, und doch bin ich glücklicher mit ihm, als ich es je mit einem Mann gewesen bin, einschließlich Dave.

Sie fuhr sich leicht mit den Fingern über den Arm und fragte sich, was er wohl fühlte, wenn sie ihn berührte. Erregte es ihn ebenso sehr wie sie? Offenbar ja. Aber in diesem Fall ...

In diesem Fall habe ich es auch, dieses geheimnisvolle »Etwas«, das ich in den letzten Wochen so kläglich bei mir zu vermissen glaubte, seit meinem letzten Besuch bei Leo. In diesem Fall, schloß sie triumphierend, bin ich ja ganz in Ordnung. Ich bin keine starre, steinerne Wand, ich bin nicht kalt, frigide oder gefühllos. Ich habe es, ich habe es, hätte sie am liebsten laut geschrien und blickte sich nach ihren beiden Freundinnen um, die nicht ahnten, daß in ihrer Mitte plötzlich eine neue Frau geboren war.

Bei Dave, fuhr sie fieberhaft in ihren Gedanken fort, war ich bereit, ihm zu Füßen zu fallen und einfach zu gehorchen, weil er es so erwartete. Ich war ein Kind, suchte Führung, suchte jemanden, der mir sagte, was ich tun sollte, der mir Befehle gab, die ich wie ein artiges kleines Mädchen befolgen konnte, ohne einen Gedanken an meine eigenen Gefühle oder Wünsche, nicht ahnend sogar, daß ich vielleicht welche hätte ... Gottseidank hat er meine Unwissenheit nicht ausgenutzt, denn das Erwachen wäre schmerzlicher gewesen, als es seine Zurückweisung war.

Mike und Leo sind nur »gute Freunde«. Wenn sie die Grenzen der Freundschaft überschritten – wie ich es erlebte – fühlte ich nichts als Überdruß. Unsere chemischen Formeln stimmten nicht überein. Bis dahin war alles einfach und verständlich. Einmal zurechtgewiesen, waren sie keine Probleme mehr.

Aber warum James? fragte sie sich erschrocken und glücklich zugleich. Warum ausgerechnet er? Bedeutete es, daß physische Anziehung auch ohne gefühlsmäßige Bindung möglich ist? Manche Leute behaupten es, aber Anna, die sich beharrlich an ihre romantischen Träume klammerte, hatte sich stets geweigert, eine solche Möglichkeit auch nur in Betracht zu ziehen. Reine Liebe mußte einfach zuerst vorhanden sein, bevor die fleischliche Leidenschaft alles andere überflutete. Und reine Liebe fußt, wie es in den Büchern steht, auf vollkommenem gegenseitigem Verstehen, Harmonie und Gemeinsamkeit der Geister ... Nichts von alledem gab es in ihrer Beziehung zu James. Sie kannte ihn weder, noch verstand sie seine Beweggründe, und die meisten seiner Ideen waren ihr ein Graus. Jedesmal wenn es ihrer Phantasie in einer Periode längerer Abwesenheit gelungen war, aus ihm einen strahlenden Helden in glänzender Rüstung zu machen, zerstörte er das schöne Bild bei der nächsten Begegnung, und sie blieb mit einem Haufen zertrümmerter Gefühle und angeschlagener Empfindungen zurück, und mit der unbequemen Wirklichkeit eines Mannes, der angesichts ihrer Verwirrung ironisch mit der Braue zuckte. Nie ein Wort des Trostes, nie ein Entgegenkommen oder ein Kompromiß, um ihre aufgewühlten Gefühle zu besänftigen.

»Tja, so läuft nun mal der Hase«, war sein einziger Kommentar zu einer weiteren zerstörten Illusion. Und dann: »Komm ins Bett, Tragödienkönigin, sonst verschlafen wir den Morgen.«

Da hast du deine Romantik, sagte sie sich. Und außerdem ist der Kerl nicht einmal witzig! Doch dann erinnerte sie sich an die Art, wie seine grauen Augen sie über den Rand des Glases anblickten, an den Geruch seiner Haut, an den unerklärlichen Sturm, der sie beide jedesmal, wenn sie sich trafen, in eine andere Welt zu reißen schien, und sie errötete in der Dunkelheit.

Und ich glaubte, mich so gut zu kennen, sagte sie sich verwirrt, und dabei lasse ich mich von meinem Körper beherrschen, der alles andere unwichtig macht, während mein kühler und überlegener Verstand zuschaut und sich verwundert fragt, warum er überflüssig geworden ist.

»Ich habe genug«, flüsterte Bella ihr ins Ohr. »Bleibst du noch?«

Sie standen auf, verabschiedeten sich rasch von Sylvia, und begannen sich langsam ihren Weg durch die Menge zu bahnen, vorsichtig bedacht, nicht auf ausgestreckte Hände und Füße zu treten, bis sie im Dunkel des Parks verschwanden.

»Ich kenne keine englischen Weihnachtslieder«, sagte Bella wie zur Entschuldigung, »und deshalb konnte ich nicht mitsingen. Aber es war trotzdem sehr eindrucksvoll.«

»Ich kann sie auch nicht singen, aber, wie du sagst, es war doch schön.«

»Wie ging es mit dem Examen?« fragte Anna fast mechanisch. Sie hatte diese Frage schon oft im Laufe der letzten Monate gestellt und immer das gleiche unverbindliche Achselzucken zur Antwort bekommen. Aber wenigstens stöhnte und jammerte Bella nicht mehr. Das war eine angenehme Abwechslung.

»Das ist vorbei. Im Augenblick fühle ich nur Erleichterung.«

Drei Mädchen im Tennisdreß und mit Schlägern überholten sie. Sie kamen aus der Richtung der hell erleuchteten Tennisplätze. Anna und Bella blieben stehen, um den Spielern zuzuschauen.

»Da hast du etwas, mit dem ich nicht wetteifern kann«, sagte Bella, als sie zur Straßenbahnhaltestelle gingen.

»Was? Tennis? Willst du Tennis spielen?« Anna war so mit ihren eigenen Gedanken und ihrem neu entdeckten Glück beschäftigt, daß sie sich der Worte ihrer Freundin nur halb bewußt wurde.

»Nein. Das verstehst du nicht, nicht wahr?« Bella zeigte auf die weißgekleidete Gruppe, die ihnen plaudernd und kichernd und hüpfend vorausging.

»Das meinte ich, als ich mich über meine Prüfungen so aufregte. Es ist nicht die Papierarbeit und das Lernen aus Büchern. Es ist das hier: Was sie sind, wie sie aussehen, wo sie geboren wurden und wie sie leben. Sie sind normal, gesund und jung. Wo passe ich da hinein, wie kann ich es auch nur versuchen?«

Überrascht blickte Anna ihre Freundin an. »Du und Leo, ihr solltet euch zusammentun. Aber ganz im Ernst, ich verstehe nicht, was das alles mit deinem Studium zu tun haben soll.«

»Es hat alles damit zu tun.«

»Wieso?«

»Weil ... wenn ich nicht eine wie sie sein kann, und das kann ich offenbar nicht, dann sollte ich lieber dort bleiben, wo ich hingehöre. Sie sind auf heimischem Boden, und da kann ich nicht mit ihnen wetteifern. Da müßte ich ein ganzes Leben einholen. Verstehst du das nicht?«

»Ehrlich gesagt, nein. Du hast zuviel Phantasie und siehst Hindernisse, wo es keine gibt. Außerdem wirst du ja von jetzt an hier leben, und da solltest du dich an den hiesigen Lebensstil gewöhnen, wenn du nicht für den Rest deiner Tage eine Ausländerin bleiben willst.«

»Aber ich bin eine Ausländerin! Und ich werde immer eine bleiben, ganz gleich was ich tue. Meinen Akzent und meine Vergangenheit werde ich nie los, und wenn ich mich auch an das Leben hier gewöhne, werde ich doch nie wirklich dazugehören!«

»Dann wirst du aber für eine schrecklich lange Zeit ziemlich elend sein!«

Bella zuckte die Schultern. »Manchmal glaube ich,

du willst mich einfach nicht verstehen. Schließlich bist du doch genau so eine Ausländerin wie ich. Hast du das Gefühl, daß du wirklich hierher gehörst? Ist das dein Land?«

»Hättest du mich das vor einem Jahr gefragt, so wäre die Antwort nein gewesen, und noch vor ein paar Monaten hätte ich dir recht gegeben, obgleich es nie ein großes Problem für mich war. Ich weiß, daß ich eine Ausländerin bin. Ich war eine in Frankreich, und das hat mich nicht gehindert, dort sehr glücklich zu sein. Es ist mir nicht ganz klar, was du unter ›dazugehören‹ verstehst. Du gehörst zu deinen Leuten, zu deiner Familie, aber selbst sie besitzen dich nicht, und früher oder später wirst du dein Heim verlassen. Ich habe nie das Gefühl gehabt, an einen besonderen Ort zu gehören, und es hat mich nie gestört. In Wirklichkeit gehöre ich nur mir selbst.

Bis vor kurzem war ich hier nicht sehr glücklich, aber das hat sich jetzt geändert. Ich bin glücklich und wünsche mir ganz entschieden, hier zu bleiben. Selbst wenn ich es manchmal müde bin, immer Englisch sprechen zu müssen, aber das wird einmal aufhören. Ja, ich bin sehr glücklich in Melbourne.«

25

Anna kämpfte sich bis zum Paketschalter durch. Der schwitzende Postbeamte warf die Schachtel auf die Waage, klebte ein paar große und bunte Briefmarken drauf und schob ihr unter dem Gitter einen Stapel

Formulare zu. »Füllen Sie die aus, und bringen Sie sie mir zurück.«

Anna verzog sich vom Schalter in eine Ecke der großen Halle und begann mit der klecksigen Feder des Postamts die unpersönlichen, jedoch peinlich indiskreten Fragen zu beantworten. »Name? Adresse?« Amma erschrak jedes Mal, wenn sie ihren Namen geschrieben sah. Jeder Brief versetzte sie in Panik.

Anna erinnerte sich an ihre flüchtigen Blicke auf die Briefumschläge und die rasche, fast schuldbewußte Bewegung, mit der sie sie in die Taschen ihrer breiten Schürze steckte, um sie erst Stunden später am Küchentisch zu öffnen, vor einer dampfenden Tasse Kaffee, die sie nach der Lektüre der möglichen Hiobsbotschaften wieder zum Leben erwecken würde. Sie sah die leicht zitternden schwieligen alten Hände beim Aufreißen des Umschlags, die Hast, mit der sie den Briefbogen entfaltete, und wie sich dann das zerfurchte Gesicht allmählich entspannte, nachdem der Brief sein Geheimnis preisgegeben und sich als harmlos erwiesen hatte.

Komisch, daß Amma in einem so hochgelehrten Haus wie dem ihrer Eltern, wo Briefe jeden Tag haufenweis eintrafen, sich nach all den Dienstjahren nie von ihrer abergläubischen Bauernangst vor dem geschriebenen Wort und den Nachrichten aus der Ferne zu befreien vermochte.

Inhalt der Sendung: »Gebrauchte Kleidungsstücke.« Dagegen konnte niemand etwas einzuwenden haben. Falls sie noch »nicht angeforderte Geschenksendung« hinzufügte, wäre Amma aller Verantwortung enthoben. Anna bedauerte, daß das Paket nicht zu Weihnachten am Bestimmungsort ankommen würde. Sie hatte erst vor ein paar Tagen daran gedacht, als es James wieder einmal gelungen war, sie aus der Fassung zu bringen. Sie hatte ihm von ihrer Kindheit in den Bergen erzählt, und von der wunderbaren alten Frau, deren Obhut sie dort während der ersten zehn Jahre anvertraut war.

»Und jetzt, da du am anderen Ende der Welt lebst, könnte ich wetten, daß du ihr nicht einmal schreibst.«

Sie versuchte ihm zu erklären, wie sehr Amma sich beim bloßen Anblick eines Briefes erschreckte, und dann beschloß sie spontan, ihr ein Paket mit Kleidern zu schicken.

»Ach ja, du willst die großzügige Dame für die Bauern daheim spielen. Sie werden bestimmt beeindruckt und dankbar sein«, war alles, was er dazu zu sagen hatte.

Das Paket enthielt nicht viel, von dem Amma selbst Gebrauch machen würde. Bereits drall in ihrer Jugend, war sie später beträchtlich in die Breite gegangen, schlaffer geworden, und mit ihrem zunehmenden Alter hatte ihr Gewicht derartig zugenommen, daß man meinen konnte, sie sehne sich danach, dank ihrer Schwere ins Grab zu sinken. Nein, sie würde keins der Baumwollkleider, der Nylonblusen oder gar der Blue Jeans tragen. Höchstens den wollenen Schal, den Anna in der Hoffnung, er würde dadurch älter wirken, an einigen Stellen extra mit Stopfgarn übernäht hatte. Der könnte sich als nützlich erweisen. Den Rest wird sie an ihre unzähligen Nichten und Kusinen verkaufen oder verschenken. Amma wird weiterhin ihre breiten Röcke, dicken Strümpfe und formlosen Blusenkittel tragen, und an Sonn- und Feiertagen ihre eigene Version der

Nationaltracht mit Reihen von bunten Glasperlenschnüren, feingestickten Ärmeln, dem mit Spangen besetzten Samtmieder, dem steifen, über Schichten von gestärkten Unterröcken stehenden schweren und mit Rosenmustern gesprenkelten Rock, und einer weißen Schürze aus feinstem Leinen und mit gestickten Rändern.

In den dunklen Zimmern voller Bücherregale bot Amma einen herrlichen Anblick, und wenn ein Sonnenstrahl auf sie fiel, glitzerte und schimmerte sie wie ein riesiger Weihnachtsbaum.

»Nur eine beleibte Frau kann ein Kleid richtig zur Geltung bringen«, pflegte sie zu sagen und dabei die Falten ihrer Röcke auszubreiten, die, wie Anna mit Ehrfurcht feststellte, leicht den großen Eßzimmertisch bedecken könnten. Und: »Am Sonntag scheint immer irgendwann die Sonne, ganz gleich in welcher Jahreszeit. Am Sonntag muß die Sonne scheinen, damit die Gottesmutter die Windeln des Jesuskinds trocknen kann. Merke dir meine Worte und achte darauf!«

Und die kleine Anna wartete an den endlosen regnerischen Sonntagen ihrer Kindheit immer auf den versprochenen Sonnenschein, der Ammas Spangen so schön zum Glitzern brachte. Sie wartete nie vergeblich.

An wen soll das Paket im Fall von Nichtzustellbarkeit geschickt werden?

»Zurück an den Absender.« Für Nichtzustellbarkeit konnte es nur einen Grund geben, und Anna wollte wissen, wann das geschehen wäre.

Sie brachte die Formulare zum Schalter zurück, und dann bahnte sie sich ihren Weg in die Hitze hinaus, auf die belebte Straße und in den ohrenbetäubenden Lärm der vorweihnachtlichen Stoßzeit in der Stadt. Überall Stechpalmenzweige, Efeu und Schnee aus Watte. Der Weihnachtsmann in voller Aufmachung und schweißdurchnäßt, ein Schlitten mit Rentieren, die über dem Haupteingang des größten Warenhauses der südlichen Hemisphäre, wenn nicht sogar der ganzen Welt, galoppierten, und Weihnachtslieder, die aus Lautsprechern über den Köpfen der sich drängenden Menschenmengen erschallten.

Benommen von der Hitze und dem Lärm schwamm Anna inmitten der dahinströmenden Massen in das Innere des Warenhauses. Hier schien die Atmosphäre von verhaltener Hysterie geladen. Ladenangestellte boten in allen Ecken Pfefferminzbonbons auf Tabletts an, ein Geschenk der Direktion, und von den belagerten Ladentischen ertönten klagende Schreie, wenn Stöckelabsätze auf nackte Zehen traten und Ellbogen sich mit Rippen stießen.

Anna richtete sich auf Zehenspitzen empor, schaute sich um, suchte die Orientierung, und dann steuerte sie, die Handtasche mit beiden Händen an die Brust gepreßt, auf eine ferne Ecke zu. Sie mußte James ein Geschenk kaufen, hatte jedoch keine Ahnung, was ihm gefallen könnte. Etwas Teures oder Auffälliges kam nicht in Frage, denn er war durchaus imstande, was immer sie ihm auch schenken mochte, die Annahme zu verweigern, sie zu fragen, wo sie es gekauft hatte, um es umzutauschen, oder nur die Braue zu heben, sie skeptisch anzuschauen und ihr klar zu verstehen zu geben, daß er den Gegenstand und somit auch die Schenkende lächerlich fand.

Schon einmal hatte sie es erlebt, als eines Morgens,

während sie beim Frühstück saßen, ein Paket angekommen war. Die Schachtel enthielt einen seidenen, offenbar teuren, in zartglänzendes Papier eingewickelten Schal. Aus der Verpackung genommen und auf den Tisch gelegt, leuchtete er kostbar in seinen dunklen Farben von vornehmer Eleganz. James starrte einen Augenblick, dann nahm er den Schal, das Papier und die Schachtel, knüllte alles zusammen und warf es in den Papierkorb.

Als sie unwillkürlich aufschrie, drehte er sich bleich vor Wut nach ihr um. »Du erwartest doch nicht etwa, daß ich das trage?«

Er sagte es zugleich verächtlich und erstaunt, als ob er es nicht glauben könne, und sie begann sogleich an ihrem Geschmack zu zweifeln. War der Schal vielleicht wirklich so schrecklich?

»Jedenfalls«, fügte er, die Hände in den Taschen und mit dem Fuß an den Tisch stoßend hinzu, weil er sich am Ende doch ein bißchen über seinen Wutausbruch zu schämen schien, »jedenfalls mag ich keine ungebetenen Geschenke, ganz gleich von wem, und ich freue mich nicht, wenn sie mir ins Haus schneien. In dieser Beziehung bin ich wie du. Wir beide brauchen nichts und von niemandem. Was wir wollen, besorgen wir uns selbst.« Und Anna fühlte sich zum ersten Mal seit Jahren furchtbar traurig bei dem Gedanken, daß es jetzt niemanden auf der ganzen Welt gab, der ihr etwas schenken wollte. Niemand außer Dave, der ihr immer noch jedes Jahr ein kleines Geburtstagsgeschenk schickte. Daß James ihr nie etwas schenken würde, stand für sie fest.

Eine Auslage mit Schlüsselringen erregte ihre Aufmerksamkeit. Es schien eine Unzahl verschiedener Modelle zu geben. Sie langte mit beiden Händen in den rasselnden Haufen. Was die Leute alles an Schlüsselringe hingen! Miniaturfackeln, Oldtimer Autos, Notizbücher, Flaschen, Bleistifte, Lippenstifte, Sternzeichen, Fotorahmen. Etwas für die Wagenschlüssel, beschloß sie und wühlte in dem seltsamen Durcheinander. Ein Taschenmesser? Nein. Ein Schatzkästchen? Nein. Ein Gegenstand glitzerte funkelnd, und sie nahm ihn herunter. Ein Fisch. Ein länglicher, goldener Fisch mit Augen wie Rubine. Aus dem offenen Maul ragten spitze Zähne, der Haken war durch den Oberkiefer gedrungen, die Schuppen, die Flossen und der Schwanz waren bis in die kleinsten Einzelheiten deutlich zu sehen, ein vollkommenes, glänzendes, gefährliches Geschöpf, das hilflos an einer kurzen goldenen Kette zappelte. Man sagt, daß Fische schreien, wenn sie am Haken sind. Dieser hier sah ganz so aus, als ob er eher vor Wut als vor Schmerz schreien würde. Sie nahm ihn vom Tisch.

Als sie sich nach einer Verkäuferin umblickte, sah sie keine, nur das endlose Gedränge roter, schwitzender Gesichter, glotzender Augen, stoßender Ellbogen. In aller Ruhe ließ sie den Fisch in ihre Tasche gleiten, trat in die Menge und trieb mit der Strömung dem Ausgang zu.

Sylvia saß bereits am Tisch vor dem Fenster, schlurfte Eiskaffee aus einem bunt gestreiften Trinkhalm, winkte Anna mit einer langen Zigarettenspitze zu, als diese sich müde seufzend in den Stuhl sinken ließ. »Die Weihnachtseinkäufe können einen umbringen . . . noch dazu in dieser Hitze . . . Warum feiern wir nicht Weihnachten im Winter wie die meisten anderen Leute?«

»Ganz meine Meinung. Manche Leute müssen unbedingt ihren Putenbraten und heißen Weihnachtspudding haben, selbst bei einer Temperatur von vierzig Grad im Schatten. Und schau dir all die Weihnachtskarten mit den Schneelandschaften an. Wie viele Menschen hier haben je wirklichen Schnee gesehen?«

So plauderten sie weiter, tranken ihren Kaffee, rauchten, beobachteten die elegant gekleideten Frauen auf der Straße. Anna hatte sich den Tag frei genommen, offiziell, um ihre Weihnachtseinkäufe zu machen, obgleich sie, wie sich herausstellte, schon vor einer Woche alle ihre Geschenke besorgt hatte und nur wegen James noch einmal in die Stadt gekommen war. Und was sie für ihn gefunden hatte, war nicht einmal gekauft. Sie blickte sich verstohlen im überfüllten Café um. Ich bin eine Ladendiebin, eine Kriminelle, sagte sie sich und war erstaunt, weder Schuldgefühle noch Scham zu empfinden, nur eine leichte Erregung, ein gesteigertes Selbstbewußtsein, fast ein Vergnügen bei dem Gedanken, möglicherweise verhaftet zu werden. Natürlich drohte ihr jetzt keine Gefahr mehr, aber sie erinnerte sich deutlich, beim Verlassen des Warenhauses gelächelt zu haben, und falls sie in diesem Augenblick von jemandem angehalten worden wäre, hätte sie sofort den Schlüsselring hergegeben und ihren Diebstahl gestanden.

»Du siehst sehr selbstzufrieden aus.«

Sylvias Stimme brachte sie in die Wirklichkeit zurück, und sie fühlte sich unter dem wachsamen Blick ihrer Freundin erröten.

»Nun, willst du mir nicht von ihm erzählen?«

Anna lehnte sich zurück, genoß den Augenblick.

Langsam klopfte sie die Asche von ihrer Zigarette, rollte sie zwischen ihren Fingern, nahm behutsam einen letzten Zug, drückte dann den Stummel im Aschenbecher aus, stocherte noch ein bißchen, um keinen Funken Glut zu hinterlassen.

Sylvia öffnete schweigend eine neue Packung, und Anna bemerkte überrascht, daß die Hand ihrer Freundin zitterte.

Warum so nervös? Oh Gott, sie glaubt doch nicht etwa, es sei Mike? Rasch beugte sie sich über den Tisch. »Du kennst ihn nicht, Sylvia, er ist Chirurg in St. Michael. Er hat eine wunderbare Wohnung ganz oben in einem der neuen Hochhäuser am Meer. Man sieht von dort über die ganze Bucht, es ist der herrlichste Ausblick, den ich je in Melbourne gesehen habe, besonders nachts.«

»Aha, du hast also die Aussicht in der Nacht genossen, was?«

»Ja, und auch beim Frühstück.«

Sie blickten sich schweigend an, langsam dämmerte ein Lächeln in ihren ernsten Augen, dann breitete sich eine Röte über ihren Gesichtern aus, bis sie schließlich ihre Erregung nicht mehr zu beherrschen vermochten und in helles Gelächter ausbrachen.

»Ist es nicht wunderbar«, flüsterte Sylvia und wischte sich immer noch kichernd die Augen. Anna verstand nicht ganz, worauf sie anspielte, zog es aber vor, sie nicht zu fragen.

»Herrlich«, stimmte sie ihr zu und holte ihr Make up hervor. Wieder begegneten sich ihre Blicke über der Puderdose, und wieder ergriff sie eine unerklärliche Heiterkeit.

»Sylvia, ich möchte dich um einen Gefallen bitten.« Sie hatten das Café verlassen und schlenderten Arm in Arm die staubige, windige, erstickend heiße Straße entlang.

»Ich kann mir denken, was es ist, aber fahre fort.«

»Also, ich will nicht, daß Mrs. Bulmer es erfährt. Kann ich ihr sagen, daß ich hie und da die Nacht bei dir verbringe? Ich rufe dich vorher an, damit du Bescheid weißt.«

»Klar. Das tue ich, falls du mir das gleiche versprichst.«

Anna blickte ihre Freundin scharf an. »Wer?«

»Ach, das weißt du doch, Schatz. Ich bin ihm noch nicht untreu geworden.«

Anna blieb so plötzlich stehen, daß die Frau hinter ihnen in ihren Rücken prallte. Pakete fielen und Einkaufstaschen zerplatzten auf dem Pflaster. Ärger, Verwirrung und Entschuldigungen schwirrten in der überhitzten Luft. Nur Sylvia blieb ruhig und gelassen. Jetzt war es an ihr, zu lächeln.

»Willst du mir etwa erzählen«, keuchte Anna ihrer Freundin ins Ohr, »daß du ihn immer noch siehst? Nach allem, was geschehen ist? Und daß du tatsächlich . . .«

»Ich war ein bißchen überspannt an dem Abend, als ich bei dir hereinschneite, das gebe ich zu. Schließlich war es ganz unerwartet . . . mehr oder weniger . . . aber seitdem . . . Er ist wirklich ein Schatz, weißt du, und . . . na schön . . . als das Schlimmste vorüber war, gab es doch eigentlich keinen Grund, weshalb wir nicht weiter machen sollten. Mein Gott, wir sind doch schließlich zwei zivilisierte erwachsene Menschen, und man braucht ja nicht gleich ein großes Drama aus einer völlig natürlichen Sache zu machen . . . findest du nicht?«

Anna ging schweigend neben Sylvia, trug einige Pakete ihrer Freundin und versuchte, sich der Welt anzupassen, die wieder einmal plötzlich die Richtung gewechselt hatte.

»Natürlich«, brachte sie mit einer Stimme hervor, die, wie sie hoffte, einigermaßen normal klang. »Es liegt kein Grund zur Aufregung vor, und eigentlich ist es vielleicht besser so. Du hättest furchtbare Komplexe bekommen und für den Rest deines Lebens von Männern angewidert sein können . . . Nur hatte ich wirklich geglaubt, es sei dein Ernst gewesen, als du sagtest, du wolltest ihn nie mehr wiedersehen.«

»Ach, du kennst mich ja. Ich sage manchmal Dinge, die ich gar nicht so meine. Das muß mein künstlerisches Temperament sein.«

»Nun, solange du glücklich bist . . .«

»Überglücklich.«

Sie kamen zur Straßenbahnhaltestelle, und Sylvia sammelte alle ihre Pakete ein.

»Liebste, danke für deine Hilfe. Du kannst mich jederzeit anrufen, wenn du bei mir übernachten willst.« Sie zwinkerte. »Und du mußt einmal zum Abendessen kommen und Mama kennenlernen. Ich habe ihr so viel von dir erzählt.«

Vielleicht bin ich deshalb noch nie bei dir zu Hause gewesen, dachte sich Anna, als sie ihrer Freundin in der abfahrenden Straßenbahn nachwinkte. Irgendwie hatte Sylvia ihr wieder einmal den Wind aus den Segeln genommen. Ihre Hochstimmung war fast verflogen. Sie konnte nicht verstehen, warum sie beim Gedanken an Sylvias freudiges Geständnis eine leichte Bitterkeit verspürte. Wieder einmal hatte sie die Lage ganz falsch eingeschätzt, wieder einmal waren Pläne und Erwartungen schief gelaufen.

26

»Was beeindruckte dich am meisten, als du in Melbourne ankamst?«

»Das Essen«, sagte Anna ohne zu zögern. »Ich hatte noch nie in meinem Leben solche Mengen an Nahrungsmitteln gesehen, und sie schienen mir meist fremd und exotisch, und ich hatte keine Ahnung, wie man sie ißt.

Da fällt mir ein, wie ich zum ersten Mal diesen Laden in der Swanston Street sah, in der Nähe von Young und Jackson. Dort war im Schaufenster ein riesiges Wagenrad ganz aus Speckscheiben ausgestellt, und ich stand und starrte und fragte mich, ob es wirklich richtiger Speck war. Du mußt verstehen, ich hatte gar keinen Hunger, und ich mag Speck überhaupt nicht, wollte also keinen, aber ich konnte einfach nicht glauben, daß es an einem Ort so viel Speck geben könne, daß er dort Tag für Tag herumlag, ohne einen Straßenaufruhr zu verursachen. Die Leute standen nicht einmal Schlange! Und dann all diese Konserven!« Anna goß sich eine zweite Tasse Kaffee ein.

»He, du wirst nicht schlafen können, nach all dem Zeug. Trinke lieber ein Glas Milch.«

Anna lachte, führte die Tasse an ihre Lippen. »Ich will nicht schlafen. Die Nacht ist so schön, und ich bin glücklich. Warum die Zeit mit Schlaf vergeuden? Prost!«

Feierlich stießen sie an und tranken. »Von den Konserven habe ich dir schon erzählt, nicht wahr? Auch das war ganz neu für mich. Denn weißt du, bei uns zu Hause wurden Konserven in guter Gesellschaft nie erwähnt. Alles war hausgemacht, Suppen und Eingemachtes und alles, nur Sardinen wurden in Dosen geduldet.

In Frankreich nach dem Kriege aßen wir zwar amerikanisches Konservenfleisch, Corned Beef und dergleichen, aber das betrachteten wir als einen Notbehelf, was es wohl auch war. Kein richtiges Essen, denn das mußte stundenlang gekocht und von pflichtgetreuen Hausfrauen zubereitet werden.

Eines Tages schenkte uns jemand einen großen Vorrat an Erdnußbutter. In Dosen natürlich. Die Leiterin des Waisenhauses hatte keine Ahnung, was es war. Nach langen Debatten wurde beschlossen, daß es eine Süßspeise sein mußte. So bekamen wir sonntags nach dem Mittagessen jede einen Eßlöffel Erdnußbutter, und das mußten wir essen. Einfach so, ohne Brot oder Kekse. Kein Wunder, daß wir den Geschmack der Amerikaner recht seltsam fanden.

Bald, nachdem ich hier angekommen war, sah ich ein, daß ich um sechs Uhr abends, wenn ich von der Arbeit heimkehrte, weder Zeit noch Lust hatte, Gemüse zu schälen und mir eine richtige Suppe zu kochen. Ich war viel zu müde und zu hungrig, um mir all die Mühe zu machen und stundenlang auf das Essen zu warten. Und doch konnte ich nicht umhin, als ich meine erste Büchse öffnete, ein kleines Gebet zu sprechen und all die Generationen der gemarterten Haushälterinnen um Verzeihung zu bitten, daß ich vom Pfad der Rechtschaffenheit abgewichen war. Noch heute habe ich jedesmal dieses Gefühl, wenn ich zum Büchsenöffner greife.

Aber meine größte Entdeckung war die Milchbar. Da kostete ich Australien zum ersten Mal richtig in seiner ganzen Exotik, obgleich die Sitte ja eigentlich aus Amerika stammt.

Dave, ein amerikanischer Vetter, den ich in Paris kennenlernte, erzählte mir oft von den Milchbars und lechzte förmlich nach einem *Chocolate Malted Milkshake*, und ich hatte keine Ahnung, wovon er redete. Die Franzosen sind keine begeisterten Milchtrinker. Erst hier, in meinem ersten Sommer und an einem siedend heißen Tag besuchte ich eine richtige Milchbar. Es war ein langer, schmaler Raum mit Neonbeleuchtung, glänzend weißen Wänden und blitzendem Chromstahl. Und auch herrlich kühl. Ich wanderte den ganzen Ladentisch entlang und zurück und starrte wie verzaubert auf die Berge von Schokoladetafeln und Süßigkeiten aller Art in ihren bunten Packungen. Es war, wie wenn man vor dem Ende eines Regenbogens steht und plötzlich feststellt, daß er eßbar ist! Es schien mir so unglaublich, und doch war es Wirklichkeit, und da beschloß ich, praktisch wie ich bin, das Wunder auf die Probe zu stellen.

Ich trank meinen ersten Milkshake mit buntgestreiftem Trinkhalm und allem Drum und Dran und war begeistert. Dann wurde mir ein bißchen schlecht, und ich mußte nach Hause gehen und mich hinlegen. Wahrscheinlich die Hitze. Am nächsten und übernächsten Tag kehrte ich in die Milchbar zurück. Ich ging jeden Abend nach der Arbeit hin, bis ich alle Arten von Eiskrem, Fruchtbechern und sonstigen Spezialitäten gekostet hatte, und als ich am Ende meines Experiments um sechseinhalb Kilo schwerer geworden war, wurde ich mir der schrecklichen Tatsache bewußt, daß ich eigentlich gar keine Milch mag.«

Es folgte ein langes Schweigen. Der Vollmond leuchtete am dunkelblauen Himmel, und die silbern und schwarz schimmernde See schlug müde und seufzend an Klippen und Felsen an.

»Es ist meine altmodische europäische Gewohnheit, vom Essen zu reden«, sagte Anna bedauernd. »Hier hält man das für sehr ungesittet, nicht wahr? Australier tun so etwas nicht, oder?«

»Nicht oft. Vielleicht, weil wir dem Essen nicht soviel Wichtigkeit beimessen. Wir haben nie wirklich Hunger gelitten, und deshalb ist es uns nie zu einer Besessenheit geworden, wie es in Europa gewesen sein muß.«

»Nein, es ist mehr als das. Die Franzosen können stundenlang darüber sprechen, auch die, denen es nie gefehlt hat. Sie behaupten, es sei ein Teil ihrer Kultur, und keinem wirklich zivilisierten Menschen könne es gleichgültig sein, was er ißt. Sie loben und preisen ihre Soßen, und dann jammern sie über ihre Leberleiden. Sogar Kinder beklagen sich allen Ernstes über Leberschmerzen. Auch das gehört zu ihrer Kultur.«

»Das muß ich mir merken, wenn ich in Frankreich bin. Ich habe bestimmt noch eine Menge zu lernen, und ich bin bereit, zu leiden, um mir ein bißchen den französischen Stil anzueignen.«

»Du reist nach Frankreich? Wann?«

»Ach, dieser Tage, denke ich.«

Ein kalter Wind blies vom Fenster her, und der rote Schimmer von Altona verblaßte ein wenig. James stand vom Sofa auf, räkelte und streckte sich, bis die Knochen knackten.

»Ins Bett, Mädel, ins Bett. Es ist nach Mitternacht.«

Sie zogen sich schweigend aus. Er fuhr ihr mit der Hand über den Rücken, gab ihr einen Klaps auf den Hintern. »Du fühlst dich nicht wie ein ausgehungertes Bauernkind an, weißt du? Keine hervorstehenden Knochen. Du bist fett und glatt wie ein Seehund.«

»Ich bin ja schließlich eingebürgert, vergiß das nicht.«

»Wie empörend ...«

Er drückte sie an sich und schlief mit dem Arm um ihre Taille ein, schwer und unbeweglich wie ein Eisenklotz. Anna lag steif und unbequem auf dem Rücken und blickte in die Sterne am nächtlichen Himmel. James fährt also nach Europa. Eigentlich war es zu erwarten. Jeder Australier, den sie kannte, hatte einmal geplant oder plante, in die »Heimat« zurückzukehren, womit England gemeint war, auch für die hier in Australien Geborenen. Und einmal dort, wollten sie meist noch das restliche Europa sehen, und vielleicht auch noch Amerika. Es könnte Jahre dauern, bis er wiederkehrte. So würde also dieses seltsame und glückliche Zwischenspiel enden, fast bevor es richtig begonnen hatte. Diesen Gedanken fand sie unerträglich traurig. Lieber nicht daran denken. Er war ja noch da, und es konnte noch Monate dauern, bis er abreisen würde. Sie schmiegte sich an ihn, und sein Arm hielt sie noch fester.

Für ein paar Nächte mehr war sie bei ihm, sicher und geborgen.

Sie schwamm in einer warmen, sanft bewegten See, ließ sich reglos in der Strömung durch die dunkelgrünen Meerestiefen treiben, ruhig und regelmäßig atmend. Ich wußte schon immer, daß ich unter Wasser atmen kann, es ist ganz einfach, man darf nur keine Angst haben. Das muß ich allen erzählen . . .

Die Oberfläche war spiegelglatt und erzitterte mit leisem Klang, als sie in die kühle Luft auftauchte. Sie öffnete blinzelnd die Augen und schloß sie gleich wieder. Es mußte kurz vor der Dämmerung gewesen sein, und der Himmel hing tief und grau über ihr. James' Arm hielt sie fest um die Taille. Sie kuschelte sich näher an ihn und versuchte wieder einzuschlafen, aber ein seltsames Gefühl, als ob irgendetwas geschehen sei und sie um diese frühe Stunde geweckt hätte, hinderte sie daran. Überrascht suchte sie nach einer Erklärung für dieses Gefühl. Es war nicht neu. Etwas einst sehr Vertrautes, jedoch seit langem Vergessenes hatte sich plötzlich wieder eingestellt. Ein Gefühl, das ihr so alt wie ihr ganzes Leben schien, das ihr vollkommenstes Wohlbehagen vermittelte, Glückseligkeit sogar und einen so tiefen, absoluten, unerschütterlichen Frieden, wie es nur . . . aber wann hatte sie sich je so glücklich und beruhigt gefühlt . . . »Sicherheit« . . . das Wort blitzte vor ihren Augen auf, und jetzt war sie hellwach.

Hier bin ich schon einmal gewesen. Nein, ausgeschlossen. Ich habe noch nie zuvor mit einem Mann geschlafen, und ich empfand dieses Gefühl nicht in der ersten hier verbrachten Nacht, und auch nicht in der zweiten oder einer folgenden. Aber ich bin bisher auch noch nie vor dem Morgengrauen aus einem unbeendeten Traum erwacht, mit der plötzlichen Überzeugung, endlich, nach so vielen Jahren in Sicherheit zu sein ... Vielleicht, wenn ich wieder einschlafe und den Traum weiterträume ... Sie kuschelte sich noch näher an den warmen Körper neben ihr und schloß die Augen wieder.

Ein anderer Arm hatte sie einst umschlungen, eigentlich zwei Arme; zwei Arme und ein weicher, wie ein Kissen gepolsterter Schoß und Brüste wie halb aufgeblasene Luftballons und ein runzliger, mit einer Kette aus billigen Glasperlen geschmückter Hals – und jede Perle spiegelte sie winzig und wie in weiter Ferne wieder – in ihrem Kinderzimmer. Sie sah noch deutlich ihre rosigen kleinen Füße – klein genug, um in der Schürzentasche Platz zu finden – die sich vor Vergnügen krümmten, die große Zehe nach oben gestreckt, die Augen in die Glasperlen blinzelnd, ihr Gesicht zwischen Schulter und Brust gebettet ...

Ammas kräftige Arme, mit denen sie zwei volle Kohleneimer trug, als seien es Blumenzweige, hielten das Kind in seinem blauen Flanellnachthemd, und die vertraute Stimme summte wortlos und fast ohne Melodie. Und das absolute Geborgenheitsgefühl des Kindes, von noch keinem Zweifel erschüttert, unschuldig, von keiner Skepsis verdorben, von keinem Wissen um die Welt getrübt, ein primitives, elementares Vertrauen, daß alles gut war, daß nichts den Zauberkreis der sie umschließenden Arme brechen oder das Lied zum Verstummen bringen könnte. Keine bösen Taten, keine kreischenden Worte. Worte waren unnötig, wo zwei

Körper sich direkt verstanden, wo Wärme und Behaglichkeit sich mit dem Geruch von Seife, gestärkten Schürzen, warmem Flanell vor dem Feuer und dem Lavendelduft der gestickten Bluse mitteilten ...

Anna räkelte sich, jetzt hellwach, und schmiegte sich in den sie umschließenden Arm.

Das also hast du mir geschenkt, James. Das also ist meine Erfahrung. Eine vage, bittersüße Erinnerung an etwas, das ich längst vergessen glaubte. Das einzige Mal in meinem Leben, da ich mich glücklich und sicher fühlte, so glücklich sogar, daß ich mich in all den folgenden Jahren zwang, es zu vergessen, um die Gegenwart nicht als allzu schmerzlich zu empfinden. Und jetzt, da ich in deinen Armen liege, deinen Kopf auf meiner Brust fühle ... hat sich irgendein Mechanismus ausgelöst, und die Erinnerung floß zurück ... obgleich damals mein Kopf auf ihrer Brust ruhte und ich es in Bezug auf Polsterung nie und nimmer mit ihr aufnehmen könnte.

Es war ein sehr kurzer Aufenthalt im Paradies gewesen, und ich weiß bereits, daß dieser hier wahrscheinlich noch kürzer sein wird, aber gleichzeitig bin ich dir dankbar, ihn mir wieder beschert zu haben. Einen Augenblick bevor ich ganz erwachte, glaubte ich fast, es könnte andauern, ich würde doch noch lernen, zu vertrauen und – wer weiß – vielleicht sogar zu lieben.

Die Sonne war aufgegangen, und der blaßgraue Morgenhimmel wurde mit jeder Sekunde blauer und heller, verkündete wieder einmal einen heißen Tag. Der Kopf auf ihrer Brust lastete schwer wie ein Mühlstein, zerdrückte ihr die Rippen. Auch er konnte sich in dieser Lage doch unmöglich wohl fühlen! Aber wir müssen wirklich ein schöner Anblick sein, sagte sie sich und betrachtete James' athletischen Körper, die kräftigen Schultern, den langen geraden Rücken, die schlanke Taille und die schmalen Hüften. Seine Sonnenbräune war stärker und gleichmäßiger als die ihre, wahrscheinlich von den Wochenenden auf dem Boot. Und dann fiel ihr der Kontrast auf zwischen den weißen Laken, der cremefarbigen Blässe ihres Körpers, dort wo der Badeanzug sie vor der Sonne geschützt hatte, und seinem dunklen Arm, dem goldigen Flaum auf seinen Beinen und der seidigen Glätte ihrer Haut.

So will ich es im Gedächtnis bewahren, sagte sie sich.

Einmal hatte sie eine ähnliche Szene in einem französischen Film gesehen, nur waren da der Mann dunkelhaarig und das Mädchen blond gewesen. Aber sie schliefen auch in einem zerwühlten Bett, der Kopf des Mannes auf der Brust des Mädchens ruhend, und das Publikum hatte gejohlt und gepfiffen, und eine Frau neben ihr war so entzückt, daß sie stöhnte, und Leo hatte ihr ins Ohr geflüstert: »So möchte ich auch einmal mit dir schlafen.« Sie war vor Wut errötet, was zum Glück niemand im dunklen Saal bemerken konnte.

Was würde er sagen, wenn er mich jetzt sähe? Plötzlich wünschte sie sich fast inbrünstig, er würde sie sehen. Er schien an dem Tag, als sie ihm im Park begegnete, etwas erraten zu haben, aber was genau, das wußte sie nicht. Er muß die Wahrheit erfahren, beschloß sie. Ich muß es ihm sagen, bevor es zu spät ist, bevor James fortgeht. Sonst werde ich mich nie von ihm befreien. Ich muß ihn überzeugen, daß ich tun und lassen kann, was mir beliebt, daß ich fähig bin, mir einen Liebhaber zu nehmen, wenn ich es wünsche, daß es mir möglich ist, einen Mann zu bezaubern – und was für einen Mann!

Sie wünschte sich eine Begegnung zu dritt, wenigstens einmal und ganz kurz, nur um ihm zu zeigen, wie falsch er sie eingeschätzt hatte.

Es war Zeit zum Aufwachen. Komisch, sagte sie sich, wenn ich allein bin, kann ich nie rechtzeitig aufwachen. Hier scheine ich mit einem offenen Auge zu schlafen, und ich bin immer als erste wach. Sie erinnerte sich an ein Kaninchen, das sie einst mit Dave in einem Pariser Restaurant gesehen hatte. Ein großes, dickes Tier mit weißem Fell und rosa Nase, das in einem Korb auf dem Tresen zu schlafen pflegte. Aber selbst wenn seine Augen geschlossen waren, ragte das eine lange Ohr in die Höhe, drehte sich bald in diese, bald in jene Richtung, fing die Laute auf wie ein Radarschirm. Und jedesmal, wenn sich ein Geräusch über den anderen erhob oder sich der Bar näherte, schnellten beide Ohren auf, und die Augen öffneten sich. Über dem Korb hing ein Schild, das die Gäste ermahnte, das Tier nicht anzufassen, da es bissig sei.

Cet animal est très méchant,
quand on l'attaque, il se défend.

Dave hatte gesagt: »Wenn es nicht so bösartig wäre, hätte man es wahrscheinlich schon längst gegessen. So ist es eine Attraktion. Niemand erwartet, daß ein so fettes und molliges Tierchen beißen würde.« Irgendwo hat die Geschichte eine Moral, stellte Anna müde fest. Meine Ohren richten sich zwar nicht auf, aber ich erwache jedesmal, wenn er sich bewegt. Zum Glück schläft er sehr ruhig, und Gottseidank schnarcht er nicht. Aber was alles übrige betrifft ...

Sie war sicher, blaue Flecke auf der Brust zu haben, und fragte sich, ob die Schauspielerin in dem französischen Film auch so gelitten hatte. Wie enttäuschend war doch letztendlich diese ganze Sexangelegenheit! Natürlich hatte sie auch ihre guten Momente, und sie bereute nichts. Aber sie konnte wirklich nicht behaupten, daß sie sich trotz ihrer scheinbaren Intimität irgendwie näher gekommen wären, als zur Zeit ihrer ersten Begegnung. Und sogar vom rein physischen Aspekt hätte sie eher eine erschütternde Offenbarung erwartet, anstatt dieses ernüchternden Gefühls, ihn irgendwo unterwegs verloren zu haben, ihn plötzlich völlig außerhalb ihrer Reichweite zu sehen, und die Enttäuschung und Einsamkeit, die sie jedesmal verspürte, wenn das geschah, war stärker als alles, was sie zuvor empfunden hatte.

Wir sind wie zwei Expreßzüge in der Nacht, die sich auf einer eingleisigen Strecke entgegenrasen. Und in dem Augenblick, da der Zusammenstoß absolut unvermeidlich scheint und ich auf totale Vernichtung vorbereitet bin, teilt sich die Spur, wir verfehlen uns um Haaresbreite und rasen, immer noch dampfend und keuchend, in die Finsternis, einer am anderen vorbei, dazu bestimmt, uns nie zu treffen.

Sie schob sanft den schlafenden Kopf auf das Kissen und löste den Arm um ihre Taille. Er wachte auf, blickte sie an, fuhr sich mit der Hand über das Gesicht.

»Mein Gott, dieses Kissen ist hart. Es ist mir, als hätte ich auf einem Stein geschlafen. Mein Ohr muß ganz platt gedrückt sein.« Er rieb sein stoppliges Kinn an ihrer Schulter, und sie zuckte zusammen. Jeder Kontakt mit James war ganz entschieden immer auf irgendeine Weise schmerzlich. Sie fragte sich, ob alle Frauen diese ernüchternden Erfahrungen machten.

27

Ein Zettel steckte in der Wählscheibe ihres Telefons im Büro: »Bitte melden Sie sich auf der Abteilung M.3. Ein junger Franzose wurde dort gestern abend eingeliefert. Selbstmordversuch. Er sagt, er kenne sie. Name: Leon Lebrun.«

Die Sonne stach immer noch, als Anna sich langsam ihren Weg durch die heimkehrenden Menschenmengen bahnte. Leo hatte sich geweigert, mit ihr zu sprechen. Als sie das erste Mal bei ihm gewesen war, hatte er geschlafen. Er war außer Gefahr. Man hatte ihm den Magen ausgepumpt. Er sah sehr jung und verletzlich in dem hohen Krankenbett aus, die langen schwarzen Wimpern ließen die Flecken um seine Augen noch dunkler erscheinen, und die rauhen Bartstoppeln kontrastierten mit den blassen Lippen. Schweißtropfen perlten auf seiner Stirn, und der rasche Pulsschlag war deutlich auf der einen Schläfe sichtbar. Als Anna ihn anschaute und sich an ihre Gedanken an diesem Morgen erinnerte, erschrak sie und fühlte sich schuldig. Hatte sie das alles in irgendeiner Weise verursacht? Um welche Zeit in der Nacht war es geschehen? Was hatte sie zur gleichen Stunde getan? Sie vermied es, auf die Notiz an seinem Bett zu schauen, um nicht zu sehen, um welche Zeit er eingeliefert worden war.

Später, als sie noch einmal in sein Zimmer schaute, war er wach, schloß jedoch gleich die Augen und wandte sich von ihr ab. Er antwortete ihr nicht, bewegte nur die Hand, wie um sie hinauszuweisen.

»Der arme Junge muß wahnsinnige Kopfschmerzen haben«, bemerkte die Etagenschwester mitleidig. »Am ersten Tage fühlen sie sich immer schrecklich. So schrecklich, daß sie es selten noch einmal versuchen. Ich würde morgen noch einmal hereinschauen, wenn ich Sie wäre, Miss Marten. Wir kümmern uns schon um ihn. Er wird nicht weglaufen. Ach, haben Sie übrigens die Nachricht gehört?«

Anna starrte sie an und fragte sich, was wohl sonst noch geschehen sein mochte. »Mike Sanders erhielt eine Auszeichnung. Er kam als erster vor allen anderen Studenten durch die Examen! Ist das nicht toll? Es ist das zweite Mal, daß einer unserer Studenten das schaffte, aber Mike hat sich ja auch während des ganzen Kurses als glänzend erwiesen. Hoffentlich kommt er zu uns zurück, nachdem er sich jetzt qualifiziert hat.«

Kurz bevor Anna das Krankenhaus verließ, ging sie noch einmal in den Glasverschlag der Schwestern und spähte durch die Vorhänge in den Krankensaal. Leo hatte sich aufgerichtet, auf mehrere Kissen gestützt, und sprach mit Bella, die an seinem Bett saß, den Rücken der Tür zugewandt. Auf dem Tischchen standen Blumen und Obst. Bella hielt seine Hand, und er lächelte. Anna schlich sich davon.

»Sie wurden gestern Abend zweimal angerufen«, sagte Mrs. Bulmer anklägerisch, und Annas Herz sank.

Sie hatte vergessen, Bella anzurufen und sie vorzuwarnen, daß sie die Nacht angeblich bei ihr verbringen würde. Es widerstrebte ihr, Sylvia schon wieder darum zu bitten, und da sie Bella noch nicht die ganze Wahrheit erzählen wollte, hätte sie sich eine geschickte Lüge ausdenken müssen. Und das konnte sie nicht gut von James' Wohnung aus tun, denn er hätte natürlich zugehört und sich später über ihre Feigheit lustig gemacht. Ihn mag es amüsieren, aber ich habe keine Lust, es auf eine Szene mit Mrs. Bulmer ankommen zu lassen und wegen »unmoralischen Benehmens« aus dem Haus gewiesen zu werden. Ich verlasse dieses Zimmer, wenn ich dazu bereit bin und etwas anderes gefunden habe. Aber ich will nicht rausgeschmissen werden, nicht einmal um seinetwillen.

Mrs. Bulmer starrte sie im dunklen Flur an. Sie stirbt vor Neugierde, will mich fragen, wo ich gestern Nacht war, und wer er ist, aber sie traut sich nicht. Wir sind also alle beide feige. Möge die Beste siegen.

»Wer hat angerufen, Mrs. Bulmer?« fragte sie ruhig.

»Zuerst Leo. Er schien sehr aufgeregt, und als ich ihm sagte, Sie seien bei Bella, hängte er auf. Er hat keine Nachricht hinterlassen. Dann rief eine Frau kurz vor Mitternacht an. Sie sagte, es sei sehr dringend. Zuerst wollte sie mich nicht wissen lassen, wer sie war, aber später erzählte sie mir, sie sei Leos Zimmerwirtin. Eine Mrs. Evans. Ich gab ihr Bellas Telefonnummer, und ich hoffe, das Richtige getan zu haben, obgleich es schon so spät war. Handelte es sich wirklich um etwas so Wichtiges?«

»Ja, Sie haben ganz recht getan. Vielen Dank. Ich erhielt die Nachricht. Leo geht es besser.«

Langsam stieg sie zu ihrem kleinen Zimmer hinauf, das sie heiß und stickig fand und erfüllt vom Geruch faulenden Obstes. Wie ein Automat überquerte sie den Fußboden, nahm die Plastikschüssel mit dem Obst und schüttete den Inhalt in den Papierkorb. Sie legte ein paar alte Zeitungen darüber, weil sie zu müde war, um noch einmal zum Mülleimer hinunterzugehen. Dann schlüpfte sie aus ihren Kleidern, legte sich auf das Bett und starrte an die Decke.

Wenigstens ein Rätsel war gelöst. Mrs. Evans mußte Bella von Leos Selbstmordversuch erzählt haben, und deshalb hatte Bella ihn besucht, sowie er wieder bei Bewußtsein war. Sie hätte eigentlich auch zu mir ins Büro kommen können, da sie wußte, daß ich im gleichen Krankenhaus arbeite, und daß Mrs. Evans mich zu erreichen suchte, als sie bei ihr anrief, sagte sie sich verärgert.

Und warum hatte er es getan? Man sagt, ein Selbstmordversuch sei ein Hilferuf. Hatte er sie deshalb gestern abend angerufen? War es dann also wirklich ihre Schuld? Hatte er es getan, weil sie nicht zu Hause war? Hatte er vielleicht erraten, wo sie sein könnte? Nein, bestimmt nicht; obgleich er gelegentlich behauptete, sie zu lieben, konnte er doch nicht so verzweifelt gewesen sein, daß er sich das Leben nehmen wollte, weil sie vielleicht bei jemand anderem war. Werden wir nur nicht melodramatisch. Ich glaube nicht, daß man sich heutzutage noch aus Liebeskummer umbringen will. Und außerdem hat er es ja nur versucht. Vielleicht wußte er, daß er nicht genug Pillen genommen hatte, um wirklich zu sterben, und vielleicht wollte er nur allen einen ordentlichen Schrecken einjagen. Das sollte mich durchaus nicht erstaunen, sagte sie sich verächtlich, klopfte ihr hartes Kissen aus und suchte nach einem kühlen Plätzchen, wo sie schlafen konnte.

»Die Gespenster verfolgten mich wieder einmal. Und da dachte ich mir: Früher oder später werden sie mich holen, warum es also nicht jetzt tun? Ich war des Kämpfens so müde. Ich konnte einfach nicht mehr, nachdem ich sie all die Jahre von mir fernzuhalten versuchte, du ahnst nicht, wie das ermüdet . . .«

Er sah magerer aus als das letzte Mal, da sie ihm im Park begegnet war, und er hatte einen bitteren Zug um die abfallenden Mundwinkel. Er sieht wie ein Mann aus, stellte sie plötzlich fest. Die letzten Spuren des jungenhaften Charmes sind verschwunden. Der komische, nicht ernst zu nehmende kleine Bruder war an der Überdosis gestorben und hatte einen hageren, dunkelhäutigen, stoppelbärtigen, unverkennbar der lateinischen Rasse angehörigen Mann hinterlassen. Und keinen jungen Mann etwa. Dieser knochige Wuchs, die ungesund trockene Haut, die zerfurchte Stirn und die schwieligen Hände mit den brüchigen, schmutzigen Fingernägeln könnten jedem Pennbruder unter vierzig gehören. Er war ein Fremder, ein wenig erschreckend in seiner Bitterkeit, und eigentlich ganz attraktiv, da unbekannt.

»Es tut mir leid, daß du dich wegen alldem so verzweifelt fühltest«, sagte sie und wurde sich sofort der Unzulänglichkeit ihrer Worte gewahr. »Ich meine«, fuhr sie hastig fort, »es tut mir leid, daß ich abwesend war, als du anriefst. Wenn ich dich dann noch gesehen hätte . . . vielleicht . . .«

»Dieser Anruf ist das einzige, was ich bereue«, unterbrach er sie scharf. »Ich weiß nicht, was in aller Welt mich dazu trieb, dich anzurufen. Vergiß es. Ich wollte dich nicht bitten, zu mir zu kommen. Ich weiß wirklich nicht mehr, was ich dir eigentlich sagen wollte. Es war eine dumme Eingebung, und ich fühlte mich sehr erleichtert, als Mrs. Bulmer sagte, du seist ausgegangen. Hätte ich geahnt, daß Mrs. Evans bei mir hineinstürmen würde, so hätte ich mir etwas anderes einfallen lassen, wie zum Beispiel mir die Kehle durchzuschneiden. Die blöde alte Kuh sollte an diesem Abend ausgehen, aber sie hatte ihr Portemonnaie mit den Hausschlüsseln vergessen und kam zurück, klopfte an mein Fenster, geriet in Panik, als ich nicht antwortete und stieg schließlich über den Sims in mein Zimmer ein. Leider war ich nicht mehr imstande, dieses Spektakel zu genießen.

Aber das nächste Mal werde ich vorsichtiger sein.«

»Ach, Leo, ich bitte dich, ein nächstes Mal wird es nicht geben. Warum solltest du etwas so Schreckliches tun wollen? Du hast doch alles, was ein Leben nur bieten kann . . .«

Die Leere und Oberflächlichkeit ihrer Worte ließen sie plötzlich verstummen. Er lächelte.

»Ich bin froh, daß du merkst, wie blöde das klingt. Nein, nein, wir brauchen uns nichts vorzulügen. Wenigstens das bleibt uns noch.«

»Bella hat dich gestern besucht.« Sie versuchte, das Thema zu wechseln. »Sie ist ein nettes Mädchen, nicht wahr?«

»Ach ja, Mrs. Evans klingelte sie mitten in der Nacht aus dem Bett, weil sie annahm, du übernachtetest bei ihr.«

»Ja, es war ein Mißverständnis. Ich war bei Sylvia. Mrs. Bulmer hatte das durcheinandergebracht.«

»Macht nichts. Hauptsache, du hast dich gut unterhalten . . . Ja, Bella ist ein nettes Mädchen, wie du sagst. Ich ziehe für eine Weile zu ihr, bis ich ein anderes Zimmer gefunden habe.«

»Das ist eine gute Idee! Ich fand schon immer, daß du aus diesem Zimmer ausziehen solltest. Die Familie ist sehr nett. Ich glaube, du wirst dort glücklich sein, und sie werden sich freuen, Gesellschaft zu haben. Mrs. Kemp wird sich alle Mühe geben, dich aufzupäppeln. Paß auf.«

Aber ihr Herz sank vor Bestürzung. Jetzt auch noch Bella und Leo! Wie schnell sie sich alle bewegten und sie ganz allein zurückließen. Es gab wirklich nichts mehr zu sagen, außer ihm baldige Genesung zu wünschen und ihm zu versprechen, ihn morgen wieder zu besuchen.

»Mach dir nicht die Mühe. Ich weiß, wie beschäftigt du bist«, sagte er. Es klang nicht ironisch, nur entlassend und endgültig.

28

»Guten Abend, Mrs. Lander. Wie geht es Ronnie?«

»Ach, Miss Anna, Sie sind immer so pünktlich. Ronnie spielt im Garten.« Sie lehnte sich aus dem Fenster, und ihre tiefe Nebelhornstimme brachte das schrille aufgeregte Geschrei der Kinder im Hof zum Schweigen.

»Ronnie! Nach Hause! Miss Anna ist da!«

Jetzt wußte es die ganze Nachbarschaft. Anna fragte sich, ob man bereits die Uhren nach ihr stellte. Ronnie stürzte in die Küche und warf sich in ihre Arme. Was auch sonst immer geschehen mochte, seine Liebe war wenigstens beständig, und sie fand in seiner rückhaltlosen Hingabe eine ständige Quelle der Zufriedenheit, fast des Trostes.

Sie setzten sich an seinen Tisch, und Anna schlug die *Schatzinsel* auf. Er las jetzt recht gut, wenn seine Neugierde genügend erregt war. Märchen und Kleinkinderbücher, die er langweilig fand, hatte sie rasch aufgegeben. Was ihm immer noch sehr schwer fiel, waren nicht die Worte, sondern ihre Bedeutungen. Abstrakte Begriffe in Bezug auf Zeit und Raum sagten ihm überhaupt nichts, und alle in den Büchern erwähnten Gegenstände des täglichen Gebrauchs mußten ihm erst vorgezeichnet werden, bis er ihren Sinn verstand. Anna verbrachte ebenso viel Zeit mit dem Zeichnen von Bildern wie mit dem eigentlichen Leseunterricht, und sie machte sich resigniert auf lange Monate mühsamer Bildererklärungen bei diesem Buch gefaßt.

Geduldig hörte sie ihm zu, wenn er unbeholfen stammelnd das Gewirr völlig unverständlicher Worte ableierte, und es wäre sicher einfacher gewesen, mit leichterer Lektüre anzufangen, aber das hätte ihn gelangweilt . . . Sie nahm ihm das Buch aus der Hand und begann laut zu lesen, legte nach jedem Satz eine Pause ein, um sicher zu sein, daß er verstand. Heute hatte er offenbar einen schlechten Tag, und seine Gedanken waren anderswo.

»An was denkst du denn, Ronnie?«

Er blickte auf und lächelte. »Autos.«

»Autos? Und was ist mit ihnen?«

»Warum fahren sie?«

»Du meinst, was sie zum Fahren bringt?«

Er nickte. »Bitte erklären.« Er schob ihr ein Blatt Zeichenpapier zu. »Bitte zeichne ein Auto und erkläre.«

Anna starrte. Wie sollte sie diesem blind vertrauenden Kind erklären, daß sie keine Ahnung hatte, was ein Auto zum Fahren bringt? Sie war immer offen zu ihm gewesen, hatte ihm all seine Fragen geduldig und in allen Einzelheiten beantwortet, ob es sich um die Rüstung eines Ritters oder um das Ausbrüten eines Kükens handelte. Sie hatte sich sogar darauf vorbereitet, ihm mit Feder und Papier das Geheimnis seiner Geburt zu erklären, falls er sie danach fragen sollte, was bisher noch nicht geschehen, jedoch gemäß allen Büchern über Kinderentwicklung in allernächster Zukunft zu erwarten war.

»Mrs. Lander, ich muß ihm auf jeden Fall die Wahrheit sagen. Gerade über solche Dinge darf man Kinder nicht anlügen oder versuchen, ihren Fragen auszuweichen. Das könnte ihnen furchtbare Komplexe verursachen, sexuelle Hemmungen im späteren Leben und den Verdacht, daß es etwas Schlimmes ist. Über dieses Thema darf es kein Tabu geben.«

Purpurrot vor Verlegenheit bei der bloßen Erwähnung solcher Dinge hatte Mrs. Lander nachgegeben. Falls Miss Anna wirklich glaubte, daß Ronnie es wissen müsse, und falls sie den Jungen unbedingt aufklären wolle . . . Mrs. Lander gestand, daß man ihr nie etwas erklärt hatte, als sie ein kleines Mädchen war. Sie hatte dieses und jenes von ihren Freundinnen erfahren und den Rest herausgefunden, als sie verheiratet war. Nein, sie wüßte wirklich nicht, wie sie es anstellen sollte, Ronnie aufzuklären.

Sexualkunde wird mich also nicht scheitern lassen, sagte sich Anna, dafür aber der Verbrennungsmotor.

»Ronnie, Liebling, ich kann dir kein Auto zeichnen. Es ist zu kompliziert, und ich verstehe nicht genug davon.« Er ließ sich nicht abschrecken.

»Nur ein kleines Auto. Ein ganz kleines, bitte.«

»Klein oder groß, das kommt aufs Gleiche hinaus. Ronnie, ich kann es nicht. Ich weiß nicht, wie der Motor funktioniert . . . wie er läuft. Geh zu Mr. Green in die Garage nebenan, und dann wirst du sehen, was ein Auto zum Fahren bringt.«

»War ich schon.« Er blickte sie von der Seite an und lächelte ein wenig. »Ich gehe jeden Abend hin. Mr. Green erklärt eine Menge. Aber ich wollte, daß du es mir sagst.«

»Aber ich weiß es doch nicht.«

Er betrachtete sie mit großen Augen, und als er es endlich zu begreifen schien, sah sie den Zweifel in ihm aufsteigen, hörte fast den Krach, mit dem ihr Bild der Allwissenheit von seinem Sockel stürzte.

»Ich dachte, du weißt alles«, sagte er schließlich, und das Erstaunen gab seiner Stimme einen tiefen, fast erwachsenen Klang. Sie drückte ihn impulsiv in ihre Arme und zwang sich zu einem Lachen, trotz des Kloßes, der ihr im Halse steckte.

»Niemand weiß alles, mein Schatz. Es gibt viel zu viel Dinge auf der Welt, als daß man sie alle wissen könnte.«

Eigentlich sollte ich froh sein, daß er wenigstens Fragen stellt, die ich nicht beantworten kann, tröstete sie sich. Das bedeutet doch einen gewissen Fortschritt. Nur bin ich jetzt auch für ihn nicht mehr unentbehrlich.

29

»Du wirst nie erraten, was mir passiert ist!« Sylvia stürmte durch die Tür und rannte nach oben, bevor Anna Zeit hatte, den Mund aufzumachen. »Ich habe das Engagement«, verkündete sie und tanzte im Zimmer herum. »Ich habe das Engagement! Ich gehe nach Sydney! Gratuliere mir! Oh, ich bin so glücklich!«

Anna setzte sich an den Tisch und wandte sich ihrer aufgeregten Freundin zu.

»Was für ein Engagement? Hör auf, herumzuhüpfen, und erzähle!«

»Nun . . .« Sylvia ließ sich atemlos auf dem Bett nieder. »Gestern kam dieser Mann zur Probe. Du weißt ja, für das Vortanzen. Habe ich dir nicht von ihm erzählt? Der Mann aus Sydney. Und er sah aus wie im Film, kahlköpfig, dick und klein, und er rauchte eine dicke Zigarre mit Bauchbinde! Und er schaute uns allen zu, und dann wählte er mich aus und noch ein Mädchen und einen der Jungen. Er hat ein Theater, das heißt, es ist eigentlich mehr ein Nachtlokal mit einem Attraktionsprogramm, weißt du. Nächsten Monat fange ich an. Er sagte, er hätte auch eine Wohngelegenheit für mich. Ich fahre nächste Woche hin, um es mir anzuschauen. Mama heult ständig, seit ich es ihr erzählt habe. Aber schließlich gehe ich ja nicht so weit weg, wie nach Europa. Mein Gott, je eher ich aus dem Haus komme, desto besser!

Jedenfalls ist die Gage phantastisch! Anna, stell dir vor, ich werde mein eigenes Geld haben, zum ersten Mal in meinem Leben werde ich mir meinen Unterhalt verdienen! Und eine eigene Wohnung! Und in Sydney! Oh, ich bin so glücklich, ich könnte heulen!«

Sie sprang vom Bett auf und warf sich in Annas Arme.

»Liebste, ich freue mich für dich. Natürlich werde ich traurig sein, wenn du nicht mehr da bist. Ich werde dich schrecklich vermissen, aber es ist eine wunderbare Nachricht.«

»Könntest du nicht auch nach Sydney kommen? Ich bin sicher, du würdest dort sofort eine Arbeit finden. Wir könnten uns eine Wohnung teilen.«

»Ich werde es mir überlegen«, versprach Anna. »Fahr nur zuerst hin, richte dich ein, und dann werden wir sehen. Wie hat Nigel es aufgenommen?«

»Erstaunlich gut. Weißt du übrigens, daß er sich einen neuen Wagen gekauft hat? Dieses Mal einen richtigen. Sein Vater hat ihm eine Menge Geld gegeben, als er sein Schlußexamen bestand. Ach, das wußtest du auch nicht? Ja, er hat es geschafft! Er ist kein Student mehr! Er bleibt im Central, und gestern sind wir in seinem neuen Wunderschlitten durch die Gegend gerast. Anna, stell dir vor, das Ding bringt es auf über zweihundert Stundenkilometer! Frag mich nicht nach der Marke, er hat es mir gesagt, aber ich habe es vergessen. Jedenfalls ist es ein langer und niedriger Wagen, und ganz toll und hellgelb! Und neu! Nichts rattert, nichts fällt runter. Er sagte, wenn er mich in Sydney besuchen wolle, müsse er einen anständigen Wagen haben. Die alte Klapperkiste hätte keine zehn Meilen geschafft. Mein Gott, ich fürchtete schon, wir würden einen Strafzettel wegen Tiefflugs bekommen! Das Ding fährt aber wirklich! Er sagt, er wird an den Wochenenden kommen. Ist es nicht herrlich?«

Sie blickte sich lächelnd im Zimmer um. »Weißt du, ich werde dieses Zimmer vermissen, von dir ganz zu schweigen.« Dann sah sie den Stapel Schallplatten in der Ecke.

»Ach, falls es dir nichts ausmacht, nehme ich sie zurück ... Sie werden mich einmal an meine jungen Jahre erinnern, als ich noch dumm war ... Und die Wolle ... Die hast du ja noch. Ich könnte Nigel einen Pullover stricken ... das wird ihm bestimmt gefallen.«

Sie nahm einen Faden, riß ein Stück ab, wickelte es sich um den Ringfinger. »Siehst du? Das werde ich jedesmal tragen, wenn ich mit ihm ausgehe.«

Versonnen lehnte sie sich an die Wand zurück. »Anna, ist es dir klar, daß ich im nächsten Jahr zwanzig bin? Wie rasch die Jugend vergeht. Wenn du einmal über zwanzig bist, bist du erwachsen. Nigel meint, dem Gesetz nach sei ich noch ein Kind, ist das nicht komisch? Aber nicht mehr lange. Noch ein Jahr, und ich bin einundzwanzig. Dann unterschreibe ich meine eigenen Verträge ...

Jemand hat einmal gesagt, Kinder genössen ihre Unschuld ebensosehr wie Erwachsene ihre Schuld. Nun ja, den ersten Teil habe ich bestimmt genossen. Ich hoffe nur, ich werde im nächsten Jahr nicht mehr so dumm sein, wie ich es bis jetzt war ...«

Sie drehte sich vor dem Spiegel, betrachtete ihr Profil, streckte die Brust heraus, stemmte die Hände in ihre schlanke Taille. »Da wir gerade vom Dummsein reden, weißt du, daß ich neulich in einer Frauenzeitschrift gelesen habe, die idealen Brüste müßten wie Champagnergläser geformt sein. Und stell dir vor, ich habe mir tagelang Sorgen gemacht, bis es mir einfiel, daß die modernen Gläser gemeint waren und nicht die altmodischen Spitzkelche wie bei uns zu Hause!

Immerhin ist es ein bißchen traurig. Bis man zwanzig ist, redet man ständig vom Erwachsenwerden. Aber danach nur noch über das Altern. Ich fühle mich jetzt schrecklich erwachsen, aber immer noch voller Begeisterung. Von nun an werde ich das Leben richtig genießen. Und alles tun, was ich mir immer erträumt habe.«

»Ist das Leben nicht wunderbar?«

Anna half ihr beim Einpacken der Schallplatten und der Wolle, die sie in eine große Tragtasche steckten, stand dann auf der Schwelle und blickte der anmutigen Gestalt im engen Kleid nach, als sie rasch die stille Straße hinunterging und um die Ecke verschwand. Sie fühlte sich betrübt und freudig erregt zugleich. Sylvia würde ihr natürlich fehlen. Plötzlich sah die Zukunft erschreckend leer aus. Im nächsten Jahr werde ich zweiundzwanzig sein, sagte sie sich. Adieu Kindheit, aber noch nicht Adieu Jugend. Vielleicht ist es doch noch nicht zu spät, etwas Neues zu beginnen?

Während Anna den Frühstückskaffee eingoß, beobachtete sie James, der gerade die Post öffnete, und erschak ein wenig über sein freudig erregtes Gesicht beim Lesen des ersten Briefes. Auf dem Umschlag klebte eine englische Briefmarke, und der Stempel unten auf dem Bogen sah offiziell aus. Er las zweimal, blickte dann strahlend auf.

»Ich habe es geschafft, Anna. Schätzchen, du kannst mir gratulieren! Die Bewilligung ist da! Ich reise ab!«

»Was . . .?«

»Sie haben meine Bewerbung angenommen.« Er schwenkte das Papier vor ihrer Nase. »Ich fahre nach England!« Er blickte sich um, als ob er bereits seine Koffer packen wollte.

»Ich wußte nicht, daß du tatsächlich Schritte unternommen hattest . . .« Sie fühlte sich einer Ohnmacht nahe, aber er bemerkte nichts.

»Ach, habe ich es dir nicht erzählt? Na schön, ich wollte nichts sagen, bevor ich sicher war. Aber jetzt . . . Es ist dieses Krankenhaus in London, wo gerade auf meinem Gebiet interessante neue Arbeit geleistet wird, und so schrieb ich und fragte an, ob ich für ein Jahr kommen könnte. Sie wollen mich für zwei Jahre. Ich werde Zeit haben, unterwegs in San Francisco Halt zu machen und ein paar alte Freunde zu besuchen, und ich möchte mir auch noch ein paar andere Städte in Amerika ansehen. Im August bin ich dann in England.«

»Wann fährst du?«

»So bald wie möglich. Wahrscheinlich nächsten Monat. In St. Michael hatte ich bereits vorgewarnt, und ich habe auch schon eine Kabine auf der *Himalaya* gebucht. Ich brauche das nur noch zu bestätigen, und dann . . . Adieu Melbourne. Was sagst du dazu?«

Anna trank schweigend ihren Kaffee, während sich das ganze Zimmer um sie zu drehen schien.

»He, warum machst du so ein langes Gesicht? Willst du mir nicht gratulieren?«

»Ja, natürlich. Ich gratuliere. Ich nehme an, du wirst mich für egoistisch halten, oder für typisch weiblich oder für sonst etwas Verdammenswertes, aber ich muß gestehen, daß du mir sehr fehlen wirst, und daß ich das alles hier sehr vermissen werde . . .« Sie blickte sich in dem von der hellen Morgensonne überfluteten Zimmer um, dann zur Terrassentür, wo sich der dunstig blaue Himmel und das Meer im fernen Horizont verschmolzen.

»Ach ja, die Wohnung und die Aussicht. Das wird dir fehlen, was? Mir auch, wenn ich im kalten und regnerischen England bin, aber so läuft nun mal der Hase, wie ich ständig zu sagen pflege. Man soll sich nicht an Dinge binden, und so weiter. Aber es wird alles noch da sein, wenn ich zurückkomme.

Immerhin, ist es nicht phantastisch? Donnerwetter!« Er schlug mir der Faust auf den Haufen Papiere und sprang auf. »Los, beeilen wir uns. Wir haben heute eine Menge zu erledigen!«

Er ging rasch im Zimmer herum, las ein paar Bücher und Broschüren auf, die er in seine Aktentasche stopfte, kramte in der Schreibtischschublade, nahm einige Papiere heraus und pfiff dabei einen Schlager. Anna kehrte ins Schlafzimmer zurück und stand eine Weile mit geschlossenen Augen da. Sie konnte nicht denken. Nur einen Wunsch hatte sie: Daß es wieder gestern wäre, daß sie in James' Armen läge und nicht wüßte, was der heutige Tag bringen würde. Sie wollte sich auf den Fußboden setzen, sich an die Möbel klammern, ihn anflehen, sie hier, wenn nötig, allein zu lassen, inmitten der Trümmer ihres Glücks der vergangenen wenigen Monate.

Ich will ihn nicht gehen lassen. Ich will ihn nicht verlieren. Aber das kann ich ihm natürlich nie sagen. Er darf es nicht einmal ahnen.

»Anna? Beeile dich, Mädel, wir verspäten uns!«

Sie ging ins Wohnzimmer zurück. Er war bereits an der Tür.

»Wirst du Weihnachten hier sein?« Das war nächste Woche, dann würde er doch noch nicht fort sein?

»Kann ich noch nicht sagen, aber rechne lieber nicht mit mir. Vielleicht komme ich noch einmal kurz gegen Neujahr vorbei, aber ich sollte eigentlich in den Norden und die Familie besuchen, und wahrscheinlich werde ich dort über Weihnachten sein. Ja, das werde ich tun, denn dann kann ich alle sehen und den Abschied hinter mich bringen.«

»In den Norden?«

»Queensland. Dort leben meine Eltern.«

Er nahm ihr Gesicht in seine Hände und küßte sie. »Falls ich dich nicht mehr sehe, bevor ich abreise: Glückliches neues Jahr, Liebste. Aber ich bin fast sicher, noch einmal vorbeizukommen«, fügte er rasch hinzu, als ob er fürchtete, sie würde sonst in Tränen ausbrechen.

Es war die Art, wie er sie geküßt hatte, genau so wie das erste Mal, und auch praktisch auf der Türschwelle, die sie bestürzte. Während der ganzen Fahrt zum Krankenhaus saß sie schweigend neben ihm, und es gelang ihr wenigstens, zu lächeln, als sie sich am Eingang von ihm verabschiedete.

Sie schüttelten sich die Hände. Im letzten Augenblick verließ sie der Mut, sie wollte irgendetwas tun, um ihn am Fortgehen zu hindern, suchte verzweifelt nach Worten, mit denen sie ihn zurückhalten könnte, aber er hatte bereits ihre Hand losgelassen und schritt rasch davon, eilte den langen Korridor hinunter. Sie drehte sich jäh um und ging wie blind in ihr Büro.

30

Wieder ein Sonntag. Der letzte Sonntag dieses seltsamen Jahres. Anna stand am offenen Fenster und blickte in die schwarzen Wolken, die sich über den Dächern zusammenzogen. Unten im Garten stopfte Mrs. Bulmer im geblümten Kimono, den Kopf in einen Turban gehüllt, den Hausmüll in den blechernen Verbrennungsofen, fuchtelte jedesmal mit den Armen die Rauchsäule fort, wenn der Wind die Richtung wechselte.

Dieses Verbrennungsritual fand jeden Monat statt, aber heute, am letzten Tag des alten Jahres, wohnte der Feuersbrunst ein besonderer Sinn von Endgültigkeit inne. Mrs. Bulmer glaubte fest an die Reinigung durch das Feuer, und alles, was zum Brennen gebracht werden konnte, kam auf den monatlichen Scheiterhaufen und nicht in den Müllkübel. Seit Anna in diesem Hause wohnte, wurde sie ständig angewiesen, alle Papiere, Briefe und Zeitungen von den leeren Dosen und anderem nicht brennbarem Abfall abzusondern, um die Flamme zu schüren, und sie hatte bald begriffen, daß die Zufriedenheit ihrer Zimmerwirtin im gleichen Maße zunahm, wie sie ihr Brennstoff lieferte. Briefe, die sie behalten wollte, oder Packpapier mußte sie stets verstecken, damit sie nicht in Mrs. Bulmers gierige Finger gelangten, besonders um die Weihnachtszeit, da

Glückwunschkarten und Geschenkpapier aus ihrem Zimmer verschwanden, sobald sie ihnen den Rücken zukehrte. In diesem Jahr jedoch nahm Mrs. Bulmer keine Notiz von ihr. Seit ihren häufigen Abwesenheiten während der Nacht machte die Zimmerwirtin stets ein beleidigtes Gesicht und blickte gezielt in die andere Richtung, wenn Anna heimkehrte.

Der alte Drachen ist tatsächlich verrückt geworden, sagte sich Anna, als sie die untersetzte kleine Frau beobachtete, wie sie um das Feuer trippelte, mit dem Schürhaken in den Flammen stocherte, sie mit Reisig aus dem Garten und Zeitungspapier von einem großen Haufen zu ihren Füßen anfachte. Die weiten Kimonoärmel flatterten im Wind, der Turban verlieh ihr ein sonderbar orientalisches Aussehen, der schwarze Rauch ringelte sich, stieg in Spiralen empor, ließ ihre hinter den Flammen fuchtelnden Arme verschwinden und plötzlich wieder sichtbar werden.

Nächste Woche werde ich mich nach etwas Besserem mit Blick auf das Meer umschauen, gelobte sie sich. Das ist mein einziger Neujahrsentsschluß. Sie trat in ihr Zimmer zurück. Dieses eine Mal war es sauber und ordentlich, geputzt und abgestaubt. Mitten auf dem Tisch lag ein kleines, viereckiges, in Geschenkpapier gewickeltes Paket, das ziemlich verloren und irgendwie falsch am Platze wirkte. James' Fisch. Sie wollte es nicht mit der Post schicken, wollte dabei sein, wenn er es öffnete, um seinen Gesichtsausdruck zu sehen, auch auf die Gefahr hin, verletzt zu werden. Sie hatte beabsichtigt, es ihm am Weihnachtstag zu bringen, aber da war er bereits in Queensland gewesen.

Trotz seiner Warnung, daß er fort sein könnte, hatte

sie alle Einladungen zu Partys ausgeschlagen und gehofft, doch noch den Tag mit ihm zu verbringen. Und zum Schluß war sie zu Hause geblieben, hatte die Schubladen aufgeräumt, alte Briefe gelesen, mit schwerem Herzen an ihre letzte Begegnung mit Dave gedacht . . .

Und jetzt schien es, als würde es am Sylvesterabend das Gleiche sein. Sie war bei Bella eingeladen worden und hatte abgelehnt. Jetzt, da Leo auch dort wohnte, hätte die Situation peinlich werden können. Außerdem war es ihr nicht entgangen, daß Mrs. Kemps Ton ihr gegenüber sich in letzter Zeit merklich abgekühlt hatte. Na schön, wenn sie Leo ganz für sich allein haben wollten, dann bitte sehr, gern geschehen. In diesem Rennen machte sie ganz entschieden nicht mit.

Mike veranstaltete eine große Party, und seine Einladung war wenigstens lustig und aufrichtig. »Die ganze Bande kommt, einschließlich deiner glanzvollen Ballerina-Freundin – wie heißt sie noch? Ach ja, Sylvia. Und Nigel. Ob du es glaubst oder nicht, aber diese beiden haben sich irgendwie zusammengefunden und sind voneinander ganz fasziniert. Komisch, was? Komm, und bringe James Wilson-Bryce den Wundertätigen mit. Ich bat jeden, in Begleitung zu kommen, damit niemand melancholisch wird, wenn es Mitternacht schlägt und das Küssen beginnt. Haha!« Sie hatte sich höflich entschuldigt und eine bereits getroffene Verabredung vorgegeben, mit James natürlich. Und so war sie schließlich allein geblieben und verbrachte den Sylvesterabend in der Betrachtung von Mrs. Bulmers Freudenfeuer.

Leisten wir einen kleinen Beitrag zur Feuersbrunst,

beschloß sie und nahm ein paar alte Zeitungen vom Stuhl. In den letzten Tagen hatte sie nur die Schlagzeilen gelesen, aber jetzt fiel ihr Blick auf eine Spalte mit klein gedruckten Zahlen.

Das waren ja die Resultate der Examen! Die Abschlußprüfung. Englisch und Geschichte!

Im Nu war sie unten am Telefon, drehte fieberhaft die Wahlscheibe.

»Hallooo?«

»Bella? Ich bin's. Ich lese gerade in der Zeitung, daß die Prüfungsergebnisse heraus sind. Wie bist du durchgekommen? Warum hast du mich noch nichts wissen lassen?«

Kurzes Schweigen. Dann Bellas Stimme, schleppend und gleichgültig. »Ach, ich fand es komisch, daß du nicht schon früher angerufen hast.«

»Ich hatte die Zeitungen nicht gelesen. Hast du bestanden?«

»Nein.«

»Du meinst in Englisch und Geschichte?«

»In beiden. Und die anderen Fächer brauchst du dir erst gar nicht anzuschauen. Ich bin nicht mehr hingegangen.«

»Bella!«

»Schau, Anna, ich bin im Augenblick beschäftigt. Ich muß mein Kleid für heute abend bügeln. Wir reden darüber ein andermal, ja?«

»Nein! Wir werden jetzt darüber reden, oder willst du, daß ich zu dir komme?«

»Nein, das ist nicht nötig. Was willst du denn wissen?«

Anna war so verwirrt, daß sie nicht wußte, was sie

zuerst sagen sollte. Sie stammelte: »Warum . . . warum bist du nicht zu den anderen Examen gegangen?«

»Weil es keinen Zweck hatte. Ich wußte, daß ich in den beiden ersten Fächern durchgefallen war.«

»Woher wußtest du das?«

»Weil ich keine der Fragen beantwortet habe. Deshalb.«

War es das Telefon, oder hatte sie wirklich einen Ton von Triumph in ihrer Stimme gehört? Anna packte den Hörer mit beiden Händen. »Warum nicht?«

»Anna.« Die Stimme klang geduldig und herablassend, wie wenn man einem Kind etwas erklärt. »Erinnerst du dich an das, was ich dir einmal zu sagen versuchte, als wir vom Weihnachtsliedersingen heimkehrten? Daß wir nicht wetteifern können, wenigstens ich nicht? Hast du es nicht verstanden? Gut. Also als ich vor der Tür des Prüfungssaales stand und mich umblickte, sah ich all diese Schulmädchen in ihren Uniformen, alle gleich, alle zwitschernd und zirpend, alle so selbstsicher, so ihres Platzes auf der Erde bewußt, und da war ich in meinem besten Kleid, mit hohen Absätzen und geschminktem Gesicht. Ich wirkte so anders, weil ich anders bin. Ich war eine Ausländerin in jedem Sinne des Wortes. Eine Fremde. Falsch am Platze. Ich hätte gar nicht da sein sollen. Und plötzlich wurde es mir klar, daß das Ganze ein Fehler war. Ich wollte nur raus, wollte nach Hause und Mutter beichten, daß ich mich lächerlich gemacht habe, daß ich es bereue, daß ich es nie wieder tun werde, aber da ging die Tür auf, und ich wurde fast hineingestoßen. Einmal drinnen konnte ich nicht gut aufstehen und weggehen. Dazu fehlte mir der Mut. So blieb ich, schaute mir den Fragebogen an, der mir überhaupt nichts sagte, aber das spielte keine Rolle mehr. Er war nicht für mich. Ich hatte keine Angst, es war mir alles egal.

Ich saß, bis das erste Mädchen fertig war und ging. Dann stand ich auch auf und folgte ihr. Komisch, ich erinnere mich noch, daß ich die ganze Zeit lächelte, und der Prüfungsinspektor lächelte zurück, und ich fühlte mich so glücklich, daß ich beinahe geweint hätte.

Ich machte mir nicht die Mühe, zu den anderen Examen zu gehen, und ich erzählte es meinen Eltern noch am gleichen Abend, nachdem du fort warst. Es tut mir leid, es dir nicht vorher gesagt zu haben, aber du warst so sicher, daß ich durchkommen würde . . .« Zum ersten Mal verriet Bellas Stimme eine leichte Erregung. »Meine Eltern waren einfach süß und haben es sehr gut aufgenommen. Sie hatten ja auch nie etwas anderes erwartet, und jetzt sind sie zufrieden, daß sie mir wenigstens die Möglichkeit gegeben haben. Anna, es war nichts für mich, das wußte ich schon immer. Du hättest es schaffen können, denn du fühlst dich nicht so fremd hier. Du beschließt einfach, was du haben willst, und dann holst du es dir. Ich bewundere das an dir, aber ich bin nicht wie du. Da hast du es also. Hoffentlich bist du nicht zu enttäuscht. Ich bin es ja schließlich auch nicht. Nur erleichtert. Jetzt kann ich wirklich anfangen, an meine Zukunft zu denken.«

»Ich verstehe . . .« Anna hatte Mühe, ihre Stimme zu finden. »Und was planst du für die Zukunft?«

»Ach.« Bella lachte. »Warte nur, du wirst schon sehen.«

»Nun . . .« Es gab eigentlich nichts mehr zu sagen.

»Dann wünsche ich dir ein glückliches neues Jahr, und mögen sich alle deine Träume verwirklichen.«

»Das Gleiche für dich von uns allen hier. Aber jetzt muß ich mich wirklich beeilen.«

Anna legte den Hörer auf und wischte sich die schwitzenden Hände an ihrem Rock ab. Langsam stieg sie die Treppe empor, zog sich ein Paar Schuhe an, kämmte sich das Haar, setzte die Sonnenbrille auf, nahm die kleine Schachtel vom Tisch, steckte sie in ihre Rocktasche und verließ das Haus.

Die Wolken hingen tief und schwarz, und die Hitze war drückend. Sie stieg in einen halbleeren Bus, setzte sich ans offene Fenster, ließ den heißen Wind ihr Haar zerzausen und ihr Gesicht peitschen, bis es sich steif wie eine Maske anfühlte.

An der Endstation stieg sie aus und ging die letzten hundert Meter zu Fuß unter den laut raschelnden Palmen im aufsteigenden Wind, der an ihren Kleidern zerrte, den Sand vom Strand über die Straße wehte und Staubwolken aufwirbelte. Die Dunkelheit war so rasch hereingebrochen, daß man sich mitten in der Nacht glaubte. Und nun stand sie vor dem hohen Haus und blickte zum obersten Stockwerk empor. Sie glaubte, einen Lichtschimmer in einem der Zimmer zu sehen, aber es konnte auch gut die Spiegelung einer Scheibe gewesen sein. Von dieser Entfernung aus war es schwer zu sagen.

Langsam trat sie in die Eingangshalle und steckte das Paket in den mit James' Namen beschrifteten Briefkasten. Er klang leer, als das Päckchen fiel. Entweder hatte er keine Post erhalten, selbst um diese von Glückwunschkarten heimgesuchte Zeit, oder er war oben. So oder so, sie wollte es nicht wissen. Zögernd legte sie den Finger an die Klingel, ließ dann jedoch die Hand sinken, drehte sich auf den Hacken um und ging hinaus.

Wieder im Bus lächelte sie schwach vor sich hin, stellte sich seine Überraschung vor, wenn er das Paket finden würde. Da sie beabsichtigt hatte, es ihm persönlich zu überreichen, hatte sie keine Karte beigefügt. So würde er vielleicht nicht einmal wissen, von wem das Geschenk kam. Fast hätte sie laut aufgelacht. Aber sie war auch stolz auf sich, der Versuchung widerstanden und das Gebäude verlassen zu haben, ohne auf die Klingel zu drücken. Die *Himalaya* fuhr erst in zwei Wochen ab, und er würde sie bestimmt noch vorher sehen, aber selbst wenn nicht ... so wäre es zu demütigend gewesen, unwillkommen bei ihm zu erscheinen ...

Es war eine sehr kalte Nacht gewesen, und sie hatte stundenlang die frostigen, um die Abendessenszeit menschenleeren Straßen durchwandert. Ein eisig scharfer Wind pfiff und wehte gelegentlich eine Wolke von Schneeflocken auf, die um die Laternen und die trübe flimmernden Zeitungskioske tanzten oder sich wie ein Vorhang über die hell erleuchteten Caféterrassen senkten.

Heute abend werde ich es tun. Wenn ich lange genug warte, wenn es zu spät für den letzten Zug ist, wird ihm nichts anderes übrig bleiben ...

Sie machte einen Versuch, an den Quais entlangzuschlendern, aber der kalte Wind scheuchte sie in die relative Geborgenheit der engen Straßen des linken Seineufers zurück. Ich muß noch eine Stunde warten, und wenn ich schnell gehe, werde ich die Kälte weniger spüren. Allzu gern wäre sie in ein Café eingekehrt, und sie überlegte lange, ob sie ihre letzten Francs für ein heißes Getränk ausgeben sollte. Aber dann bliebe ihr wirklich kein Geld mehr für eine Fahrkarte.

Die tief in den Manteltaschen vergrabenen Hände waren benommen vor Kälte, die Beine wie zu Eiszapfen erstarrt. Endlich gab sie ihrem Wunsch nach, trat in ein grell erleuchtetes Bistro und bestellte ein heißes Fruchtgetränk. Dort saß sie über das kleine Glas gebeugt, zitternd in der stickigen Luft, wartete, bis die Kälte aus ihren Kleidern gewichen war, bevor sie sich wieder hinauswagte.

Als sie schließlich vor Daves Tür stand, war es fast Mitternacht, und sie fühlte sich völlig erschöpft. Die lange Stille, die auf ihr Klingeln folgte, erfüllte sie mit panischer Angst. Und wenn er nun nicht da war? Das könnte doch immerhin der Fall sein. Was würde sie dann tun? Bis zum Morgen im Wartesaal des Bahnhofs sitzen? Aber würden ihre müden Beine sie noch einmal durch die ganze Stadt tragen? Und warum hatte sie ihre letzten Francs ausgegeben? Angst und Tränen schnürten ihr die Kehle zu. Vielleicht ist der Bahnhof sogar nachts geschlossen? Sie dachte an die *Clochards*, die auf den Bodengittern der Métro schliefen und oft in kalten Winternächten erfroren. Würde sie sich zu ihnen legen müssen? Sie drückte noch einmal auf die Klingel, hielt den Finger auf dem Knopf und zählte laut bis zehn.

In der Wohnung bewegte sich jemand. Schritte kamen näher, eine Stimme brummte verärgert. Sie steckte die Hände unter die Achselhöhlen, preßte die Arme an den Körper, um nicht so sehr zu zittern, aber auch, um sich Mut zu machen.

»Wer ist da?« Daves Stimme schallte direkt in ihr Ohr. Sie trat einen Schritt von der Tür zurück, entsetzt über das, was sie getan hatte. Aber jetzt gab es kein Zurück mehr. Und wohin hätte sie gehen können?

»Ich bin's, Anna«, flüsterte sie. Ein kurzes Schweigen, dann drehte sich der Schlüssel, die Tür ging langsam auf, unwillig, wie die Augen eines Mannes, den man aus tiefem Schlaf geweckt hat.

»Anna? Um Gottes Willen, was ist denn mit dir los?«

Dave stand auf der Schwelle, im Morgenrock, den er sich offenbar hastig über das Pyjama gezogen hatte, und sie sah die Hose aus gestreifter Seide und die nackte Brust. Die dicke Goldkette an seinem linken Handgelenk blitzte kurz im Licht des Treppenflurs auf. Er war nicht zurückgetreten, um sie einzulassen, starrte sie nur an, das Haar zerzaust, die Augen vom Schlaf geschwollen.

»Ich . . . ich habe leider den letzten Zug verpaßt. Und ich kann nirgends hin, es sei denn . . . wenn du mir ein bißchen Geld für ein Taxi leihen könntest, oder . . . ich kann ja auch auf dem Bahnhof auf den Zug warten . . . der geht um fünf Uhr morgens . . . vorher gibt es nämlich keinen, verstehst du . . . Es tut mir furchtbar leid, ich habe ihn wirklich nur verpaßt . . .« Dann erstarb ihre Stimme.

Er hatte sich immer noch nicht von der Schwelle gerührt, und sie taumelte plötzlich, sah alles verschwommen durch ihre tränennassen Augen. »Wenn du mich hierbleiben läßt . . . ich könnte auf dem Fußboden schlafen. Es macht mir nichts aus. Oder im Sessel. Ich werde dich bestimmt nicht stören.« Ihre Stimme zitterte so sehr, daß sie einhalten mußte. All ihre kühnen Pläne waren gescheitert, zunichte gemacht durch die Kälte, die überwältigende Müdigkeit, das Verlangen nach Schlaf. All ihre weiblichen Listen und Ränke zerschmolzen angesichts der winterlichen Wirklichkeit. Alles hätte sie aufgegeben, ihre Träume, ihren Ehrgeiz, Paris, sogar Dave, und sie wäre bereitwillig schon morgen nach Australien gereist, wenn man ihr nur erlauben würde, diese schreckliche Nacht in einem sicheren und warmen Zimmer zu verbringen.

Endlich trat er zurück und winkte ihr, ihm zu folgen. Sein besorgter Blick auf die halboffene Schlafzimmertür, aus der ein schwaches Licht in den Flur drang, war ihr nicht entgangen. Er schloß die Wohnungstür, verriegelte sie und ging, immer noch schweigend, ins Wohnzimmer. Sie folgte beschämt, den Blick auf ihre Füße gerichtet.

Fröstelnd hockte sie sich auf eine Stuhlecke, während er am Sofa zog, es in ein Bett umbaute, ein paar Kissen zusammenlas, kurz im Schlafzimmer verschwand und mit Decken und einem dicken Plaid zurückkehrte.

»Mehr kann ich leider nicht tun. Hätte ich gewußt, daß du kommen würdest, so wäre ich besser vorbereitet gewesen . . . Mach dir einen heißen Kakao, du siehst ganz erfroren aus.« Er murmelte wie geistesabwesend vor sich hin, und sein Gesicht war sehr ernst, ohne eine Spur des üblichen freundlichen Lächelns.

Sie schüttelte den Kopf und wollte nicht aus dem Zimmer gehen. Er goß eine ambrafarbene Flüssigkeit aus einer eckigen Flasche in ein Glas, stand über ihr, während sie es herunterwürgte, fast daran erstickte, nach Atem rang, als hätte sie einen mundvoll Flammen geschluckt.

»Morgen werde ich mit dir reden, junge Frau, und bevor ich mich anders besinne, hier hast du etwas Geld für morgen.« Er zog ein paar Banknoten aus der Brieftasche auf dem Tisch. »Und jetzt zieh dir deine Schuhe aus, leg dich hin und laß uns ein bißchen schlafen.«

Sie tat wie geheißen, schloß dankbar die Augen, und er schlich leise hinaus, machte die Tür hinter sich zu. Einen Augenblick fragte sie sich, ob er sie verriegeln würde. Sie hörte, wie sich die Schlafzimmertür schloß, dann Stimmen im Gespräch, aber so leise, daß sie kein Wort verstand. Aber da eigentlich nur eine Männerstimme vernehmbar war, vermutete sie, daß Dave ihren unerwarteten Besuch erklärte.

Auf dem kleinen Tisch standen zwei Cognacgläser, und der Aschenbecher war voller Stummel und Asche. Wer da geraucht hatte, benutzte jedenfalls keinen Lippenstift. Das seidene Kissen unter ihrer Wange war naß von Tränen. Die Wirkung des Alkohols hatte sich verflüchtigt, und trotz ihrer früheren Müdigkeit war sie jetzt hellwach. Was für eine Idiotin bin ich gewesen, sagte sie sich, was für eine Närrin, mir einzubilden, ich brauchte nur auf die Klingel zu drücken, um mit offenen Armen empfangen zu werden, um ihn sagen zu hören, gerade darauf habe er all die Monate gewartet, und dann – mit jenem bezaubernden selbstspöttischen Lächeln und sich an die silbergrauen Schläfen fassend – nur weil sie so jung sei, habe er es nicht gewagt, die Initiative zu ergreifen.

»Ich hätte es nie zulassen können, daß du fortgehst. Das verstehst du doch, nicht wahr? Ich war so verzweifelt bei dem Gedanken, du könntest mich verlassen, ohne zu wissen, was ich für dich fühle ... Es ist so schwierig für einen Mann in meinem Alter ... aber jetzt, endlich ...«

Nur weil er so viel Zeit mit ihr verbracht und ihr all die schönen Kleider gekauft hatte, und wenn auch in seiner Wohnung nie die geringste Spur eines weiblichen Wesens zu sehen war ... Sie hatte bei jedem ihrer Besuche den Inhalt des Badezimmerschranks überprüft und einmal, als er hinuntergegangen war, um eine Zeitung zu kaufen, und sie allein gelassen hatte, war sie sogar in seinem Schlafzimmer gewesen, hatte überall nachgeschaut, auch hinter dem Sofakissen, um vielleicht eine verlorene Haarnadel oder eine Puderquaste zu entdecken. Und aus der ergebnislosen Suche hatte sie geschlossen, daß das Feld frei war.

Soweit Rosettes Theorien. Aber selbst dem blindesten verliebten Esel wäre Daves bestürztes und gar nicht erfreutes Gesicht aufgefallen, als er da in der Tür stand. Mein Gott, diese Demütigung ... Und dann ihre Behauptung, sie hätte den letzten Zug und den letzten Bus verpaßt, wo er genau wußte, daß es den Mädchen nie erlaubt war, abends allein in die Stadt zu gehen. Wo waren denn ihre Freundinnen? Warum hatten sie sie ganz allein zurückgelassen? Wie sollte sie das morgen erklären?

In panischem Schrecken setzte sie sich auf und blickte auf das Leuchtzifferblatt ihrer Armbanduhr – noch ein Geschenk von Dave. Sie mußte unbedingt den ersten Zug nehmen, hier raus, bevor jemand erwachte. Wem von den drei in der Wohnung anwesenden Personen wäre auch ein gemeinsames Frühstück erträglich gewesen?

Sie legte sich zurück, starrte auf das verhängte Fenster. Wie mochte wohl die Frau in Daves Bett aussehen? Rothaarig wie Rita Hayworth? Blond wie Ingrid Bergman, mit kurzem, lockigen Haar und ohne Schminke, wie in diesem Film über den spanischen Bürgerkrieg? Ach, wie hatte Anna da zum Schluß geweint!

Aber welcher Typ es auch sein mochte, sie war bestimmt schön, elegant und teuer gekleidet, berauschend parfümiert und glücklich. Mein Gott, wer wäre nicht glücklich, in Paris zu leben und von Dave geliebt zu werden?

Anna vergrub ihr Gesicht in dem durchnäßten Kissen und wünschte sich, in Australien zu sein. Sie erwachte, als das erste graue Morgenlicht durch die Ritzen der Fensterläden drang. Es war fast acht. Diese trüben und dunklen Wintermorgen! Rasch sprang sie aus dem Gewirr von Decken, zog sich die Schuhe an, fuhr sich vor dem Kaminspiegel mit den Fingern durch das Haar. Zum Waschen blieb ihr keine Zeit. Als sie zu ihrem Mantel griff und sich vergewissert hatte, daß sich nichts im Schlafzimmer rührte, beschloß sie, sich noch schnell in der Küche einen Kaffee zu machen.

Während sie vor dem Gasherd stand und auf das Kochen des Wassers wartete, hörte sie plötzlich das leise Knarren der Tür, drehte sich erschrocken um und erblickte eine hohe, hagere Gestalt, in Daves Morgenrock gehüllt, die zum Badezimmer schlich. Im Halbdunkel des Flurs konnte sie das Gesicht nicht erkennen, aber was ihr für immer in Erinnerung bleiben sollte, war der dünne Hals, das kurz geschorene Haar, die langen Füße, die schmalen Hüften und die breiten und muskulösen Schultern. Und als die Gestalt den Türknopf drehte, fiel das Licht auf eine dicke goldene Kette am knochigen Handgelenk des jungen Mannes.

Anna ließ den Kaffee unberührt auf dem Spültisch stehen, schlüpfte rasch in ihren Mantel, floh durch die kalten, grauen Pariser Straßen in Richtung des Bahnhofs.

Der Bus hielt an, und blinzelnd, wie aus tiefem Schlaf erwachend, stieg Anna steif und langsam aus und ging auf ihr Haus zu. Ihr Haus? Nein, es war ja nur ein möbliertes Zimmer, häßlich, ungemütlich, ohne persönliche Note. Höchste Zeit für einen Tapetenwechsel.

Mrs. Bulmer stand im Flur, zwei kleine Pakete in der Hand. Sie roch immer noch nach Rauch. »Anna, ich habe Sie gestern den ganzen Tag nicht gesehen. Sie sind jetzt so selten zu Hause. Der Briefträger brachte das hier. Ich wollte es nicht auf dem Tisch liegen lassen, gerade jetzt, wo der Milchmann kommt, um sich sein Weihnachtspaket abzuholen, und der Maler und der Krämer . . . Ich wollte auch einmal ernsthaft mit Ihnen reden, aber das kann bis zum neuen Jahr warten. Genießen Sie nur erst die Feiertage. Ich nehme an, Sie werden die Nacht wieder auswärts verbringen? Sagen Sie es mir nicht, ich will es nicht wissen. Ich frage ja nur, weil ich mich um Ihr Wohlergehen sorge. Wie immer. Sie sind jetzt ein großes Mädchen, aber es gibt immer noch gewisse Dinge, von denen Sie nichts wissen, und die Leute reden schon darüber. Jawohl, Sie müssen nicht glauben, daß niemand bemerkt hat, was hier vorgeht. Wenn ein Mädchen nachts nicht nach Hause kommt, fangen die Leute zu reden an.«

»Bitte, geben Sie mir die Sachen.« Sie nahm die Pakete aus Mrs. Bulmers schmierigen Händen und wandte sich der Treppe zu. »Über mein Wohlergehen und das Gerede der Leute brauchen Sie sich keine Sorgen zu machen. Ich werde bald von hier ausziehen, und dann wird es keine Klatschgeschichten mehr geben.«

Sie stürmte in ihr Zimmer, setzte sich an den Tisch und sah sich die kleinen Pakete an. Beide trugen den Poststempel von Melbourne. Das kleinere öffnete sie zuerst. Es enthielt einen kleinen, birnenförmigen, milchigen Opal in einem Nest aus rosa Watte. Darunter lag ein Zettel.

»Ich bin zu abergläubisch, um dir einen schwarzen zu schenken, wie du es dir gewünscht hattest. Hoffentlich wird dieser dir alles Glück auf der Welt bringen und dich manchmal an mich erinnern. In Liebe – Leo.«

Die zweite Schachtel enthielt ein Paar Schlüssel und einen Brief in James' unleserlichem Gekritzel:

»Es tut mir sehr leid, aber es war mir wirklich nicht möglich, dich noch vor meiner Abreise zu sehen. Ich nehme das Schiff in Sydney und werde nicht mehr nach Melbourne kommen. Ich schicke dir die Schlüssel zu meiner Wohnung. Ziehe ein, sobald es dir beliebt. Ich weiß, wie glücklich du dich dort fühltest, und ich hatte sogar manchmal den Eindruck, daß du mehr an dieser Wohnung hingst, als an mir, und daß du mich allein um ihretwillen duldetest. Verzeihe mir, falls dem nicht so ist. Ich kann dir ganz offen gestehen, daß es mich mehr verletzt, dir das zu schreiben, als dich wahrscheinlich, aber ich mache mir keine Illusionen über die Anziehungskraft eines Mannes wie ich, gegenüber einem Mädchen wie du.

Es wird mir eine Freude sein, alles in der Wohnung deiner sorgsamen Pflege zu überlassen. Ich bin überzeugt, daß du dich viel besser darum kümmern wirst, als ich es je getan habe. Außerdem sagt mir mein Gefühl, du solltest dein jetziges Zimmer so bald wie möglich verlassen, allein schon in Hinsicht auf deine Moral und deine Zukunftspläne. Das Gleiche gilt für deine gegenwärtige Stellung. Jawohl, wenn mir das Recht zustünde, würde ich es sogar zu einer Bedingung machen, unter der ich dir die Wohnung übergebe. Aber wir wollen uns an nichts binden, denn schließlich ist sie ja nur eine Leihgabe bis zu meiner Rückkehr.

Jetzt, da deine Freunde, trotz deiner wohlgemeinten, jedoch irregeleiteten Bemühungen ihre eigenen Wege gegangen sind, bist du aller Verpflichtungen ledig. Versuche, deine schöpferischen Kräfte und deine Energie von nun an auf die Förderung deiner eigenen Karriere anzuwenden. Ich bin sicher, daß es eine Menge interessanter Dinge gibt, mit denen du dich beschäftigen könntest. Hast du schon einmal an Universitätskurse gedacht? Oder an irgendeine gute Abendschule?

Die Miete wird von meinem Anwalt bezahlt, dessen Adresse ich auf einem getrennten Blatt beifüge. Du hast also nur die laufenden Kosten zu bestreiten, und falls du sie zu hoch finden solltest, brauchst du dich nur an den Rechtsvertreter zu wenden. Er wird helfen.

Ich hatte nie ein besonderes Geschick, meine Gedanken in Worten auszudrücken, was du sicher bereits gemerkt hast, und es wird ein bißchen schwierig sein, aber ich will es versuchen: Du sagtest mir einmal, du seist unfähig, auf Englisch zu ›empfinden‹, weil all die wichtigen Dinge dir geschahen, als du noch in anderen

Sprachen dachtest. Ich hoffte, dir in der kurzen Zeit unseres Zusammenlebens wenigstens ein bißchen geholfen zu haben, diese Lücke zu überbrücken. Da du einige der Dinge und Erfahrungen, die sich in dieser Zeit ergeben haben, zum ersten Mal erlebtest, dachte ich, sie würden von nun an auf immer für dich ›Englisch‹ sein, und dir erlauben, in dieser Sprache so gut wie in den anderen zu fühlen und zu empfinden. Und ich möchte glauben, daß es mir bis zu einem gewissen Maße gelungen ist. Ich weiß nicht warum, aber ich bin überzeugt, daß das für die zukünftige Entwicklung deines Gefühlslebens wichtig ist.

Vielleicht hätte ich dir mehr von meiner Zeit widmen sollen, aber ich hegte starke Zweifel am Ausmaß deines Interesses und wollte mich nicht aufdrängen. Was ich auch immer für einen Eindruck bei dir hinterlassen habe, jedenfalls habe ich an unserer kleinen ›Affäre‹ mehr Freude gehabt, als ich es dir je sagen kann, und ich hoffe nur, daß du nicht zu unglücklich gewesen bist.

Wünschen wir uns, daß die Wohnung dir Glück bringen wird. Ich erwarte, bald von deinen Erfolgen zu hören, was immer du auch unternehmen magst.

Viel Glück und ein frohes neues Jahr

James.«

Inzwischen war es dunkel geworden, und Anna saß über die beiden Pakete gebeugt, keiner Bewegung fähig, das Gesicht steif von den auf ihrer Haut trocknenden Tränen. Als sie endlich den Kopf hob und aufstand, schmerzten ihr alle Glieder. Langsam ging sie im kleinen Zimmer umher und nahm Bestand von ihrer Habe auf. Das Obst in der Plastikschale verbreitete einen süßlichen, fauligen Geruch. Sie schüttete den Inhalt auf dem Tisch aus. Ganz unten, unter den zerquetschten Pfirsichen und mulschigen Bananen, lag eine einsame Passionsfrucht. Lächelnd drehte sie sie in ihren Fingern. Voller Kerne, vertrocknet, nicht eßbar, hatte sie sich wie so viele andere tropische Entdeckungen als eine Enttäuschung erwiesen. Anna lehnte sich aus dem Fenster und schleuderte die kleine schwarze Kugel weit in die Nacht hinaus.

Sie fiel in den Verbrennungsofen, verursachte eine kleine Explosion mit stiebenden Funken, eine helle Flamme schoß kurz auf, und verlosch unter den ersten schweren Regentropfen.

Autobiographien im
Carl Hanser Verlag

Elias Canetti
Die gerettete Zunge
Geschichte einer Jugend
384 Seiten. Leinen

Elias Canetti
Die Fackel im Ohr
Lebensgeschichte 1921-1931
416 Seiten. Leinen

Elias Canetti
Das Augenspiel
Lebensgeschichte 1931-1937
360 Seiten. Leinen

Lisa Fittko
Mein Weg über die Pyrenäen
Erinnerungen 1940/41
288 Seiten. Geb.

Marguerite Yourcenar
Gedenkbilder
Eine Familiengeschichte
320 Seiten. Leinen

Marguerite Yourcenar
Lebensquellen
Eine Familiengeschichte
304 Seiten. Leinen